병아리

2

글 권새나
그림 신사고

빵아리 2

나비노블

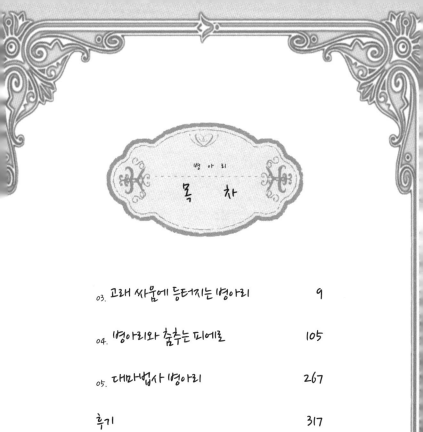

병 아 리

목 차

03. 고래 싸움에 등터지는 병아리

내가 중학생 때의 일이었다.

책가방에 교과서는 물론이요, 학생인 주제에 연필 한 자루도 들고 다니지 않았던 놈이 바로 한상진 새끼였다. 그런 놈이 웬일로 마치 포대기에 감싼 아기를 보듬듯 가방을 품에 안고서 교실에 들어왔다.

살금살금 교실로 들어오는 꼴이 기가 막힐 정도로 우스운 폼이었지만 그의 얼굴만큼은 기밀작전을 수행하는 군인과도 같았다. 상진이 새끼는 범상치 않은 얼굴을 하고서 내게 다가와 비열하게 웃으며 가방을 열었다.

당연한 일이었지만 교과서, 연필, 지우개, 그딴 건 하나도 없었다. 가방 속에 고이 모셔져 있었던 건 CD 한 장이었다. 그 CD의 정체가 『디아블로2』라는 걸 알고 그날 나는 한상진의 노예가 되기를 자청했다.

"절 개처럼 부려주세요, 주인님."

내 입으로 그딴 개소릴 지껄일 정도로 나는 『디아블로2』가 너무 하고 싶었다.

저 게임이 출시되기만을 얼마나 기다렸던가. 저딴 CD 한 장이 뭐라고 형 몰래 알바 뛰다가 걸려서 다리몽둥이가 부러질 뻔했던 게 세 번, 디아블로 사달라고 징징거리다가 주둥이가 째질 뻔했던 게 다섯 번.

"이 밥버러지 노예야, 당장 매점에 가서 딸기 우유랑 소보로빵 두 개를 사오너라."

크하하하, 웃으며 상진이 새끼는 그 뒤로 3일 동안 정말 날 개처럼 부려 먹었다. 그리고 딱 4일째가 되던 날, 나는 상진이 새끼 노예로 살면서 스트레스를 너무 받은 나머지 미치고야 말았다.

한 번만 더 디아블론지 나발인지 그딴 얘기 꺼내면 머리통을 박살 내버리겠다는 형의 말도 잊은 채 나는 형 수업이 끝나는 시간에 맞춰 학교로 찾아갔다.

그리고 형을 보자마자 디아블로 사 내라고 개지랄을 떨었고, 정신을 차렸을 때 나는 차가운 아스팔트 바닥 위에 뻗어 있었다.

어쨌든 그 일주일 뒤, 형이 내 생일 선물로 디아블로를 사줬다.

나는 그동안 날 개처럼 부려 먹었던 상진이 놈한테 자랑하려고 다음 날 아침 택시를 타고 학교를 갔다.

혹여 등굣길 만원 버스에서 CD에 상처가 나지 않을까, 염려한 까닭에서였다.

하지만 너무 들뜬 나머지 나는 택시에 CD를 두고 내리는 미친 짓거리를 저지르고야 말았다.

그 뒤로 어떻게 됐냐고?

우리 형이 너무 상심하지 말라고 괜찮다며 게임을 하나 더 사줬냐고? 날 불쌍하게 여긴 상진이 놈이 자기 게임을 나에게 빌려주며 마음껏 즐기라고 아량을 베풀었냐고?

아니다. 아니라고!

상진이 새끼는 날 세상에 둘도 없을 병신이라고 놀려댔고, 형은 사준 생일 선물을 그날 잃어버렸다고 내 머리통을 후려갈겼다.

거기다가 이참에 공부나 하라며 내 컴퓨터까지 팔아버렸다! 자기 노트북에는 비밀번호를 걸어서 나는 손도 못 대게 하고!

"으아아악!"

과거의 일을 회상하던 나는 머리를 부여잡고 비명을 질렀다. 내가 지금 딱 그 심정이었다. 택시에 게임을 두고 내렸을 때의 그 참담한 심정이라고, 내가 지금!

나는 뭐 씹은 얼굴로 고개를 돌려 벽에 걸린 시계를 봤다. 이제 10분만 더 지나면 알카 형이 온다. 늘 그랬던 것처럼 날 공부시키기 위해서.

나는 끙끙거리면서 팔에 끼워져 있는 팔찌를 빼내려고 노력해봤지만 허사였다.

팔찌에 접착제를 발라놨나, 뭐가 이렇게 안 빠져! 나는 팔찌를 빼는 걸 포기하고 이리저리 움직이며 한숨을 내쉬었다.

그러니까 어제 그 미친놈이 자기가 가지고 온 팔찌를 내 팔목에 끼웠다.

여기까지는 괜찮다. 왜냐하면 이 팔찌가 더 좋으니까. 더 비싸 보이기도 했고, 듣기 기능뿐만이 아니라 말하기 기능까지 옵션으로 붙어 있으니까!

하지만 문제는 그 미친놈이 형이 줬던 팔찌를 박살을 냈다는 거다. 형은 내가 CD를 잃어버렸을 땐 컴퓨터를 팔아버렸다.

이번에는 팔찌가 아예 박살났으니 내 팔목을 잘라다가 내다 팔지 않을까?

알카 형이 왔을 때 그냥 말 못하는 척하면서 어떻게 할지 시간이라도 벌어볼까?

이런저런 생각을 하고 있을 때 노크 소리가 들려왔다.

알카 형이다!

달칵 하고 문이 열렸다. 나는 한마디도 하지 않고 멀뚱멀뚱 알카 형을 쳐다보기만 했다. 형은 자연스럽게 탁자에 책과 펜을 놓으며 내게 말했다.

"뭐하십니까?"

"뭐, 뭐가요."

"거기서 뭐하고 계세요?"

알카 형의 말을 듣고 그제야 나는 내가 창틀에 딱 붙어서 몸을 움츠리고 있다는 걸 깨달았다. 나는 헛기침을 하며 최대한 태연한 표정을 지으며 옷을 툭툭 털면서 말했다.

"아침 운동하는 중이었어요."

큼큼 하고 헛기침을 하고 있는데 알카 형이 갑자기 입을 다물었다. 알카 형의 시선을 따라 고개를 숙이자 그곳에는 미친놈이 내게 강제로 끼웠던 팔찌가 보였다.

나는 반사적으로 팔목을 뒤로 숨겼다.

"그거 누가 준 겁니까?"

"……."

"능숙하게 말씀하셔서 좀 이상하다 했더니……. 예하께서 다른 걸 주셨나 보군요."

고개를 갸웃하며 말하는 알카 형을 보며 나는 태연한 얼굴로 말했다.

"근데 그 팔찌 얼마짜리예요?"

"아티펙트는 가격이 정해져 있지 않습니다. 부르는 게 값이니까요."

"……그럼 비싸다는 거죠?"

"네, 엄청 비쌉니다."

그 말에 사색이 된 나는 결정을 내렸다. 이참에 그냥 알카 형을 내 편으로 만들자. 솔직히 팔찌 하나 잃어버렸다고 형이 날 죽일 것 같지는 않지만 그 팔찌를 박살 낸 게 그 미친놈이라면 이야기가 달라졌다.

형이랑 그놈은 사이가 더럽게 나빠 보였으니까.

"알카 형, 사실 이 팔찌 그 사람이 준 거예요. 그 미친놈 있잖아요."

"탑의 마법사를 말씀하시는 겁니까?"

미친놈이라는 단어에 단박에 내가 누굴 말하는지 알아듣는 걸 보니 그놈은 진정 미친놈임이 틀림없었다.

나는 고개를 끄덕이며 말했다.

"맞아요, 그 사람. 근데 그 사람이 형이 나한테 준 팔찌를 때려 부수고 내 팔목에 이걸 강제로 끼웠어요. 강제로. 강제로!"

강제로, 라는 말을 강조하며 나는 변명을 하기 시작했다.

"그 미친놈이 나보고 때리면 팔찌 낄 거냐고 그래서 어쩔 수 없이, 제가 정말 눈물을 머금고 억지로 낄 수밖에 없었어요. 제 의사는 조금도 반영되지 않았다는 걸 알아주세요."

"……."

그놈 말에 따르면 자기가 형을 죽기 직전까지 만들었다고 했다. 갈비뼈가 부러지고 그 부러진 갈비뼈가 폐를 찔러서 죽을 뻔했다는데, 그런 수모를 겪은 형이 그 미친놈을 좋아할 리가 없었다.

우리 형 좌우명은 「받은 건 똑같이 돌려주자」인데 상대에 따라서 달라졌다.

그러니까 은혜를 받으면 받은 만큼 돌려주지만 원수 새끼한테는 받은 것의 열 배로 돌려주는 게 우리 형이었다.

형이 죽을 뻔했는데도 그놈이 이렇게 멀쩡하게 살아있는 거면 형은 아직도 그 원수 새끼한테 받은 걸 열 배로 돌려줄 준비를 하고 있을 게 틀림없었다.

"이 팔찌를 그 미친놈한테 받았다고 하면 분명 팔찌 벗어서 당장 내다 버리라고 할 거예요. 근데 지금 팔찌가 안 벗겨지거든요?

그럼 우리 형은 내 팔모가지를 잘라서 팔찌랑 같이 내다 버릴 사람이잖아요. 아시죠?"

내 말에 알카 형은 고개를 끄덕였다. 그럼 이제 우린 공범이니까 같이 방법을 생각해보자고 말하려던 찰나, 알카 형이 의아한 얼굴로 물었다.

"호칭을 이상하게 쓰시네요."

"네? 뭐가……, 아."

나는 알카 형이 무슨 말을 하는 건지 알아듣고 입을 다물었다.

그냥 난 사실 남자였다고 말할까? 근데 이런 말을 함부로 해도 되는 건지 모르겠다. 게다가 알카 형이 내 말을 듣고 날 변태라고 생각할까 봐 좀 무섭기도 했다.

이건 일단 나중에 형한테 물어보고 해결을 하기로 하고 나는 다시 말했다.

"근데 그 미친놈이 왜 탑의 마법사예요?"

"그냥 호칭 같은 겁니다. 여러 가지 이름으로 불리는데 대부분 탑의 마법사라고 하거든요. 본명을 모르니까."

보통 본명을 모른다고 호칭을 만드나? 나는 의아한 얼굴로 물었다.

"혹시 그 사람이 유명한 사람이에요?"

"초월자 중 한 사람이니까 유명하긴 유명합니다."

초월자가 뭔데?

내가 고개를 갸웃거리자 알카 형이 한숨을 내쉬며 의자에 앉았다. 그러더니 갑자기 책을 폈다.

이젠 공부 안 해도 되는데……

내가 솔직히 그 미친놈한테 팔찌 받았을 때 짜증 나기도 했고 당황스럽기도 했지만 이젠 공부 안 해도 된다는 사실에 얼마나 기뻐했는데, 그것도 모르고 왜 또 책을 펴는 거야?

나는 떨떠름한 얼굴로 조심스럽게 물었다.

"책은 왜 펴세요?"

"예하께서 글공부 도중 틈틈이 상식공부도 같이 하라고 하셨거든요."

"……."

나는 어서 앉지 않고 뭘 하냐는 듯 날 쳐다보는 알카 형을 가만히 보다가 얌전히 의자에 앉았다.

도대체 공부 좀 안 하고 살 방법은 없는 걸까. 툭 하면 나보고 공부하래. 이제 말도 제대로 할 수 있겠다, 나가서 좀 놀려고 했더니 내 계획은 전부 무산됐다.

"초월자라는 건 인간의 한계를 뛰어넘은 사람들을 지칭하는 말입니다. 언제부터 초월자라는 말이 생긴 건지 정확하게 알 수는 없지만 대략 150년에서 180년 전이라고 추측하고 있기는 합니다."

그 말에 나는 한숨을 내쉬며 시무룩한 얼굴로 종이에 글씨를 끄적거렸다.

초월자, 인간의 한계를 뛰어넘은 사람.

그렇게 적고 있는데 알카 형이 손가락으로 한 부분을 가리키며 말했다.

"틀렸습니다. 이렇게 쓰는 게 아니라 이렇게 쓰는 거예요. 그리고 굳이 받아 적지 않아도 될 것 같은데……."

글자를 고쳐주는 알카 형을 보며 나는 눈을 동그랗게 떴다.

"안 받아 적어도 돼요?"

"받아 적고 싶으시면 그렇게 하셔도 됩니다."

"아니, 안 쓸래요. 안 쓰고 싶어요. 저 들은 거 기억 잘해요. 저기, 근데……. 혹시 나중에 시험 치거나 그러진 않는 거죠?"

알카 형은 어색하게 웃으며 화색이 된 내게 고개를 끄덕였다. 나는 종이와 펜을 멀찍이 밀어 놓은 후에 턱을 괴고 말했다.

"그래서요? 초월자들이 인간의 한계를 뛰어넘은 사람들이에요?"

"아, 네. 그 기준이 정확하지는 않지만 일단 초월자라고 불리는 사람들은 세 명이 있습니다. 아니, 사람이라고 하기에도 좀 애매하기는 한데. 어쨌든 제일 처음 초월자라는 말이 붙은 게 옛 제국의 무신이라고 불리던 검사였습니다. 제국의 분단되기 전에도 무신, 제국의 수호신 등의 이름으로 불리면서 유명하기는 했지만, 제국이 분단된 후에는 더 유명해졌습니다. 무신이 국적을 버리고 제국을 떠나게 된 사건이 있었는데 그 이후로 제국이 서쪽과 동쪽으로 분단이 됐거든요. 두 황제는 전쟁에서 이기기 위해 각자 무신을 포섭하려고 했지만 그게 잘 되지 않자……."

꼭 옛날 얘기를 듣는 것 같았다. 공부하는 게 매일 오늘만 같으면 공부도 재미있을 텐데. 흥미진진한 얘기에 나는 알카 형의 말에 집중했다.

"서쪽 황제가 무신과 생전에 가깝게 지냈던 귀족의 무덤을 파헤쳤습니다. 그러니까 뼈밖에 남지 않은 시신을 인질로 잡아서 제국 소속의 기사가 되지 않으면 시신을 불 싸질러 버리겠다고 협박을 한 거죠. 화가 난 무신이 혈혈단신으로 서제국에 쳐들어가서 황성을 박살 내고 황제를 바닥에 패대기쳤습니다. 그때 황성에 쳐들어가면서 무신에게 죽임을 당한 기사가 세 소대였는데 그 세 개의 기사단이 주요 병력이었습니다. 그래서 이때다 싶은 동쪽 황제가 무신에게 협력해줘서 고맙다며 서제국을 쳤는데 그때 무신이 동쪽 황제의 기사단도 다 때려죽였어요."

"……."

대박이다. 무덤까지 파헤쳐서 시신을 가지고 협박을 한 황제도 대박이기는 했지만 혼자 한 나라랑 맞짱 뜰 생각을 한 그 무신도 대박이었다.

"이게 진짜 있었던 일이에요? 전설이나 뭐 그런 게 아니라?"

"무신에 관한 일화라면 유명합니다. 그때 죽은 줄로만 알았던 피의 황제가 나타나서 그때의 일이 순식간에 전 대륙으로 다 퍼져 나갔다고 들었습니다. 아직도 음유시인들이 그때의 일을 노래로 부르고 다닐 정도로 유명해요."

피의 황제는 또 뭐야? 이름 한 번 겁나게 살벌하다. 나는 며칠 전에 형 방에서 훔쳐 온 과자 봉지를 뜯고 완벽한 경청 자세를 취하며 고개를 끄덕였다.

"그래서요?"

"피의 황제는 제국이 분단되기 이전에 제국을 가장 부흥시켰던 황제의 호칭입니다. 루드비히 아델라이 노아, 피의 황제가 제국을 통치하던 시절에는 황제가 거의 신이나 다름없었거든요. 지금이야 아델라이 제국은 이름뿐인 제국이지만 200년 전까지만 해도 독보적인 강대국이었습니다. 그때 피의 황제가 제국의 검이라고 불렀던 사람이 무신이었고요. 참고로 그 피의 황제가 통치하던 시절부터 지금까지 제국과 아르젠의 외교관계는 최악입니다."

"근데 별명이 왜 피의 황제예요? 그 황제가 피를 좋아했어요?"

"문헌에 따르면 루드비히 황제가 워낙 성정이 포악해서 그런 호칭이 붙었다고 쓰여 있습니다. 루드비히 황제는 15세의 나이에 형제들을 죽이고 황제가 됐는데 그때 반란 인자라고 죽은 귀족들이 200명이 넘는다고 하더군요. 즉위식을 한다고 귀족들을 불러 모아 연회장에 가둬두고 혼자 그 많은 사람을 다 죽였다고 하던데, 아마 그때부터 피의 황제라는 말이 나오지 않았나 싶습니다."

학교에서 역사나 세계사를 배울 때도 저런 왕들이 종종 나왔었다. 난 바늘로 내 손가락 하나도 못 찌르겠던데 저런 사람들을 도대체 어떻게 사람을 찔러 죽일 수 있는 건지, 좀 신기하기도 하고 무섭기도 했다.

"그리고 그다음으로 유명한 초월자가 바로 탑의 마법삽니다. 탑의 마법사는 본명도, 나이도, 국적도 모든 게 비밀에 싸여 있는 사람입니다. 아는 거라곤 그가 남자라는 것뿐일 정도로 정보가 하나도 없어요. 약 90년 전에 기아스 왕국 북부 외곽에 하룻밤 사이에 정체불명의 커다란 흑색 탑이 생겨났습니다. 왕국에서는 기사단과 마법사들을 파견했지만 탑에 출입할 수 있는 사람은 아무도 없었습니다. 그곳에는 강력한 결계가 있었는데 그 결계를 보고 왕국의 마법사들은 손도 대지 못하고 포기했다고 하더군요. 그리고 그 다음 날, 기아스 왕성으로 편지 한 통이 배달됐습니다."

"……."

"「탑을 세운 주인인데 여기 지하에 엄청난 양의 마석이 매장되어 있다. 너희는 어차피 캐지도 못할 테니까 내가 캐가겠다, 세 달만 기다려.」라고요. 왕국뿐만 아니라 마법의 본고장이라고 불리는 아델라이 제국에서도 강력한 마법사를 파견했지만 그 탑에는 출입할 수가 없었습니다. 그리고 세 달 뒤에 신기루처럼 탑은 사라졌습니다. 그 뒤로 사람들은 탑을 세웠던 그를 탑의 마법사라고 불렀지요."

"그 새끼는 그냥 옛날부터 미친놈이었네요."

나는 쯧쯧쯧 혀를 찼다.

듣다 보니까 어느새 뜯어놨던 과자를 다 먹었다. 아직 밥 먹으려면 두 시간이나 더 기다려야 하는데.

"그리고 세 번째 초월자가 벨체타의 마녑니다. 참고로 벨체타의 마녀는 성국과 적입니다. 과거 그 마녀가 성기사를 대량 학살한 사건이 있었거든요. 흑마법 쪽으로는 누구도 따라올 수가 없다고 하던데 모습을 드러내지 않은 지 100년이 넘어서 알려진 게 거의 없습니다. 주로 시체를 움직이게 하고 독이나 저주, 키메라 연성에 능통하다고 합니다."

초월자라는 게 얼마나 대단한 사람들인지는 모르겠지만 그 미친 놈이 초월자인 걸 봐서는 그냥 미친놈들한테 붙는 칭호인 듯싶었다.

"근데 형도 마법 쓸 줄 알아요?"

"신성력과 마력은 상극이라 사제들은 마법을 쓸 수 없는 게 대부분입니다. 그래서 예로부터 성국은 마법보다는 검을 쓰는 기사들이 많았어요. 「마법을 배우려면 제국으로, 검술을 배우려면 성국으로」라는 말이 있을 정도니까요."

마법은 그렇다고 쳐도 칼이라면 부엌칼밖에 만져보지 못한 나에게는 검술이라는 말이 좀 생소했다.

어렸을 때 태권도랑 합기도학원을 조금 다닌 적이 있긴 한데 귀찮아서 안 가고 상진이 새끼랑 논다고 빼먹다가 흐지부지 발이 끊겼던 게 기억났다.

나는 자리에서 벌떡 일어나며 말했다.

"형, 저 결심했어요."

"네?"

내가 갑자기 자리에서 일어서자 알카 형도 덩달아 의자에서 몸을 일으켰다.

남자는 주먹이다.

이건 예로부터 만고불변의 진리였다. 하지만 여긴 판타지 세상! 그렇다면 남자는 검이다!

"전 검사가 될 거예요."

"……."

나는 검을 배워서 『반지의 제왕』에 나왔던 사람들처럼 검술의 달인이 된 나의 모습을 상상하며 눈을 빛냈다.

남자라면 누구나 한 번쯤 그런 상상을 해보지 않겠는가. 뽀대나는 갑옷을 입고 멋진 검을 들고 악의 무리를 처단하는 모습!

내가 강해지면 형도 날 함부로 못 대할 게 틀림없다. 내 발 앞에서 무릎을 꿇고 징징 짜는 형의 모습을 상상하며 나는 음산하게 웃었다.

극구 말리는 알카 형에게 어렵사리 연무장의 위치를 알아낸 나는 점심을 먹은 후에 곧바로 방을 빠져나왔다.

알카 형이 내일 같이 가보자고 했지만 그때까지 기다릴 수가 없었다. 하루라도 빨리 강한 검사가 되고 싶은 마음에 나는 한달음에 연무장으로 달려갔지만 그곳은 내가 상상하던 것과는 조금 다른 모습이었다.

그러니까 뭐랄까, 그냥 사관학교 같은 모습이었다.

"아가씨?"

연무장 입구에서 멀뚱멀뚱 서 있는데 뒤에서 낯선 목소리가 들렸다. 설마 날 부르는 건가 싶어서 떨떠름한 얼굴로 고개를 돌리자 웬 멀대 같은 남자가 날 보며 방글방글 웃고 있었다.

"성녀?"

"성녀 아닌데요?"

"그럼 사제?"

"사제도 아니에요."

짧은 회색 머리카락에 탁한 갈색 눈동자를 한 남자는 작게 잡아도 190센티미터는 돼 보일 정도로 키가 굉장히 컸다.

딱 벌어진 어깨에 울룩불룩한 근육이 텔레비전에서만 봤던 격투기 선수 같았다. 그때 위아래로 날 훑어보던 남자가 별안간 한숨을 푹 내쉬었다.

"넌 너무 어려."

"네?"

"조금 더 크면 찾아와, 그럼 내가 상대해줄 테니까."

"네? 더 크면……. 아니에요, 저 다 컸거든요?"

검사가 되는데 나이 제한이 있다는 말은 처음 들어본다. 내가 발끈하자 남자는 진지한 얼굴로 한숨을 내쉬며 고개를 절레절레 저을 뿐이었다.

키가 너무 커서 목이 떨어질 것처럼 아팠지만 나는 고개를 바짝 쳐들고 다시 말했다.

"나이 어리다고 무시하는 거예요?"

"무시하는 게 아니라 넌 어리잖아."

"안 어리다고요! 그리고 나이 적고 많고 그런 게 무슨 상관이에요, 마음가짐만 있으면 되는 거지!"

"마음가짐?"

내 말에 남자는 의외라는 얼굴로 날 쳐다봤다. 내 말에 감명이라도 받은 것처럼 보여서 나는 아까보다 훨씬 더 큰 목소리로 떠들었다.

"마음만 먹으면 세상에 못할 게 뭐가 있어요? 나이 어리다고 무시하지 말란 말이에요! 나도 잘할 수 있으니까!"

기세등등하게 소리치자 남자가 턱을 매만지며 다시 날 위아래로 훑어봤다.

그래, 내가 키가 좀 작기는 작은데, 그래도 아직 성장기일 수도 있고, 또 키 작다고 칼 못 쓰는 것도 아니고…….

그런 생각을 하며 가슴을 펴고 당당하게 서 있는데 별안간 남자가 눈을 가늘게 뜨고 내게 물었다.

"잘할 수 있다고? 얼마나?"

"그거야……. 잘할 수 있는……."

나는 말을 채 끝맺지도 못하고 입을 다물 수밖에 없었다. 남자가 이상한 얼굴로 웃으며 날 쳐다보고 있었기 때문이다.

왜 저렇게 재수 없게 웃어? 직감적인 불길함에 슬금슬금 뒷걸음질을 치는데 그런 날 보던 남자가 피식 웃었다.

"겁먹었냐?"

그 말에 나는 발끈했다.

"겁 안 먹었거든요!"

"첫 키스도 안 해봤지, 너?"

"그딴 거 옛날에 해봤……! 네? 뭐라고요?"

뭘 안 해봐? 첫 키스? 내가 잘못 들었나?

눈을 동그랗게 뜨고 멀뚱멀뚱 남자를 보자 그는 아까보다 훨씬 더 느끼하게 웃으며 말했다.

"그래도 안 돼. 난 미성년자는 안 건드리거든."

"……."

"더 크면 찾아오세요, 꼬마야."

"……."

내 머리에 솥뚜껑만 한 손을 얹고 푸하하 웃으며 남자는 연무장 안쪽으로 들어갔다. 그 자리에서 석고상처럼 굳어버린 나는 한동안 움직일 수가 없었다.

도대체 지금 무슨 일이 일어난 거지? 저놈이 나한테 뭐라고 한 거야, 지금?

고속으로 굴러가던 머리가 뚝 하고 멈췄다. 그러니까 저 새끼가 지금 날……. 거기까지 생각이 미치자 나는 더 생각할 것도 없이 곧장 연무장 안으로 뛰어들어가며 버럭 소리쳤다.

"야! 내가 그것 때문에 찾아온 게 아니라……!"

"아오, 씨팔! 제이드! 너 이 새끼, 연무장에 여자 데리고 오지 말라고 말 했냐, 안 했냐!"

"내가 데리고 온 게 아니라 그냥 나 좋다고 쫓아다니는 애야."

"넌 이제 저런 애새끼까지 건드리냐, 이 천하에 바람둥이 새끼야!"

나는 반사적으로 몸을 움츠릴 수밖에 없었다. 거인같이 커다란 사람들이 여기저기서 고함을 쳐대는데 절로 어깨가 움츠러들었다.

"누굴 변태로 알아! 저건 내 수비범위 밖이라고!"

"그래, 인마! 제이드가 가슴 작은 여자랑 자는 거 봤냐, 크하하!"

"닥쳐! 이 병신새끼들이, 애 앞에서 뭔 개소릴 지껄이는 거야! 야, 꼬마야. 저런 나쁜 아저씨는 잊어버리고 집에 가서 엄마 찌찌나 더 먹……."

"너나 닥쳐, 이 변태 새끼야! 내가 엄마 찌찌를 왜 먹어!"

더 들어줄 수가 없어서 버럭 소리치자 순간 연무장은 찬물을 끼얹은 듯 조용해졌다.

갑작스러운 침묵에 다시 어깨가 움츠러들었다. 나보고 엄마 찌찌나 더 먹고 오라고 했던 남자는 그 변태와 맞먹을 정도로 키가 큰 남자였다. 사자 갈기처럼 이리저리 뻗친 갈색 머리카락에 사나운 고동색 눈동자를 하고 얼굴을 사선으로 가로지르는 커다란 흉터가 있었다.

가만 보니까 꼭 어디 조폭 두목처럼 생긴 얼굴이라 나는 기겁을 하고 손 사례를 쳤다.

"아, 아저씨한테 그런 게 아니라 이건 그냥 혼잣말이었……."

그때였다. 뻐억 하는 소리와 함께 조폭 두목처럼 생긴 남자가 비틀거린 건. 그 뒤에는 무시무시한 얼굴로 남자를 발로 퍽퍽 차대고 있는 여자가 보였다.

"이 짐승 같은 새끼들이 여자애 하나 잡아두고 이게 뭐하는 짓거리야!"

"다, 단장! 악! 아으! 씨팔! 아닌, 윽! 아프다고요! 으악!"

퍽퍽퍽! 살벌한 소리는 한참 동안 이어졌다.

그 살벌한 타격음이 들릴 때마다 내 몸도 덩달아 펄쩍펄쩍 뛰었는데 내가 연무장에 온 건지, 조폭 소굴에 들어온 건지 당최 알 수가 없었다.

그냥 나가자. 나가는 게 낫겠다.

세계 최강 검사고 지랄이고 이러다가 나부터 죽을 것만 같았다. 슬금슬금 몸을 돌리는데 뒤에서 벼락과도 같은 호통이 터져 나왔다.

"거기, 너!"

"네, 네!"

나는 화들짝 놀라며 다시 고개를 돌려 커다랗게 대답했다. 타오를 듯한 붉은 머리카락을 하나로 높게 묶은 여자는 성큼성큼 내게 다가오더니 내 어깨를 붙잡고 마치 장난감처럼 날 앞뒤로 돌렸다.

"너 어디 다친 덴 없나? 저 새끼들이 안 건드렸어?"

"네, 네에, 괘, 괜찮, 어, 어지럼⋯⋯."

"아오, 이 새끼들을 그냥 확! 내가 어린애랑 여자 건드리는 새끼들은 어떻게 한다고 했냐! 어?!"

다시 한 번 터진 벼락과도 같은 고함에 나는 또다시 어깨를 움츠렸다. 이 여자 도대체 뭐야, 무서워⋯⋯.

그 자리에서 움직이지도 못하고 나는 벌벌 떨었다.

"아, 단장! 그게 아니라 제이드 새끼가⋯⋯!"

"뭐? 또 제이드 그 새끼야? 저 개놈의 새끼를 그냥! 넌 씨팔, 오늘 해질 때까지 나랑 대련이다!"

제이드는 머리를 부여잡고 비명을 질렀다.

"난 이제 죽었다!"

그 말만 반복하는 제이드를 보며 나는 기겁하지 않을 수가 없었다. 이 사람들 성기사라며? 성기사가 원래 이런 사람들이었어?

"꼬마야, 너 괜찮나? 제이드 새끼가 뭐라고 했어? 어?"

그녀가 활활 타오를 것처럼 강렬한 눈동자로 날 보며 물었다. 이대로 뒀다간 왠지 여기 있는 사람들이 다 저 여자 손에 죽을 것만 같아서 나는 황급히 고개를 저을 수밖에 없었다.

"그, 그게 아니라……. 그러니까."

"그래, 그러니까 뭐?"

"그러니까……. 전 그냥 저도 검사가 되고 싶어서 온 건데……."

"……뭐?"

아까처럼 연무장은 찬물을 끼얹은 듯 조용해졌다.

무거운 침묵에 질식할 것만 같던 때, 주변에서 웃음소리가 삐져나왔고, 그걸 시작으로 연무장은 웃음바다가 됐다. 여기저기서 커다란 웃음소리가 터져 나왔고, 나는 멀뚱멀뚱 서서 웃음이 멈출 때까지 기다릴 수밖에 없었다.

"그러니까 뭐가 되고 싶다고?"

조폭 두목처럼 생긴 남자가 너무 웃어서 눈물까지 그렁그렁한 얼굴로 날 보며 우쭈쭈 달래듯 물었다. 왠지 애 취급을 받은 것 같아서 기분이 나빠졌지만 나는 다시 당당하게 말했다.

"검사요."

"크하하하하!"

"으하하하!"

"다 닥치지 못해!"

그녀가 다시 고함을 치자 연무장은 조용해졌다. 하지만 억눌린 듯한 웃음소리가 새어나오는 것까지는 막을 수가 없었다.

그녀는 허리를 굽혀 나와 눈높이를 맞추더니 내게 물었다.

"너 이름이 뭐냐?"

나는 이름을 말하려다가 입을 다물었다. 그간의 경험으로 미루어 봤을 때 「한겨울」이라고 하면 죄다 내게 그럼 당신이 그 병아리냐는 질문을 했었다.

안 그래도 무시당하고 있는 판국에 병아리 취급까지 당하긴 싫어서 나는 인상을 찌푸린 채 당당하게 말했다.

"제시예요."

"내 이름은 이스벨 레토르타다. 그래, 검사가 되고 싶다고?"

한숨을 내쉬며 묻는 이스벨을 보며 나는 고개를 끄덕거렸다. 이 사람들이 왜 웃는 건지 정확하게 알 수는 없었지만, 왠지 내가 아직 엄청 어려 보여서 그런 것 같았다.

"검사가 왜 되고 싶은데?"

그 말에 나는 쉽사리 대답할 수가 없었다. 그냥 강해지고 싶어서 그런 것도 있었고, 내가 강해지면 형이 날 못 때리니까 그런 것도 있고, 또 멋있기도 하고…….

"여긴 놀이터가 아니다."

이스벨은 엄한 얼굴로 내게 말했다. 그 말에 순간 오기가 발동한 나는 당당하게 말했다.

"저도 놀려고 검사가 되고 싶은 건 아니에요."

"하아. 제시."

이스벨은 허리를 곧게 펴더니 다시 한숨을 내쉬었다.

아까 내게 괜찮냐고 묻던 그 얼굴은 사라지고 피곤하다는 얼굴로 내게 말했다.

"가서 엄마 찌찌나 더 먹고 와라."

"……."

아니, 그러니까 왜 자꾸 나보고 엄마 찌찌를 먹으래, 씨발. 결국 나는 터덜터덜 연무장을 나올 수밖에 없었다.

나는 축 처져서 방으로 돌아와 시무룩한 얼굴로 문 앞에서 고민했다.

검사가 되고 싶다는 말이 그렇게 웃기나? 아니, 뭐 나도 무슨 큰 뜻이 있어서 검사가 되겠다고 한 건 아니지만 그래도 남의 꿈을 이렇게 처절하게 짓밟아도 되는 거냐고! 에라이, 내가 진짜 더러워서!

"어디 갔다 와?"

"으아악!"

순간 들려오는 목소리에 나는 화들짝 놀라 문쪽으로 몸을 바싹 붙였다.

비명을 지르면서도 이게 누구의 목소린 줄은 알고 있었지만, 그래도 놀란 건 놀란 거였다. 나는 기겁을 하며 소리쳤다.

"아, 제발 좀 기척 좀 내고 다녀! 그리고 내 방에 왜 자꾸 멋대로 들어오는 건데!"

미친놈은 마치 여기가 제 방인 양 태연하게 앉아 있었다. 내 과자까지 허락도 없이 멋대로 먹으면서!

나는 그 맞은편에 앉으며 과자 봉지를 빼앗았다.

과자에는 별 미련이 없었던지 그는 손에 묻은 부스러기를 털며 말했다.

"왜 그렇게 짜증이 나 있어?"

"네가 무슨 상관인데!"

과자를 우적우적 먹으면서 나는 빽 소리쳤다. 별로 먹지는 않은 듯 과자는 거의 그대로 남아 있었다. 그는 내가 짜증 내는 걸 가만히 보다가 대뜸 물었다.

"내 이름 안 잊어버렸지?"

네 이름은 잊어버리려야 잊어버릴 수도 없어! 가을이 형이랑 이름이 똑같은데 그걸 내가 어떻게 잊어버리냐?

나는 속으로 투덜거리다가 오늘 알카 형이 했던 말이 떠올라 물었다.

"근데 네가 초월자라며?"

"몰랐어?"

그는 눈을 동그랗게 뜨며 도리어 내게 물었다.

얼굴에 초월자라고 붙이고 다니는 것도 아니고 내가 그걸 어떻게 알아? 유명하기는 진짜 유명한가 보다.

"교황이 말 안 해줘?"

"누가? 우리 형이? 그런 말 안 하던데?"

"우리 형?"

나는 남은 과자 부스러기까지 입에 탈탈 털어 넣고 입맛을 다셨다. 이게 마지막이었는데.

나중에 형한테 돈 좀 달라고 해서 과자 왕창 사놔야지. 이 몸은 아직 성장긴가 보다. 먹어도 먹어도 계속 배가 고프네.

"너 밥 안 먹었어?"

안 먹긴, 점심 먹은 지 이제 한 시간밖에 안 지났는데……. 그렇게 속으로 웅얼거리며 빈 과자 봉지를 접고 있는데 그가 한숨을 내쉬며 자리에서 일어났다.

"나가자."

"뭐? 나가자고? 내가 왜?"

저놈이 미쳤나, 내가 너랑 어딜 가? 너랑 나갔다가 형한테 또 무슨 욕을 들으려고. 고개를 저으며 싫다고 말하려던 찰나, 그가 말을 이었다.

"밥 사줄게."

"나가자."

그리하여 결국 미친놈과 성을 빠져나온 내가 정신을 차렸을 땐 이미 식당 안이었다. 식당까지 도착해 머리를 부여잡고 후회하고 있는데 그가 물었다.

"밥도 안 줘?"

몰라, 이 새끼야. 밥이고 나발이고 지금 그게 문제가 아니라고. 안 그래도 지금 팔찌 때문에 죽겠는데 저 새끼랑 태연하게 밥까지 먹으러 나왔으니…….

나는 머리를 쥐어뜯다가 고개를 퍼뜩 들었다.

"근데 네가 나한테 밥을 왜 사줘?"

"밥 안 먹은 거 아니야?"

"먹었……. 아니, 응. 안 먹었지."

먹었다고 하면 많이 안 사줄까 봐 나는 거짓말을 했다. 그는 많이 먹으라며 상다리가 부러질 정도로 음식을 시켰다. 내 평생 살다 살다 이런 진수성찬은 또 처음이었다.

나는 허겁지겁 먹으면서 말했다.

"너 좋은 놈이었구나."

"나 착한 사람이야."

그래, 세상에서 밥 사주는 사람치고 나쁜 놈은 없다. 솔직히 이놈이 형이랑 사이가 나쁜 거지 나랑 사이가 나쁜 건 아니니까.

"근데 너 혹시 며칠 굶었어?"

"엉? 아이, 앙 구어써."

"먹고 말해."

그는 포크도 들지 않고 턱을 괸 채 날 동물원 원숭이처럼 쳐다보고 있었다.

사람 먹는 거 처음 보나, 뭘 저렇게 구경하는 건지는 모르겠지만 일단 나는 배를 채우기에 급급했다. 내가 살면서 또 언제 이런 진수성찬을 맛보겠나 싶어서 꾸역꾸역 먹었지만 도저히 이 많은 걸 다 먹을 수는 없었다.

"내일 또 사줄 테니까 배부르면 그만 먹어."

"내일 또 사준다고?"

"싫어?"

싫으냐고? 너 미쳤냐? 씨발, 이게 무슨 횡재냐! 저 미친놈이 거대한 냉장고로 보이기 시작하는 순간이었다.

나는 입가심으로 뜨거운 코코아를 먹으면서 조각 케이크를 우물우물 먹었다.

"진짜 끝도 없이 들어가네."

"넌 왜 안 먹어?"

"난 너 먹는 것만 봐도 배불러."

"그럼 그 케이크 나 먹어도 돼?"

내 말에 그는 말끄러미 날 보다가 접시를 내밀었다. 새하얀 생크림 위에 커다란 딸기가 탐스럽게 올라가 있는 케이크를 보며 방실방실 웃고 있는데 그가 물었다.

"궁금한 게 있는데."

그 말에 나는 흠칫하며 고개를 들었다. 그럼 그렇지, 저놈이 밥을 공짜로 사줬을 리가 없었다. 혹시 형 약점이 뭐냐고 묻는 거 아니야?

떨떠름한 얼굴로 그를 가만히 보고 있자 그가 입을 열었다.

"지구가 어떤 나라야?"

"뭐?"

"궁금해서. 엄마한테 들었는데 거긴 커다란 철 덩어리가 하늘을 날아다닌다며?"

내 예상은 완전히 빗나갔다.

뭔가 좀 더 대단한 걸 물어볼 줄 알았는데 고작 지구에 관한 얘기라 맥이 빠진 나는 머리를 긁적거리며 말했다.

"비행기 말하는 거야?"

"맞아, 그거 이름이 비행기라고 했어. 자동차? 그것도 들었고, 기차도 들었고 컴퓨터도 들었는데. 그런 게 정말로 있어?"

"있지. 여긴 그런 거 하나도 없어서 좀 신기해. 근데 지구에는 마법 그런 게 없어. 아프면 병원에 가서 진찰받고 약 먹거나 주사 맞거나, 심하면 수술하고 그렇게 해야 돼. 또 싸울 땐 마법이나 칼 안 쓰고 총이나 폭탄 뭐 그런 걸로 싸우고……."

나는 또 뭐가 있지 고민하다가 가만히 내 얘기를 듣고 있는 그를 보며 물었다.

"근데 너희 엄마가 진짜 한국 사람이야?"

"이름이 이하영인데 너 혹시 알아?"

"아니, 그런 사람 모르는데……. 근데 진짜 한국 사람 맞나 보네. 여긴 어떻게 왔대? 난 교통사고 나서 죽는 줄 알았는데 눈 떠보니까 여기였어."

근데 이런 말을 함부로 해도 되나 모르겠다. 형한테 물어본다는 걸 깜박했다.

케이크를 다 먹고 후룩후룩 코코아를 마시고 있는데 가을이 다시 물었다.

"교황청에는 왜 있는 거야?"

"갈 데가 없어서. 거기에 형도 있고. 나중에 돈 벌어서 집도 사고 차도 사고……. 아니, 여긴 그런 거 없으니까, 음. 아무튼 나중에 돈 벌면 나올 거야."

"교황한테 왜 형이라고 해?"

형이니까 형이라고 하지. 근데 저놈이 지금 호구조사하러 나왔나, 왜 자꾸 이런 걸 물어보는 거야?

그래도 밥도 사줬으니까 조금은 말해도 되지 않을까.

"내가 진짜 이런 말하기 좀 쪽팔리기는 한데. 이제 형이 우리 아빠야."

"······아빠?"

"호적에 입적을 시킨다고 하는데 내가 진짜 계속 싫다고 그랬거든? 근데 완전 막무가내로 나보고 종이에 사인하라고 그러고 공부하기 싫은데 공부하라고 그러고 나보고 자꾸 일기 쓰라고 하고······."

말하다 보니까 서러워서 살 수가 없었다. 신분이 없으니까 자기 호적에 날 입적시키려고 하는 건 알겠는데 왜 하필 자식이냐고. 그리고 공부도 해야 하는 건 맞는데, 일기도 글씨 빨리 늘라고 그러는 건 알겠는데······.

근데 말하고 보니까 다 하기는 해야 할 것들이었다. 그래도 짜증이 나는 건 어쩔 수 없었다.

"왜 입적을 시켜?"

"나도 몰라, 그 새끼 시커먼 속을 내가 어떻게 알아."

"······."

궁시렁궁시렁 거리고 있는 날 말끄러미 보며 그는 입을 다물었다.

코코아도 다 먹었고, 이제 돌아가야겠다. 그렇게 생각하며 일어날 준비를 하고 있는데 의아한 얼굴로 가을이 물었다.

"어디 가?"

"이제 집에 가야 돼."

"아이스크림 먹을래?"

그 물음에 나는 더 생각할 것도 없이 그의 손을 붙잡았다.

"먹을래."

음식점을 나와 우리는 아르젠에서 가장 유명하다는 아이스크림 집 앞에 도착했다.

정말 유명하기는 유명한지 사람들이 길게 줄을 서 있는 모습이 보였다.

"내 동생이 아이스크림 엄청 좋아하는데 여기 아이스크림밖에 안 먹어."

"네 동생 이름이 나랑 똑같다고 했지?"

"응, 강겨울이야."

이것도 인연이라면 인연이었다. 혹시 내 이름이 자기 동생 이름이랑 똑같아서 밥도 사주고 아이스크림도 사주고 그러는 건가? 이제 여기서 여름이라는 이름만 있으면 사계절 완성인데.

나는 고개를 들어 그를 쳐다봤다.

반쯤 감긴 눈으로 하품을 하고 있었다. 그리고 보니까 처음 만났을 때도 두 번째로 만났을 때도 다 자고 있었는데. 얜 도대체 밤에 잠 안 자고 뭐 하는 거야?

아이스크림 가게에서 아이스크림 하나를 사서 우리는 분수대 앞 벤치에 앉았다.

혼자만 먹으려고 하니까 좀 미안하기도 했지만 안 먹겠다는데 자꾸 권할 수도 없고, 내가 사주는 것도 아니라 나는 그냥 얌전히 아이스크림을 먹었다. 맛도 생긴 것도 소프트아이스크림이랑 비슷했다.

"근데 아까는 왜 그렇게 짜증이 나 있었어?"

"어? 아까? 아, 그때……. 야, 내가 연무장에 갔거든? 검사가 되고 싶다고 하니까 나보고 엄마 찌찌나 더 먹고 오래."

"……."

"아, 진짜 또 생각하니까 열 받네. 제이든지 뭔지 그 새끼가 나보고……."

열변을 토하다가 나는 점점 말꼬리를 흐렸다. 내 옆에 앉아서 날 말끄러미 쳐다보고 있는 갈색 눈동자가 이상하리만치 그윽하다는 걸 느꼈기 때문이다.

느끼하게 왜 저렇게 쳐다봐? 너무 빤히 쳐다봐서 좀 민망해진 나는 미간을 좁히고 물었다.

"왜 그렇게 쳐다봐?"

"내가 어떻게 쳐다보고 있는데?"

그 말에 나는 의아한 얼굴로 그를 쳐다봤다. 느리게 눈을 깜박거리면서 가만히 날 쳐다보고 있는 가을을 보며 나는 혹시나 싶어 물었다.

"너 지금 잠 오지?"

"어떻게 알았어?"

별로 놀랍지도 않은 말인데도 그는 눈을 동그랗게 뜨고 말했다.

그 말에 나는 허탈하게 웃으며 한숨을 내쉬었다.

"너 저번에 만났을 때도 자고 있었고, 막 비틀거리면서 걷고 그랬 잖아. 안 잤어?"

"나 원래 3일에 한 번씩 자."

"뭐? 3일? 너 미쳤냐? 그렇게 자고 어떻게 살아?"

3일에 한 번씩 자는 묘기를 펼치고 있는 가을을 보며 나는 기겁했 다. 그는 길게 하품을 하면서 말했다.

"자는 시간이 아까워서 오래 못 자겠어."

"자는 시간이 왜 아까워? 넌 잠도 안 오냐? 근데 너 엄청 오래 산 거 아니었어? 알카 형이 그러던데 너 엄청 오래 살았다고 했는 데……."

내 말에 그는 벤치 깊숙이 몸을 기대며 눈을 감았다.

"읽고 싶은 책이 있었는데 그걸 1년 전에 구했거든. 근데 해석이 잘 안 돼."

해석? 다른 나라말로 적힌 책인가? 여긴 번역기 이런 거 없나? 안 타깝다, 컴퓨터 있으면 그냥 번역기에 돌리면 되는 건데. 이런저런 생각을 하고 있는데 아이스크림이 녹아서 밑으로 뚝뚝 떨어지기 시 작했다.

나는 급하게 아이스크림을 다 먹고 말했다.

"사전 없어?"

"……."

"아니면 외국어 잘하는 사람이라도……. 야."

말을 하다가 고개를 돌려 가을을 쳐다본 나는 눈을 감고 색색 거리고 있는 그의 모습에 당황하지 않을 수가 없었다. 지금 설마 자는 거야?

"야, 너 자냐? 진짜 자?"

"……."

"집에 가서 자, 왜 여기서 자고 난리야? 야. 야! 야, 좀 일어나봐!"

　나무 위에서 잘 때부터 내가 알아봤다. 어떻게 이런 길 한복판에서 잠이 들 수가 있어!

　처음에는 손가락으로 쿡쿡 찌르다가 일어날 기미가 보이질 않자 나는 결국 그의 멱살을 쥐고 흔들 수밖에 없었다.

"야! 강가을! 야! 일어나! 너 진짜 자면 어떡해!"

　이 정도 흔들면 깰 법도 한데 그는 꼼짝도 하질 않았다.

　이놈이 날 엿 먹이려고 자는 척을 하는 건가, 그런 생각이 들었지만 3일에 한 번씩 잔다는 게 사실이었던지, 그는 정말로 시체처럼 자고 있었다.

　멱살을 잡고 있던 손을 탁 하고 놓고 나는 고민에 빠졌다.

　이걸 어떻게 해? 자는 사람을 두고 갈 수도 없고 그렇다고 깰 때까지 여기서 기다릴 수도 없고……. 나는 일그러진 얼굴로 머리를 부여잡았다. 진짜 되는 일이 하나도 없다.

　나는 길게 한숨을 내쉬고 벤치에 몸을 기댔다. 하얀 구름이 둥둥 떠다니는 새파란 하늘은 지구와 별반 다를 게 없었다. 똑같은 하늘인 것 같은데도 여긴 지구가 아닌 다른 세상이라는 게 신기하기도 하고 이상하기도 했다.

다시 한숨을 내쉰 나는 고개를 돌려 가을을 쳐다봤다.

"진짜 밥 한 번 얻어먹으려고 나왔다가 이게 뭔 일이야."

길에서 진짜 이렇게 깊이 잠든 사람을 보는 건 처음이다.

애초에 밖에서 자는 건 노숙자 외에 없다고 생각한 나에게 그의 행동은 좀 충격이었다. 그러다가도 얼마나 잠이 왔으면 이런 데서 잠이 들까, 좀 측은한 마음이 드는 것도 사실이다.

지금 자면 또 3일은 안 잘까? 난 절대 그렇게 못 한다. 누가 돈 주고 해보라고 해도 못하겠네.

근데 진짜 이놈은 언제 일어나는 거야. 늦게 들어가면 형이 엄청 뭐라고 할 텐데.

고등학교 1학년 때 상진이 새끼랑 논다고 밤 열두 시가 넘어서 들어갔던 적이 있었다. 내가 그날 집에 들어갔던 시간이 자정을 조금 넘긴 시간이었는데 그때 고삐리 주제에 외박했다고 형한테 엄청 혼났던 기억이 났다.

지금 생각해보니까 열두 시 그거 좀 넘겼다고 외박이라고 하는 것도 더럽게 치사했다.

근데 이놈, 열두 시 안에는 일어나겠지?

내 첫사랑은 초등학교 때 찾아왔다.

학교의 퀸카였던 민아가 내 첫사랑이었는데, 첫사랑은 아픔이라고 누가 그랬던가. 민아가 이사를 가는 바람에 좋아한다는 말 한마디 해보지 못한 채 내 첫사랑은 끝이 났다.

그리고 나는 중학생이 됐다. 누구나 다 그렇듯 강력하게 두발자유를 외쳤지만 내 의견은 묵살되어 난 스님처럼 까까머리가 됐고, 난생처음 교복을 입었다.

우리 학교는 남중이었는데, 바로 옆에 여중이 있었다.

그곳에서 내 두 번째 사랑이 시작됐다. 나보다 한 살 많은 누나였는데, 단발머리가 기가 막히게 잘 어울리는 사람이었다. 단정하게 교복을 입고 까만 단화를 신은 그녀는 늘 책을 읽고 있었다.

바람이 불어 연한 갈색 머리카락이 흩날릴 때면 내 심장까지 같이 휘날리는 착각이 들 징도로 나는 누나를 좋아했던 것 같다. 하지만 애석하게도 그 누나는 그해 가을, 이민을 가버렸다.

내가 그때 가장 후회했던 게 누나한테 고백 한 번 해보지 못했던 거였다.

민아가 이사 갔을 땐 그냥 슬프고 말았는데 누나가 이민 갔을 땐 하루 종일 울기만 했다.

형이 찌질한 새끼라고 놀리면서 밥이나 차리라고 했을 때도 나는 질질 짜면서 국을 끓였다. 그날 국이 좀 짜다고 했던 형의 말이 생각난다.

다 갖다 버리고 새로 끓여오라고 할까 봐 국을 끓이다가 거기에 내 눈물이 들어가서 짠 거라고는 물론 말하지 않았다. 아무튼 내 사랑들은 다 그렇게 떠나갔다.

가을이 찾아오면, 책을 볼 때면, 그리고 단발머리를 한 여자를 볼 때면, 이제는 이름도 잘 기억나지 않는 그 누나가 이따금씩 생각나고는 했다.

갑자기 콧잔등이 시큰해지면서 눈물이 날 것 같은 기분이 들었다.

원래는 떠올린다고 해서 눈물이 날 정도는 아니었는데, 이젠 정말 누나를 볼 수가 없어서 그런 걸지도 몰랐다. 누나가 이민을 가기는 했지만 그래도 아예 다른 세상은 아니었으니까.

이젠 그 누나도, 상진이 새끼도, 매일 나만 구박하던 담임선생님도, 나 예뻐해 주던 매점 누나도 볼 수가 없다.

여긴 다른 세상이니까.

매일 아침 학교 가기 싫어서 침대에서 뒹굴고, 수업시간에 졸고, 쉬는 시간 10분 만에 컵라면을 먹던 신기를 펼치고 학교 마치고 PC방에 가서 놀고, 그러던 시절이 그리웠다.

우리 집도 생각이 났다. 집에 가고 싶다.

형이 있기는 했지만 그래도 나는 우리 집에 가고 싶었다. 씨발, 침대 밑에 상진이 새끼랑 중학교 때부터 모았던 내 보물 컬렉션도 있는데…….

그 컬렉션은 상진이 새끼가 방학 때 가족여행으로 일본에 가서 직수입해 온 잡지였다. 그 새끼는 지금쯤 없어진 날 애타고 찾고 있겠지.

내가 보고 싶어서가 아니라 그 잡지가 보고 싶어서.

"흑……."

집에 가고 싶다고 해봤자 형은 입 닥치라고 내 대가리만 후려칠 게 뻔하고, 그렇다고 이런 걸 알카 형한테 말할 수도 없는 거고 진짜 서러워 죽겠다.

거기다가 난 하루아침에 여자가 됐는데, 어쩔 수 없긴 한데, 그래도 내가 얼마나 서러운데, 씨발 알아주는 사람도 없고…….

"흐어어엉."

"울아."

그때였다. 귓가로 날 부르는 목소리가 들려와서 나는 눈을 떴다.

여기에 오기 전에 있었던 일들이 희미하게 떠올랐다. 꿈이라도 꾼 것 같은데, 내가 언제 잠이 든 건지 알 수가 없었다. 젖은 눈을 벅벅 문지르며 나는 고개를 돌렸다.

"너 왜 울어?"

의아한 얼굴로 가을이 날 쳐다보고 있었다. 사방 천지가 어두워서 얼굴이 잘 보이지가 않았다.

나는 멍청하게 그를 보다가 물었다.

"너 언제 일어났어?"

"아까."

그는 두꺼운 커튼을 젖히며 말했다.

어둡기만 했던 실내가 곧 환하게 밝아졌고, 갑작스러운 빛에 나는 팔로 얼굴을 가렸다. 조금씩 빛에 익숙해지자 정신도 같이 맑아지기 시작했다.

팔을 내리고 눈을 뜬 나는 멍청한 얼굴로 주변을 훑었다.

"여기가 어디야?"

"우리 집."

어? 뭐라고? 누구 집?

나는 고개를 숙여 내 몸에 가지런하게 덮여 있는 새하얀 이불을 쳐다봤다.

난 분명 벤치에 앉아서 잠이 들었는데 왜 내가 침대 위에서 눈을 뜬 거지?

나는 한참을 그렇게 멍청하게 있다가 퍼뜩 고개를 들어 시계를 찾았다. 벽에 걸려있는 나무 시계를 확인한 나는 침대에서 벌떡 몸을 일으켰다.

"내가 왜 여기에 있어?"

"안 일어나서 여기로 데리고 온 건데……."

"뭐?"

당황한 내 얼굴을 보며 가을은 태연한 얼굴로 말했다.

"내가 널 업고 교황청까지 갈 수는 없잖아. 교황청 건물 안까진 마법으로 못 들어가거든. 결계가 있어서. 그렇다고 버리고 갈 수도 없고 해서 그냥 우리 집으로 바로 워프한 거야."

워프? 워프라고? 아니, 지금 그게 문제가 아니라…….

지금 시계의 시곗바늘은 아홉 시를 가리키고 있었다. 날이 밝은 걸 보니 아침 아홉 신 거 같은데 그렇다는 건 내가 외박을 했다는 소리다, 연락 한 통도 없이!

"근데 너 왜 울었어? 무서운 꿈 꿨어?"

"나 집에 어떻게 가?"

"뭐?"

"집에 어떻게 가냐고! 말도 안 하고 외박을 했는데 우리 형이 가만히 있겠냐고, 지금!"

내가 머리를 부여잡고 괴성을 지르자 가을이 한 발자국 뒤로 물러섰다. 나는 *끙끙거리면서* 빠르게 머리를 굴렸다.

뭐라고 하지? 길바닥에서 잠들었다고 할까? 아니면 그냥 내 방구석에서 잠들었다고 할까? 아니야, 이런 걸 믿을 리가 없잖아!

"너 괜찮아?"

그는 떨떠름한 얼굴로 내게 다가왔다. 침대 밑에 쪼그리고 앉아 혼자 중얼거리는 내가 미친 것처럼 보였나 보다.

나는 다시 벌떡 일어나 말했다.

"일단 가야 돼. 가야겠다."

"아침 안 먹고 갈 거야?"

"아침? 지금 아침이 중요하냐? 아침 먹고 언제 어느 세월에 가!"

나는 욕지거리를 내뱉으며 빠르게 문쪽으로 달려갔다. 체력도 거지같고 다리도 짧아서 뛰는 속도가 거북이 수준이었지만 나는 빠르게 발을 놀렸다. 그리고 문을 활짝 열고 밖으로 튀어 나가려던 순간.

"으, 으아악!"

나는 문고리를 붙잡고 그 자리에 주저앉을 수밖에 없었다. 조금만 더 앞으로 튀어 나갔더라면 난 필시 떨어졌을 거다. 눈앞에 보이는 뭉게구름과 발아래로 보이는 까마득한 낭떠러지에 나는 쾅 하고 문을 닫고 심호흡을 했다.

"이, 이게 뭐야?"

망연자실한 얼굴로 나는 가을에게 시선을 돌렸다. 사색이 된 내 얼굴을 보며 가을은 고개를 젖히며 내게 기암을 토할 말들을 태연하게도 지껄였다.

"여긴 내 공방이야. 방 하나하나가 다 다른 공간에 있어서 다른 곳으로 가려면 결계를 이어야 돼. 참고로 이 방은 히델리아 산 정상에 있는 절벽 동굴에 지어진 집이야. 아르젠까지 걸어서 가려면 1년은 걸릴걸."

"……."

"밥 먹고 갈 거지?"

"……너 진짜 나한테 무슨 억하심정이 있어서 날 이렇게 괴롭히는 거야? 너 날 이용해서 우리 형한테 엿 먹일 생각인가 본데, 그 인간이 이딴 일로 엿 먹을 놈이 아니거든?"

팔찌 끼기 싫은데 협박해서 억지로 끼라고 하고 이름 부르기 싫은데 억지로 부르라고 하고 난 오라고 한 적도 없는데 내 방에 무단침입하고 그럴 때부터 알아봤다.

잊을 만하면 다시 떠오르는 사람이 반 토막이 난 그 사건을 떠올리며 나는 부르르 몸을 떨었다.

생각해보니까 난 지금 갇힌 거 아닌가? 나 지금 납치에 감금까지 당한 거야?

"내가 그 꼬맹이한테 왜 엿을 먹여? 나 나쁜 사람 아니라니까."

"그럼 나한테 왜 이러는 건데!"

"내가 뭘 했는데? 아무것도 안 했는데."

"뭐? 웃기지 마! 네가! 네가……. 그, 그러니까 네가……."

말을 끝마치지도 못하고 나는 말꼬리를 흐렸다. 그러고 보니까 저 놈이 나한테 직접 뭘 한 적은 없었다. 내가 무슨 일을 당한 건 아닌데…….

"넌 내가 그렇게 무서워?"

별안간 그가 웃었다. 나는 기가 막혀서 말도 나오질 않았다. 야, 이 등신아! 그럼 살인자를 앞에 두고 멀쩡할 사람이 어디에 있어!

"다음부터는 네가 자고 있으면 그냥 버리고 갈게. 됐지?"

그래서 아침은 뭘 먹을 건데? 하고 묻는 가을을 보며 나는 뭐라고 말을 할 수가 없었다.

진짜 어이가 없다. 당황스럽고 어이가 없어서 할 말이 없었다.

내가 허탈해하고 있는데 가을이 내 쪽으로 다가왔다.

반사적으로 몸을 움츠렸지만 그는 문고리를 붙잡고 문을 열었다. 내가 열었을 땐 끝도 보이지 않는 낭떠러지였는데 그가 문을 열자 부엌이 보였다.

혹시 저 문이 닫히면 방에 갇힐까 봐 나는 잽싸게 부엌으로 뛰어갔다. 그를 지나쳐 부엌에 들어가자 가을은 날 보며 다시 웃더니 문을 닫았다.

혹시나 싶어 내가 다시 문을 열자 밖에는 길게 흐르는 강이 보였다.

"여긴 마라토스 강이야. 아델라이랑 칼베로스 국경 사이에 있는 강. 여기서 아르젠까지 걸어서 가려면 두세 달은 걸려."

"안 물어봤다."

이건 말도 안 된다. 어떻게 이런 일이 있을 수가 있어! 보고도 믿을 수 없는 광경에 나는 정신을 차릴 수가 없었다.

"아침 뭐 먹을래?"

"야! 넌 아침 못 먹어서 죽은 귀신이 들러붙었냐? 그냥 너 혼자 처먹어!"

머리를 부여잡고 낑낑거리고 있는데 말끄러미 날 보던 가을이 내 팔뚝을 붙잡아 날 일으켜 세웠다. 그의 손길에 따라 다리를 펴자 가을이 입을 열었다.

"밥 못 먹는다고 해서 먹여서 보내려고 그러는 거잖아. 왜 그렇게 화가 나 있어?"

"어? 아니, 너 같으면……. 아니, 그러니까……. 화를 낸 게 아니라 내가 지금 너무 당황스러워서……."

갑자기 왜 화를 내냐고 하니까 또 할 말이 없었다. 나는 멀뚱멀뚱 날 쳐다보고 있는 그의 시선을 피해 고개를 돌리며 더듬더듬 말했다.

"외박하면 형이 걱정하는데, 아니. 걱정하는 게 아니라 겁나 열이 받아서 날 때려죽이려고 벼르고 있을 텐데, 연락도 해야 되고, 그리고 뭐라고 변명해야 할지도 생각해야 되고……. 그리고 또……."

"왜 자꾸 형이라고 그래?"

난 지금 심란해 죽겠는데 이놈은 계속 자기가 궁금한 걸 묻기만 했다. 아침 뭐 먹을래, 왜 자꾸 형이라고 해, 왜 화를 내고 있어, 그런 식으로. 나는 머리를 벅벅 긁으며 말했다.

"형이니까 형이라고 하지."

"둘이 형제야? 아닌데, 그 꼬맹이한테 형제라고는 탄트라에 다니는 꼬맹이들밖에 없는데."

"형제……는 아니고……. 그, 그러니까. 형제는 아닌데……. 가족도 아니고……."

그러고 보니까 형은 이제 우리 형이 아니었다. 혈연관계가 있는 것도 아니고 형이 날 양자로 받아들이기는 했지만 진짜 피가 섞인 건 아니었다.

어렸을 때 부모님이 돌아가시고 가족이라고는 형밖에 없었는데 이제는 정말로 혼자뿐이라는 생각에 기분이 묘해졌다.

내가 입을 다물고 가만히 있자 가을이 의아한 얼굴로 날 쳐다본다. 나는 고개를 젓고 그를 보며 말했다.

"근데 형한테 형제가 있어?"

"남동생 하나랑 여동생 하나."

"……"

그 말에 갑자기 또 기분이 이상해졌다. 형은 나한테 그런 말 한 적 없는데? 근데 탄트라가 뭐지? 어디서 많이 들어본 것 같기도 했지만 기억이 나지 않아서 나는 다시 고개를 저었다.

"근데 그럼 너 혹시 우리 형한테 부모님이나 뭐 그런 거……. 아무튼 그런 거 있는지도 알아?"

"그건 잘 모르겠어. 아르젠에 있다는 말을 들었던 것 같기도 하고……. 그건 왜?"

"……"

동생들도 있고 부모님도 다 계신다고? 나는 눈을 껌벅거리면서 가을을 쳐다봤다.

형은 결혼하지 않았다고 했다. 근데 어떤 가족들이 결혼도 안 한 아들한테 아들이 생기는 걸 좋아하겠는가. 아니, 지금 난 여자니까 아들이 아니라 딸이지.

아무튼, 그런 걸 좋아할 부모는 세상에 없었다. 이 이상한 나라에 떨어져서 형을 만난 게 다행인지 불행인지, 그동안 나는 별 불편함 없이 지낼 수가 있었다.

지구에 있을 때 알고 지냈던 사람들이 가끔 보고 싶기도 했지만 이곳에서 정말 죽을 것처럼 힘들었던 적도 없었다.

형이 날 돌봐주는 게 내게는 당연한 일이었다. 부모님이 돌아가시고 어렸을 때부터 형이 그렇게 해줬으니까.

부모가 자식을 돌보는 것처럼 형이 날 돌봐주는 건 내게 있어서 너무나도 당연한 일이었다. 하지만 이젠 가족도 뭣도 아닌데 형이 날 돌봐주는 게 당연한 일일까?

　우리는 이제 가족도 아닌 타인인데.

　"왜 그래?"

　나사 빠진 인형처럼 눈도 깜박거리지 않고 그 자리에서 멍청하게 있는 날 보며 가을이 물었다. 나는 정신을 차리고 그를 보며 대뜸 말했다.

　"오므라이스 먹을래?"

　"……."

　내 말에 순간 그의 표정이 일그러지는 것도 같았지만 나는 바로 식탁에 앉았다. 빨리 만들지 않고 뭐하느냐는 내 시선에 그는 떨떠름한 얼굴로 미적미적 주방으로 걸어갔다.

　나는 잠시 그의 등을 보고 있다가 식탁에 엎어졌다. 팔에 얼굴을 묻고 나는 눈을 깜박거렸다.

　아주 어렸을 때, 그러니까 내가 초등학교에 다닐 때 그런 일이 있었다.

　내가 초등학생 때 형은 중학생이었는데 중간고사였나 기말고사였나 기억나진 않지만 어쨌건 그날은 형이 시험을 치는 날이었다.

　친구랑 싸웠다. 아니, 친구도 아니었다. 옆 반에 어떤 애가 날 보고 엄마도 없고 아빠도 없는 애라고 비웃었던 게 화근이었다.

　난 날 놀리던 남자애한테 엄마랑 아빠 있다고 버럭 소리를 쳤다.

왜 나는 엄마도 없고 아빠도 없냐고 형한테 물었던 적이 있었는데 그때 날 보며 형이 그랬다. 날 엄마라고 생각하고 아빠라고 생각하라고.

하지만 그 말 한마디에 나는 거짓말쟁이가 됐다. 결국 난 엄마도 없고 아빠도 없어서 거짓말쟁이가 된 거라는 말도 안 되는 논리를 펼치며 날 놀리던 아이에게 주먹질을 했다.

그때 필통으로 머리통을 후려갈기는 바람에 그 애 머리가 찢어졌다. 피를 철철 흘리며 엉엉 우는 남자애를 보면서도 내 화는 도무지 식을 줄을 몰랐다. 계속 씩씩거리다가 결국 선생님이 들어와 싸움은 마무리가 됐다.

얼마 지나지 않아 그 애 부모님이 학교로 찾아왔고 나는 교무실로 불려 가 차가운 바닥에 무릎을 꿇어야만 했다.

"당장 이 새끼 부모 불러와!"

아직도 귓가에 생생하다. 무섭게 생긴 아줌마랑 아저씨가 내 머리를 손가락으로 툭툭 치면서 천둥이 치는 것처럼 고함을 쳤다. 나는 울기만 했다.

분하기도 분하고 화가 나기도 했지만 가장 큰 이유는 무서워서였다.

선생님은 곤란한 얼굴로 그 아이 부모님에게 정황을 설명하기 시작했고, 곧 내가 고아라는 사실을 들은 아줌마랑 아저씨가 차가운 눈으로 날 비웃었다.

"그럼 그렇지."

그렇게 말하던 그 목소리에는 어린 나도 알아챌 정도로 연민과 동정, 그리고 경멸이 담겨 있었다.

이유를 알 수 없는 경멸에 눈물만 뚝뚝 흘리고 있는데 쾅 하고 교무실 문이 열렸다. 고개를 돌리자 보이는 건 잔뜩 흐트러진 모습으로 숨을 몰아쉬고 있는 형이었다.

형은 아줌마와 아저씨, 그리고 우리 선생님을 천천히 보다가 마지막으로 날 쳐다보곤 어그러진 얼굴로 짧게 말했다.

"일어나."

그 말에 나는 벌떡 일어나 다리가 저린 것도 모르고 형에게 달려가 엉엉 울었다.

과거의 일을 회상하던 나는 피식 하고 웃지 않을 수가 없었다. 그때 내가 형을 붙들고 울면서 했던 말이 떠올랐기 때문이다.

난 그때 형을 부여잡고 세상이 떠나가라 울었다. 아빠, 아빠, 거리면서.

교무실에서 우리를 지켜보고 있던 선생님들과 아줌마, 그리고 아저씨는 중학생 교복을 입은 남자애가 아빠라는 사실에 경악을 금치 못했지만 내 갑작스러운 아빠 발언에도 우리 형은 놀란 기색이 없었다.

그때 기억을 되새기며 킥킥거리고 있는데 이상한 냄새가 났다. 고개를 들자 가을이 칼로 무언가를 썰고 있는 모습이 보였다. 형용할 수 없을 만큼 요상한 냄새에 나는 결국 자리에서 일어나 그에게 다가갔다.

"이게 무슨 냄새…….. 야, 너 지금 뭐하냐?"

"당근 자르고 있어."

"……."

당당하게 말하는 그를 보며 나는 입을 다물었다.

도마 위에서 곤죽이 되어 있는 정체불명의 주황색이 당근이었구나. 나는 투명한 유리 볼 안에 시커멓게 탄 무언가를 보며 물었다.

"저건 뭔데?"

"감자."

"……."

아까 내가 오므라이스 먹자고 했을 때 그의 표정이 일그러졌던 게 떠올랐다. 혹시 요리할 줄 몰라서 그랬던 건가? 그럼 나한테 아침 뭐 먹을 거냐고는 왜 물었던 건데? 나는 기가 막혀서 팔을 걷어붙이고 그를 옆으로 밀어냈다.

"저리 비켜."

"……."

"이게 당근이냐, 죽이냐? 와, 이게 감자라고? 이렇게 딱딱한데 왜 겉은 다 탔어? 넌 가서 밥이나 퍼와."

간만에 요리를 해서 그런지 나는 주부 정신에 불타올라 빠르게 오므라이스를 만들기 시작했다.

감자와 당근, 그리고 피망, 양파 등을 먹기 좋게 잘라 밥과 볶다가 소금으로만 간을 하고 다른 프라이팬에는 얇게 계란을 부쳤다. 솔직히 오므라이스는 눈 감고도 만들 수 있는 거라 나는 20분 만에 요리를 완성시키고 접시에 먹기 좋게 담아 케첩을 뿌렸다.

"먹어."

"……."

탁자에 접시를 놓자 그는 눈을 동그랗게 뜨고 날 쳐다봤다.

마치 내가 대단한 사람이라도 되는 것처럼 쳐다보는 그 시선에 난 약간 우쭐해져 그에게 숟가락을 주며 말했다.

"야, 솔직히 나한테 오므라이스는 요리도 아니야."

"그럼 뭐가 요린데?"

"우리 형이 겁나게 미식가라서 내가 웬만한 요리에는 다 도가 텄어. 너 내가 꼭두새벽부터 교복 입고 겉절이 만든다고 지각한 거 알아? 무슨 아침부터 갑자기 겉절이가 처먹고 싶다고 학교 가야 되는데 나보고……."

나는 이를 박박 갈면서 과거의 일을 말하다가 점점 말꼬리를 흐렸다. 내가 갑자기 입을 다물자 숟가락 등으로 케첩을 슬슬 문지르고 있던 그가 날 쳐다봤다.

나는 두어 번 헛기침을 하다가 물었다.

"너 아직 결혼 안 했지?"

"응."

"넌 만약에 네가 결혼도 안 했는데 갑자기 어떤 듣도 보도 못한 사람을 양자나 양녀로 들인다고 하면 너희 부모님이 뭐라고 할 것 같냐?"

"좋다고 하겠지. 우리 엄마랑 아빠는 애들 좋아해."

한 치의 망설임도 없이 대답하는 그를 보며 나는 허탈해졌다.

"그게 문제가 아니잖아. 결혼도 안 했는데 덜컥 애가 생겨버리면 누가 그 사람이랑 결혼을 하고 싶겠어? 혹 덩어리나 다름없는 건데."

"애 있어도 좋다는 사람이랑 결혼하면 되지."

"그러니까 그런 사람이 어디에 있냐고!"

입에 맞는 건지 오므라이스를 맛있게도 먹던 가을이 우물거리면서 내게 말했다.

"너희 형 얘기하는 거면 그런 걱정 안 해도 돼."

"뭐, 뭐? 누, 누가 우리 형 얘기한다고 했어? 아니거든? 아니라고!"

"교황은 결혼 못해."

그는 벌써 반이나 없어진 오므라이스에 다시 숟가락을 가져가며 태연하게 말했다.

"어? 왜?"

생각지도 못했던 말에 나는 입을 다물지도 못하고 그를 멀뚱멀뚱 쳐다보기만 했다.

"교황은 평생 신만 봐야 하니까. 교황이 즉위식을 할 때 신전에서 한 달간 신의 목소리를 듣는 의식이 있는데 그때 맹세하거든. 남은 생을 라 아르만틴을 위해 봉사하는 종이 되겠다고."

……미친, 이게 뭔 개소리여.

나는 기가 막혀서 말도 나오지 않았다. 지구에 있을 때도 그런 말은 들어봤다.

정확한 건지는 모르겠지만 사제나 수녀가 되면 결혼 못한다고. 하지만 막상 눈앞에 현실로 닥치니 그저 기가 막힐 따름이었다.

왜 멀쩡한 사람 혼삿길을 막고 지랄이야? 신이 뭔데? 지가 해준 게 뭐가 있는데!

"그럼 우리 형이 결혼도 못하는 고자 새끼란 말이야?"

"고자가 되는 건 아니고 그냥 결혼만 못하는 거야."

"씨발, 그게 그거잖아! 그런 게 어디에 있어! 난 인정할 수 없어! 애초에 그놈이 교황이라는 것도 말이 안 되잖아! 신이고 지랄이고 자기가 세상에서 제일 잘난 줄 아는 놈이 교황은 무슨 교황이야! 차라리 조폭 두목이나 될 것이지 왜 사제 두목이 되고 난리냐고!"

내가 씩씩거리며 고함을 치고 있는 와중에도 그는 열심히 오므라이스를 먹었다. 그는 어느새 자기 앞에 놓인 오므라이스를 다 먹고 숟가락을 입에 문 채 나를 멀뚱멀뚱 쳐다봤다.

내가 화를 내고 있는 건 관심도 없는 듯 했다.

"그거 안 먹을 거면 나 줘."

"뭐? 야! 넌 지금 오므라이스가 문제야?!"

"어차피 이미 즉위한 거라 물릴 수도 없어. 근데 네가 왜 그렇게 화를 내?"

가을은 멋대로 내 앞에 놓인 오므라이스를 가져가 다시 퍼먹기 시작했고 나는 어이가 없었다.

왜 화를 내냐고? 너 같으면 화 안 나게 생겼냐? 지금 우리 형이 결혼도 못하는 땡중이 됐는데!

나는 말도 안 된다고 중얼거리며 의자에 철퍼덕 앉았다. 탁자에 팔꿈치를 대고 머리를 부여잡고 있는데 분위기 파악도 못 한 배에서 꼬르륵 하는 소리가 들려왔다.

그 소리에 흠칫하고 고개를 들자 열심히 오므라이스를 먹고 있던 가을이 어색하게 웃으며 내게 말했다.

"좀 남았는데 먹을래?"

"……됐다, 너 혼자 많이 처먹어라."

나는 반도 남지 않은 오므라이스를 보며 한숨을 내쉬었다.

나는 설거지까지 말끔하게 끝내고 수건에 손을 닦으며 한숨을 내
쉬었다. 이제 난 집에 가면 죽었다. 시간은 벌써 열한 시가 다 됐는
데 내가 지금 여기서 뭘 하고 있는 거야.

　"넌 아무것도 안 먹어서 어떡해? 가는 길에 뭐 좀 사줄까?"

　배에서는 아까부터 배가 고프다고 비명을 지르고 있었다. 하지만
집에 가서 어떻게 무슨 변명을 해야 할지가 걱정이 돼서 밥이 넘어
갈 것 같지 않았다.

　나는 고개를 저으며 힘없이 말했다.

　"그냥 집에 갈래."

　일단 집에 가서 길바닥에 쓰러졌다고 하자. 갑자기 머리가 너무
아파서 정신을 잃었는데 눈을 뜨니까 이 시간이었다고…….

　"다음에 놀러 갈 때 맛있는 거 사 가지고 갈게."

　그 말에 나는 멍청한 얼굴로 그를 올려다봤다. 다음에 놀러 온다
고? 네가 왜? 아오, 모르겠다. 머리 아파 죽겠네.

　다시금 한숨을 내쉬자 그걸 어떻게 받아들인 건지, 그가 내 어깨
에 손을 얹더니 토닥거렸다.

가을이 문을 열자 아까 보였던 커다란 강은 온데간데없이 길거리가 나왔다. 그러니까 사람들도 지나다니고 노점상도 보이는 평범한 그런 길. 몇 번 봤다고 이젠 놀랍지도 않았다. 이젠 커다란 바위가 저는 바위예요, 라고 지껄여도 놀라지 않을 자신이 있었다.

"여기 어딘지 알지?"

주변을 훑자 거리가 낯이 익다는 걸 깨달았다.

여긴 어제 그와 밥을 먹으러 왔던 식당이 있던 곳이었다. 뒤를 돌아보자 우리가 나온 곳은 작은 가게의 문이었다. 그 위에 있는 나무 간판에는 뭐라고 적혀 있었다.

"뭐라고 적힌 거야?"

"연금술사. 여기 내 가게야."

"뭐? 너 장사해?"

"그냥 내킬 때마다. 아, 혹시 뭐 필요한 거 있으면 와. 싸게 줄게."

그는 나를 바래다주겠다며 같이 걷기 시작했다. 점심시간이라 그런지 길에는 사람이 제법 많았다.

난 그의 걸음에 맞춰 걷다가 이리 치이고 저리 치였다. 그런 내가 불쌍하기라도 했던 건지 가을이 내 팔뚝을 붙잡았다. 나는 고개를 들어 물었다.

"네 가게에선 뭘 파는데?"

"이것저것. 넌 뭐가 필요한데?"

나는 별생각 없이 툭 내뱉었다.

"황금알을 낳는 거위."

내 말에 허탈하게 웃을 줄 알았는데 그는 고개를 끄덕이기만 할 뿐이었다. 내 조크가 너무 고차원적이었나 보다. 괜히 민망해져서 나는 헛기침을 하고 말했다.

"여기서부터는 혼자 갈 수 있어."

"뭐 안 먹어도 돼?"

"됐어. 야, 근데 내가 궁금한 게 있는데 넌 왜 이렇게 나한테 잘해줘?"

  자기 동생 이름이랑 내 동생 이름이랑 똑같아서 그런가? 이유도 없이 잘해주는 사람은 없다고 갑자기 잘해주면 그런 사람들은 조심해야 한다고 형이 신신당부했다.

  의심쩍은 눈으로 가을을 보자 그가 내게 의아한 얼굴로 말했다.

"이게 잘해주는 거야?"

"뭐? 아니……. 너 매일 내 방에 멋대로 쳐들어와서 먹을 것도 주고……. 아니, 생각해보니까 이건 잘해주는 게 아니네. 너 왜 자꾸 네 마음대로 내 방에 들어와?"

  내가 미쳤나 보다. 이런 걸 잘해주는 거라고 착각을 했다니. 가을은 잠시 생각하는 것 같더니 내게 말했다.

"네가 웃겨서."

"뭐?"

"웃기잖아. 난 살면서 너처럼 웃긴 애는 처음 봤거든. 말하는 것도 웃기고 네발로 기어 다니는 거 좋아하는 것도 웃기고 나만 보면 기절하는 것도 웃기고."

"……."

어, 그래……. 고, 고맙다. 날 웃기게 봐줘서. 나는 떨떠름한 얼굴로 고개를 끄덕이다가 손을 흔들었다.

"잘 가."

덩달아 손을 흔들며 웃는 가을을 보며 나는 등을 돌렸다. 무서워서 차마 소리치지 못한 외침이 가슴 속에 메아리처럼 울려 퍼졌다.

저 개새끼……. 한 번만 더 내 앞에 나타나면 주리를 틀어버리겠어. 내가 동물원 원숭이냐!

교황청에 도착하자마자 나는 정문을 지키고 있던 병사에게 붙잡혔다. 영문도 모른 채 끌려가다가 도착한 곳은 형의 방이었다. 내가 도망이라도 갈 것처럼 보였던지 날 꽉 붙잡고 있는 병사에게 불쌍한 표정을 지으며 말했다.

"파, 팔이 아파요."

"죄송합니다."

"머리도 아픈데……."

"네?"

흑흑, 난 이제 죽었다. 꾀병이라도 부려서 시간을 벌고 싶었지만 이미 눈앞에 거대한 지옥문이 보이기 시작했다. 제발 내가 거지꼴로 보였으면 좋겠다. 나는 손을 들어 머리를 헝클어뜨렸다. 그런 날 이상하게 쳐다보는 병사에게 물었다.

"저 많이 아파 보여요?"

"……."

"하나도 안 아파 보이죠?"

내가 작은 목소리로 묻자 병사는 떨떠름한 얼굴로 고개를 끄덕였다. 나는 다시 한 번 머리를 헝클어뜨리고 똑바로 섰다. 이렇게 된 거 이판사판이다. 매도 일찍 맞는 게 낫다고 했으니까. 나는 당당한 얼굴로 벌컥 문을 열었다.

"혀……, 으아악!"

쨍그랑! 커다란 소리에 나는 형을 부르다 말고 비명을 질렀다. 잔뜩 몸을 움츠리고 고개를 돌리자 내 옆에 산산조각이 난 채 명을 달리한 찻잔이 보였다. 나는 로봇처럼 끼기긱 고개를 돌려 형을 쳐다봤다.

형은 책상에 앉아 종이를 보고 있었는데 내게는 시선도 주지 않고 손가락을 까딱거렸다. 개새끼 부르듯 날 부르는 그 행동에도 나는 말 한마디 하지 못하고 잽싸게 달려갔다. 내가 다가가자 형이 쓰고 있던 안경을 벗으며 그제야 고개를 들어 날 쳐다봤다.

"병아리."

"네."

"네가 감히 외박을 해?"

"형, 그게 어떻게 된 거냐면 내가 밖에 놀러 나갔다가 머리가 너무 아파서…… 헉!"

최대한 불쌍한 얼굴로 변명을 하고 있는데 형이 갑자기 내 팔목을 덥석 붙잡았다. 형이 붙잡고 있는 팔목에는 가을이 억지로 끼워준 팔찌가 보였다.

빛을 받아 번쩍이는 팔찌를 보며 나는 속으로 숨을 들이켰다. 이 팔찌를 잊고 있었다.

"너 죽고 싶냐?"

"이건 어떻게 된 거냐면, 나는 싫다고 계속 버텼는데 걔가 나보고 때리고 욕한다고 협박을……."

"어디서 잤어?"

"어? 아, 그게……. 어, 어디서 잤냐면, 그러니까……. 기, 길에서……. 벤치……. 그 분수대 앞에 벤치……."

「형이 어렸을 때 형 갈비뼈를 개박살 낸 미친놈 집에서 자고 그 미친놈한테 아침까지 해주고 귀환하는 길입니다.」라는 말을 지껄였다간 내 목숨은 오늘로 끝나고야 말 것이다. 내가 그놈 집에 있었다는 사실은 죽을 때까지 비밀로 해야만 했다.

"분수대 벤치에서 잤다고?"

"노, 놀러 나갔다가 갑자기 머리가……. 머리가 너무 아파서 정신을 잃었는데……. 정신 차리니까……."

"너 부리 째지고 싶냐?"

거짓말했다가는 부리를 쥐어뜯어 버리겠다는 그 눈빛에 나는 입을 다물었다.

근데 이 새끼 진짜 웃긴 새끼다. 그래, 내가 연락도 안 하고 외박한 건 내 잘못이야. 근데 씨발, 왜 이렇게 날 잡아먹을 것처럼 눈깔을 부리부리하게 뜨고 날 노려보는데? 내가 무슨 죄지었어?

"분수대 벤치에서 잤다는 개소리 한 번만 더 해라. 밖에 사람 풀어서 밤새도록 이 잡듯 뒤졌는데도 네 머리카락 하나 봤다는 사람 없었으니까."

"……사실 내가 그 벤치에서 기절을 한 건 맞는데 눈을 뜨니까 어떤 모르는 집이었어. 날 계속 깨웠다고 했는데 내가 안 일어나서 자기 집으로 데리고 갔대."

……내가 죄를 짓기는 지었지. 그리고 이건 완전 거짓말도 아니었다. 얼추 맞는 말이기는 했으니까.

"그 사람이 누군데?"

"그게……. 그러니까……."

나는 고개를 팍 숙이고 있다가 고개를 들었다. 여기서 한마디만 잘못해도 살아 있는 지옥을 보게 될 것만 같아서 나는 빽 소리쳤다.

"형!"

"아가리 닥쳐, 시끄럽다."

"……머리 아파."

"뭐?"

나는 머리통을 부여잡고 낑낑거렸다.

"머리가 아파 죽겠어. 어제도 갑자기 머리가 깨질 것처럼 아프더니 기절한 거였단 말이야."

내가 징징거리자 그게 먹힌 건지 형이 자리에서 일어났다. 커다란 탁자 옆에 있는 버튼을 하나 누르자 곧 사람이 들어왔다. 형은 그 사람에게 의원을 불러오라고 했고, 나는 계속 아픈 척 끙끙거렸다.

내 꾀병이 먹혀드는 역사적인 순간을 속으로 혼자서 기념하고 있는데 귓가로 살벌한 목소리가 들려왔다.

"넌 만약 이게 꾀병이면……."

그 살벌한 목소리에 흠칫하고 어깨를 움츠리는데 형의 말이 점점 작아졌다.

　형이 말꼬리를 흐리는 경우는 본 적이 없어서 의아한 얼굴로 슬쩍 고개를 들자 형이 날 쳐다보고 있었다. 부리부리한 금색 눈동자가 마치 놀란 것처럼 커다랗게 뜨여 있었다.

　저 새끼가 갑자기 왜 저래?

　"형?"

　"……."

　"……야, 너 왜 그래? 미쳤나?"

　나는 지금 꾀병을 부리고 있다는 사실도 잊은 채 굽히고 있던 허리를 펴고 형에게 다가갔다. 미친 것처럼 보이는 형 앞에 손을 두어 번 휘휘 젓자 형이 느닷없이 표정을 일그러뜨린 채 내게 말했다.

　"너 한 번만 더 기절하면 내가 어쩐다고 했어?"

　"어? 그게……. 산 채로 납관 시킨다고……."

　갑자기 그건 왜? 헉! 설마 내가 벤치에서 정신을 잃었다고 해서?

　나는 억울하다는 얼굴로 소리쳤다.

　"야! 그건 내가 기절하고 싶어서 기절한 게 아니잖아! 나 아팠다니까! 머리가 아파서 죽을 뻔했……!"

　"입 닥치고 내가 하는 말 잘 들어."

　"뭐?"

　"기절하지 마라. 분명 말했어."

　심각한 얼굴로 말하는 형을 보며 나는 덜컥 불안해지기 시작했다.

저 새끼가 갑자기 왜 저래? 그때 갑자기 형이 겉옷을 벗더니 커다랗게 한숨을 내쉬고 그걸 내게 건네줬다.

얼떨결에 형의 겉옷을 받아 든 나는 눈만 껌벅거렸다. 형은 피곤하다는 듯 머리를 짚더니 살짝 상체를 틀어 어느 곳을 가리키며 말했다.

"저기로 가서 왼쪽으로 가면 욕실이다."

"어? 욕실? 씻으라고?"

내가 계속 의아한 얼굴로 묻자 결국 형이 내게서 다시 겉옷을 뺏더니 내 허리에 옷을 둘러줬다. 그걸 멍청하게 보다가 다시 고개를 들어 너 진짜 뭐하는 거냐고 물으려던 찰나, 나는 보고야 말았다.

"……이게 뭐야?"

바닥에 떨어져 있는 피를.

"뭐기는 씨발, 빨리 욕실로 꺼져."

바닥에 떨어져 있는 핏방울을 보다가 나는 고개를 숙여 내 다리로 시선을 옮겼다.

시뻘건 핏줄기는 내 다리 사이에서부터 시작되고 있었다. 나는 한동안 멍하니 다리 사이를 쳐다보다가 다시 고개를 들어 형을 쳐다봤다.

"이게 뭐야?"

"……."

"……나 지금 설마 생리하는 거……."

이건 말도 안 돼…….

오늘, 이 시간 이후로 내 남자의 존엄성은 완전히 개박살 났다. 난 욕실에 들어가 씻고 새로운 옷으로 갈아입은 뒤 침대 구석에 처박혀서 줄줄 눈물만 흘렸다.

배가 아파 죽겠다. 허리도 아프고 속도 이상했다.

아깐 정말 꾀병이었는데 지금은 정말 죽을 것처럼 아팠다. 게다가 가장 고통스러운 건 지금 내가 기저귀를 차고 있다는 사실이었다.

"……."

나는 몸을 웅크린 채 소리도 내지 않고 눈물을 흘렸다. 이건 정말 말도 안 된다. 어떻게 이럴 수가 있단 말인가.

제시가 임신을 했었고, 생리를 해야 임신을 할 수 있다는 아주 상식적인 사실도 알고는 있었지만 설마 그렇다고 해서 내가 생리를 할 줄은 꿈에도 몰랐다. 따지고 보면 아주 당연한 일인데 왜 내게 이런 일이 벌어질 거라고 생각도 하지 못했던 건가.

"이 멍청한 새끼……. 흑흑, 넌 죽어야 돼……."

누가 칼로 쑤시고 있는 것처럼 배가 아팠다. 허리도 부러질 것처럼 아파 왔고 무엇보다 그……. 피가 나오는 느낌이…….

"으윽. 으흑."

나는 이를 악물고 몸을 벌벌 떨면서 신음을 냈다. 누가 보면 정말 내가 칼에 맞기라도 한 줄 알겠다. 하지만 그게 지금 딱 내 심정이었다. 차라리 칼에 찔렸으면 지금보다는 덜 절망적이었을 텐데.

그때 문이 열리는 소리가 들렸다. 그 소리에 나는 침대 구석으로 더욱 몸을 웅크렸다. 몸에 이불을 둘둘 말고 있는데 탁 하고 무언가 소리가 들렸다.

누구냐고 묻지 않아도 지금 들어온 게 형이라는 건 알고 있었다. 솔직히 쪽팔리기도 엄청 쪽팔렸고 지금 정신을 가눌 수가 없어서 나는 고개도 들지 않았다. 지금은 아무 말도 하고 싶지 않았다.

그냥 나가. 나 좀 내버려둬…….

코를 훌쩍거리고 있는데 한숨 소리가 들렸다. 또 한심한 새끼라고 욕할 것 같아서 더 서러워졌다. 이제 더 웅크릴 수도 없을 만큼 잔뜩 몸을 웅크리고 있는데 형이 짧게 물었다.

"우냐?"

절대 한마디도 하지 않으리라고 다짐했는데 그 말에 발끈한 나는 코맹맹이 소리로 외쳤다.

"울긴 누가 울어!"

안 울어, 안 운다고! 욕지거릴 내뱉으며 나는 몸을 꿈틀거렸다. 계속 웅크리고 있었더니 다리도 저리고 팔도 저리고 어깨도 아프다. 안 그래도 배 아파 죽겠는데 이러다가 정말 죽을 것 같았다.

원래 이렇게 아픈 건가? 나 혹시 무슨 다른 병 있는 거 아니야?

나는 훌쩍거리다가 슬그머니 몸을 일으키며 말했다.

"근데 이거 진짜 생리하는 거야? 나 혹시 다른데 아파서 피난 거 아니야? 많이 아프면 하혈도 하고 그러잖아."

"……."

"배가 아파 죽겠어. 진짜 장이 꼬이는 거 같다고! 배도 아프고 머리도 아프고 팔도 아프고 다리도 아프고, 허리가 끊어질 것 같단 말이야!"

이게 뭐야, 씨발. 으어엉!

날 가만히 보고 있던 형이 다시 한숨을 내쉬며 손을 뻗었다. 그곳에는 아까까지만 해도 없던 물컵과 알약 두 개가 있었다. 나는 징징 짜다가 의아하게 형을 봤다.

"웬 약이야?"

"진통제."

"……뭐? 진통제? 나보고 지금 생리통 약을 먹으라고? 야! 씨발, 안 먹어! 그거 먹을 바에 죽어버릴 거야!"

고함을 빽 치는데 갑자기 머리가 띵하고 어지러워졌다. 갑작스러운 어지럼증에 나는 머리통을 부여잡고 그대로 쓰러졌다.

진짜 죽을 것 같았다. 이런 걸 한 달에 한 번씩 겪어야 한다고? 이건 말도 안 돼! 이런 게 어디에 있어! 차라리 군대에 갈래!

"밥 가지고 오라고 했으니까 밥 먹고 약 먹고 퍼질러 자. 바쁘니까 신경 쓰이게 하지 말고."

태연한 얼굴로 말하는 형을 보며 나는 침대에서 비비적거렸다.

지렁이처럼 침대를 비비적거리며 머리통을 부여잡고 있다가 다시 배를 부여잡고 끙끙거리고 다시 이불을 머리끝까지 뒤집어썼다.

"그냥 꺼져! 가라고! 날 좀 내버려 둬!"

내가 버럭 소리를 지르자 형은 다시 한 번 한숨을 내쉬더니 그대로 나가버렸다. 문이 닫히는 소리가 들리자 나는 다시 슬금슬금 자리에서 일어났다. 아까 형이 가지고 온 진통제를 입에 넣고 물을 마신 뒤에 나는 다시 침대 위로 쓰러졌다.

진통제 먹었으니까 이제 좀 지나면 괜찮아지겠지.

흑흑 거리면서 한참 그렇게 침대에 누워 있으니 약효가 도는 건지 죽을 것처럼 아프던 배가 조금씩 괜찮아지기 시작했다. 좀 괜찮아지자 나는 엎드리고 누워 베개에 얼굴을 비볐다.

좀 진정이 되고 아픈 것도 가시자 아까의 일이 떠올랐다.

내가 생리를 한다는 건 정말 엿 같은 일이었지만 그래도 잘 넘어가서 다행인 건가? 외박이랑 팔찌에 관한 것도 형은 그냥 넘어간 것 같았다.

그리고 아까 꺼지라고 소리 지르고 그랬는데도 아가리 안 닥치냐고 화도 안 내고…….

나는 자리에서 벌떡 일어났다. 어쩌면 이건 기회일지도 몰랐다. 단 일주일뿐이었지만, 그동안 내가 받았던 설움을 한 번에 풀 수 있는 기회! 그때 때마침 노크 소리가 들려왔다.

시녀들이 탁자에 음식을 차렸고, 나는 미적미적 침대에서 내려와 의자에 앉았다.

오늘 아침도 못 먹어서 그런지 음식 냄새를 맡자 배가 다시 고파왔다. 허겁지겁 먹으려다가 나는 혹시 저 시녀들이 나중에 형한테 가서 겁나게 밥도 잘 먹고 하나도 안 아픈 것 같다고 할까 봐 일부러 조금씩 천천히 먹었다.

　거의 한 시간 동안 식사를 하며 차려진 음식을 다 먹고 자리에서 일어나려는데 시녀들이 경악에 가까운 눈동자로 날 쳐다보고 있었다. 나와 눈이 마주치자 황급히 시선을 내렸지만, 그 눈동자에 깃든 경악을 나는 보았다.

　왜 저러나 싶어서 의아해하다가 나는 고개를 돌려 빈 접시만 남은 탁자를 쳐다봤다.

　……너무 많이 먹었다.

배부르게 먹고 좋은 기분으로 잠이 들었는데 다음 날 아침에 눈을 뜨자 상쾌하기는커녕 기분이 엿 같기만 했다.

　약효가 다 떨어졌는지 다시금 배가 아팠고, 허리도 끊어질 듯이 아팠다. 오줌이라도 싼 것처럼 찝찝한 기분에 끙끙거리며 침대에서 내려온 나는 침대를 시뻘겋게 물들이고 있는 핏물에 기겁했다.

　나는 꼭두새벽부터 징징거리면서 이불 빨래를 할 수밖에 없었다. 욕조에 이불을 처넣고 거품을 낸 뒤 미친 듯 발로 밟았지만 문제는 그 이후였다. 이 커다란 이불을 무슨 수로 짠단 말인가.

　나는 힘겹게 이불을 손으로 짜다가 결국 녹다운이 되어 허옇게 질린 얼굴로 욕실에서 나왔다. 죽어도 못 하겠다. 너무 힘들었다. 어지럽고 토할 것 같았다.

　헉헉거리면서 욕실에서 나오자 시녀들이 탁자에 아침을 차리고 있었다.

　욕실 온도와 바깥 온도가 너무 차이가 났던 탓인가. 아니면 꼭두새벽부터 너무 힘을 빼서 그런 탓인가. 그것도 아니라면 피를 너무 흘려서 그런 탓인가.

시녀들을 보는 순간 갑자기 어지럼증이 일었다.

머리를 부여잡고 비틀거리자 시녀들이 호들갑을 떨어댔고 나는 이불보가 벗겨진 침대 위로 누울 수밖에 없었다. 시녀들은 금방 이불보를 가지고 온다고 나갔고, 나는 얇은 이불 하나를 몸에 둘둘 말고 숨만 내쉬고 있었다.

생리한다는 게 이렇게 힘든 일인지 미처 몰랐다. 머리까지 아파서 끙끙거리고 있는데 문이 열리는 소리가 들렸다. 시녀들이 왔나 싶어 고개를 들자 눈에 들어온 건 형이었다.

내가 이불 빨다가 기절할 뻔했다는 걸 듣기라도 했는지 형은 내 꼴을 보고도 아무것도 묻질 않았다.

나는 힘없이 말했다.

"왜?"

"아침이나 같이 먹게."

"……."

의외의 말에 나는 눈을 동그랗게 뜨고 형을 쳐다봤다. 이 세계에 와서 이제껏 같이 밥을 먹었던 적은 손에 꼽을 정도로 적었다. 진짜 저 인간이 날 걱정하기라도 하는지, 평소에 안 하던 행동을 하니까 덜컥 무서워졌다.

저 새끼가 죽을 때가 다 됐나.

"나 약 좀 더 줘."

나는 음식이 차려진 탁자를 보다가 어깨를 축 늘어뜨리고 침대에서 일어났다. 의자에 앉자 배가 미친 것처럼 요동을 쳐댔다.

약이고 나발이고 일단 고픈 배부터 채우고 싶었지만 나는 불쌍한 얼굴로 형을 쳐다봤다.

"약⋯⋯."

"밥이나 처먹어."

"나 진짜 죽을 거 같아."

나는 포크를 들고 샐러드를 툭툭 치면서 말했다. 포크는 무슨, 손으로 들고 저 김이 모락모락 나는 고기를 뜯어 먹고 싶었지만 나는 뒷일을 위해 참았다.

"나 공부 하루만 쉬면 안 돼?"

"⋯⋯."

"지금 공부할 기분이 아니야."

나는 한숨을 내쉬며 포크를 놨다. 내 목적은 이거였다. 제발 공부 좀 그만하고 싶었다.

지구에 있을 때도 고3이라는 이유 하나만으로 수업은 물론 밤이 늦도록 야자까지 했는데 왜 여기까지 와서 공부를 해야 돼?

내 힘없는 얼굴을 보던 형이 한심하다는 얼굴로 날 쳐다보며 툭 내뱉었다.

"일주일 동안 그냥 쉬어."

뭐? 오늘 하루만 쉬는 게 아니라 일주일? 진짜? 진짜 일주일 동안 쉬라고?

예상치도 못했던 그 말에 나는 뛸 듯이 기뻤지만 내색하지 않았다.

이게 웬 횡재냐!

속으로 기쁨의 탭댄스를 추다가 나는 문득 가을과 했던 말이 떠올랐다. 포크를 들고 샐러드를 뒤적거리면서 나는 물었다.

"근데 그……."

내가 말을 얼버무리자 형이 고개를 들어 날 쳐다봤다. 형 부모님 있다며? 이렇게 물어보려고 했는데 입이 떨어지지 않았다.

계속 입술만 달싹거리고 있는데 형이 뭔가 생각났다는 듯 아 하고 먼저 입을 열었다.

"병아리."

"응?"

시무룩한 얼굴로 내가 힘없이 대답하자 형이 다시 인상을 썼다.

내 어깨가 축 처져 있다는 건 나도 느끼고 있었다. 근데 힘이 나질 않았다. 형은 여기서 거의 30년에 가까운 시간을 살았다고 하지만 난 여기에 온 지 아직 1년도 되지 않았다.

그것도 제시 몸에 빙의가 됐고.

그런데 형은 여기서 태어났다. 그러니까 부모님이 있는 것도 당연했고 형제들이 있는 것도 당연한 건데 기분이 자꾸만 이상했다.

"그 팔찌."

"어? 아……."

상념에 빠져 있다가 나는 문득 잊고 있던 사실을 떠올렸다. 그러고 보니까 이 팔찌…….

나는 황급히 손으로 팔찌를 가리며 말했다.

"내가 싫다고 했는데 걔가 막 억지로 채운 거야. 나보고 때린다고 하고 욕한다고 하고 협박했는데 내가……."

"너 죽고 싶냐?"

그 말에 나는 다시 어깨를 축 늘어뜨리며 한숨을 내쉬었다. 몇 번이나 연달아 크게 한숨을 내쉬자 뭐라고 화를 내려고 하던 형이 별안간 입을 다물었다.

나는 우물쭈물하며 작게 중얼거렸다.

"팔을 부러뜨리는 한이 있더라도 내가 이 팔찌는 빼보도록 노력을 할게."

"……."

네가 그 미친놈이랑 사이가 겁나게 나쁘다는 건 알지만 그건 네 사정이지 내 사정이 아니잖아. 네가 싫어하는 사람이라고 왜 나까지 싫어해야 되냐고, 그럼 내 인간관계는 어떻게 되는 건데!

그렇게 소리치고 싶은 마음이 굴뚝같았지만 나는 기분이 우울해져서 고분고분하게 대답했다.

아까부터 날 보며 인상을 쓰고 있던 형이 발로 내 의자를 툭툭 건드리면서 말했다.

"너 왜 그렇게 풀이 죽어 있냐?"

"내가 뭘?"

"어깨 똑바로 안 펴?"

그 말에 갑자기 서러워져서 나는 아까보다 훨씬 더 어깨를 움츠렸다. 기분이 너무 엿 같았다.

내가 여자가 된 건 이제 그렇다고 쳐도, 생리까지 하니까 정말 내 인간의 존엄성이 개박살이 난 것만 같은 기분이었다.

거기다가 형한테 가족까지 있다고 하니까 기분은 더 엿 같아질 수밖에 없었다. 지구에 있을 때 내 가족이라고는 형밖에 없었는데, 이젠 우린 가족도 아니고 형제도 아니고. 그럼 난 진짜 혼잔데······.

"생리하는 게 그렇게 충격이냐?"

형은 한숨을 내쉬며 내게 물었다.

그 말에 나는 기가 막힐 수밖에 없었다.

"형."

"왜?"

"네 다리 사이에서 피가 질질 나온다고 생각해봐."

"······."

너 같으면 맨정신으로 있을 수 있겠냐? 지금 내 심정을 네가 알아? 나는 음식이 코에 닿을 정도로 고개를 푹 숙이고 징징거렸다. 그때 형이 내 이마를 손바닥으로 들어 올리며 말했다.

"앞으로 한 달에 한 번씩은 매일 있을 일인데 그냥 단념하고 밥이나 처먹어. 네가 자꾸 징징거린다고 다시 남자가 되는 것도 아닌데."

형이 하는 말이 맞았다. 내가 자꾸 징징거린다고 나오던 피가 멎는 것도 아니고, 앞으로 계속 이렇게 살아야 하는데 그냥 받아들이는 편이 내게도 좋았다.

머리로는 이해하겠는데 내 마음이 이해하질 못하겠다. 나는 커다랗게 한숨을 내쉬고 어깨를 폈다.

그리고 포크를 들어 스테이크 가운데를 푹 찍었다.

"그래, 단념하고 그냥 밥이나 처먹어야겠다. 씨팔, 피가 질질 나오든 내장이 질질 나오든 죽는 것도 아니…… 아, 뜨거!"

나는 커다란 스테이크를 이로 물어뜯으려고 하다가 혀를 데고는 기겁하며 의자에서 일어섰다.

덜컹 하는 소리와 함께 의자가 뒤로 넘어가고 스테이크가 바닥으로 철퍽 떨어졌는데도 형은 아무 일도 없었다는 것처럼 우아한 손놀림으로 스테이크를 썰고 있었다.

"아, 뜨거워!"

내가 입을 가리고 펄떡펄떡 뛰고 있는데도! 한참 뜨겁다고 난리를 부리다가 형이 날 쳐다보지도 않아서 괜히 민망해진 나는 다시 의자를 일으켜 조용히 자리에 앉았다.

솔직히 이런 것도 무슨 반응이 좀 있어야 할 맛이 나지…….

나는 찬물을 마시며 쓰라린 혀를 달랬다. 난리를 부렸더니 다시 허리가 부러질 것처럼 아파왔다. 나는 한숨을 내쉬고 허리를 주먹으로 퍽퍽 치면서 말했다.

"할 말 있어."

"일주일 동안 쉬라고."

"아니, 그 말이 아니라……."

일주일 동안 그냥 쉬라고 해준 건 겁나게 고마운데 지금 그 말을 하려고 그런 게 아니었다. 계속 우물쭈물하다가 나는 결국 눈을 질끈 감고 외쳤다.

"너 가족 있다며?"

내가 뜨겁다고 난동을 부릴 때도 내게 시선 하나 주지 않던 형이 고개를 들어 날 쳐다봤다. 그 날카로운 시선에 바짝 얼어서 나는 탁자 밑에서 주먹을 꽉 쥐고 다시 입을 열었다.

"그게, 나도 들은 얘긴데……. 너 형제가 있다고……."

"너도 봤잖아."

"뭐? 내가 언제? 나한테 그런 말해 준 적도 없잖아!"

나한테 얘기도 안 해주고 보여준 적도 없으면서!

내가 버럭 소리치자 형이 들고 있던 나이프와 포크를 놓더니 냅킨으로 입을 닦으며 말했다.

"네가 비 맞은 개새끼처럼 풀이 팍 죽어 있어서 내가 계속 봐주고 있기는 한데, 한 번만 더 너라고 하면 부리 찢어버릴 줄 알아."

저 소리를 하루라도 안 듣는 날이 없었다. 그놈의 부리 짼다는 소리를 내가 도대체 언제까지 들어야 돼? 가장 큰 문제는 내가 저 부리라는 말에 이미 적응을 했다는 사실이다.

"아이리스 보러 탄트라에 같이 가자며?"

"그건 그런데 갑자기 그 얘기가 왜 나와? 말 돌리지 말고……."

"아이리스가 내 동생이다. 몰랐냐?"

뭐? 아이리스가 네 동생이라고? 나는 멍청한 얼굴로 형을 쳐다보면서 눈만 껌벅거렸다.

아이리스가 형 동생이었다고? 언제부터? 아니, 왜? 왜! 왜! 나는 아이리스가 형 애인인 줄 알았다.

"아이리스가 동생이라고? 여동생? 진짜야? 근데 왜 나한텐 말 안했어?"

"안 물어봤으니까."

"그럼 남동생은? 너 남동생도 있다며? 걔도 아이리스랑 같이 탄트라에 다녀? 걘 몇 살인데? 이름은 뭐야?"

랩을 하는 것처럼 속사포로 묻자 형이 낯을 찌푸리며 내게 물었다.

"근데 너 그거 누구한테 들었……."

그때였다. 아무도 없던 방 안에서 달칵 하는 소리가 들린 건.

형과 나는 동시에 소리가 난 쪽으로 고개를 돌렸다. 그곳에는 창문에 몸을 반쯤 걸치고 어정쩡한 자세로 우리를 쳐다보고 있는 가을이 보였다.

"밥 먹고 있네?"

"……."

"……."

저 새끼 뭐야? 저놈이 왜 창문으로 들어와? 내가 경악해서 한마디 말도 하지 못하고 있는데 가을은 태연한 얼굴로 방으로 들어와 옷을 툭툭 털었다.

나는 황급히 고개를 돌려 형을 쳐다봤다. 형도 놀랐는지 눈도 깜박이지 않고 그를 쳐다보고 있었다. 그러더니 곧 인상을 팍 쓰고 자리에서 일어났다.

"병아리."

"으응?"

"저 미친놈이 왜 창문으로 들어와?"

나도 몰라……. 나도 그 이유를 모르겠다고! 쟨 도대체 왜 매번 내 방에 무단으로 침입하는 건데!

나도 형을 따라 의자에서 일어났다. 어정쩡한 자세로 형을 보며 뭐라고 말을 하려고 하던 찰나, 그가 바닥에 무언가를 내려놨다.

커다란 보자기가 풀리자 그곳에는…….

꽥꽥.

"……."

"……."

……웬 새하얀 거위 한 마리가 있었다.

눈이 부실 정도로 단정하게 정리되어 있는 새하얀 깃털, 새까만 눈동자, 툭 튀어나온 노란 부리, 그리고 물갈퀴가 있는 노란 발까지! 저건 거위였다.

다시 거위가 꽥꽥 하고 울며 머리를 이리저리 움직였다. 나는 거위 의 머리가 움직일 때마다 움찔움찔 몸을 떨다가 형 뒤로 가 숨었다.

저게 뭐야! 내가 경악하고 있는데 가을이 날 보며 태연하게 말했다.

"황금알 낳는 거위 가지고 싶다며?"

"어? 황금알을 낳는 거위? 이게? 저 거위가 진짜 황금알을 낳는 다고?"

나는 형 뒤에 숨어 있다가 눈을 동그랗게 뜨고 앞으로 튀어 나 갔다.

그러자 가을이 거위 앞에 쪼그리고 앉아 작은 머리를 슬슬 문질렀다. 거위가 꽥꽥 하고 다시 울더니 곧 눈이 부실 정도로 번쩍거리는 노란 알을 낳았다.

"마, 말도 안 돼!"

정말 황금알이었다. 나는 가을 옆에 똑같이 쪼그리고 앉아 황금알을 손가락으로 쿡쿡 찔러보았다. 차마 입에 물어서 확인할 수는 없어 나는 황금알을 손에 들어 더욱 자세히 쳐다봤다.

"이게 진짜 황금이란 말이야?"

"응, 일주일에 하나씩 낳아. 머리 만져주면. 밥은 안 줘도 되고. 근데 너무 빨리 만들어서 좀 문제가 생겼는데……."

"문제? 아니, 근데 이거 진짜 네가 만든 거야? 황금알 낳는 거위를 어떻게 만들어?"

눈을 동그랗게 뜨고 내가 묻자 가을이 태연하게 말했다. 마치 계란 프라이를 만들었다고 말하는 사람처럼 아주 태연한 얼굴로.

"일종의 키메라야. 아무튼 문제가 뭐냐면 수명이 짧아. 내 예상으로는 한 1년 정도밖에 못 살 것 같은데……. 더 빨리 죽을 수도 있고."

"야! 그래도 1년이 어디야! 이거 진짜 황금이야? 이거 팔면 진짜 돈도 받을 수 있어? 야! 이거 완전 대박이다! 이거 진짜 금 맞나 봐, 무거워!"

이제 난 부자다! 이게 무슨 횡재냐! 내가 전생에 나라를 구했나 보다! 으하하하!

내가 좋아하면서 비명을 지르자 말끄러미 날 보던 가을이 무릎에 손을 올리고 거기에 턱을 대더니 날 올려다보며 말했다.

"네가 달라는 거 줬으니까 또 밥 해줘."

그 말에 나는 벌떡 일어나 외쳤다.

"너 뭐 먹고 싶은데? 말만 해! 말만 하라고! 내가 상다리 휘어지게 잔칫상을 차려줄⋯⋯."

순간 너무 기쁜 나머지 잊고 있었던 사실이 떠올랐다. 나는 말꼬리를 흐리며 슬그머니 고개를 돌려 형을 쳐다봤다.

허공에서 시선이 마주치자 형이 잔뜩 굳은 얼굴로 내게 손짓했다. 아니, 저건 손가락 짓이었다. 검지를 까닥거리는 형을 보다가 나는 황금알을 손에 꽉 쥐고 형에게 다가갔다.

"지금 내가 생각하고 있는 게 사실인지 네가 한번 말해봐라."

"으응?"

형은 벽에 장식처럼 걸려 있는 검에 손을 뻗으며 말했다. 검집에서 검을 빼자 장식 주제에 날이 섬뜩하게 서 있었다.

검을 꽉 쥔 손에 핏줄이 퍼렇게 도드라지는 걸 보며 나는 침을 꿀꺽 삼켰다.

"또 밥 해줘? 그럼 그전에 네가 밥을 해준 적이 있다는 말 같은데?"

"⋯⋯."

난 형을 쳐다보지도 않고 시퍼렇게 날이 서 있는 검만 쳐다봤다. 저걸 휘두르면 진짜 뭐든지 싹둑싹둑 잘릴 것 같았다.

장식 주제에 뭔 날이 저렇게 무섭게 서 있어?

머리 위에서 날 찔러 죽일 것처럼 쳐다보고 있는 형의 시선에 나는 슬그머니 고개를 들었다. 입술을 달싹거리면서 그게 아니라, 라고 말을 하려던 찰나 뒤에서 천진난만한 목소리가 귓가를 때렸다.

"울아, 어제 우리 집에서 잤다는 말 안 했어?"

"……."

"……."

안 했다, 이 씨발놈아…….

내 얼굴이 허옇게 질리자 그는 그제야 상황이 파악된 듯 머리를 긁적이며 웃었다. 깨물어 죽이고 싶을 정도로 귀여운 표정이었다.

"미안, 난 다 말한 줄 알았어."

"울아?"

형이 다시 도끼눈을 뜨고 입을 열었다. 그 말에 나도 기겁했다.

쟤가 언제부터 나랑 친해졌다고 울이래?

나는 그를 보며 소리쳤다.

"너 왜 나한테 울이라고 해?"

"어제 너 깨울 때도 울이라고 했는데? 못 들었어?"

"뭐? 언제? 네가 언제!"

"너 자다가 울 때."

오 마이 갓. 신이시여. 신은 나를 버린 게 분명했다. 아니, 저놈이 미친 거다! 그런 말을 여기서 하면 어떡해!

내가 다시 뭐라고 소리치려고 할 때 형이 내 어깨를 붙잡았다. 고개를 돌리자 형이 웃고 있었다. 그 미소를 보며 나는 직감했다.

난 이제 죽었다.

"또 머리 박고 기절하면 그땐 네 머리통 내가 깨부술 줄 알아."

"머, 머리 박고 기절하면?"

"벽에 대가리 박으면 죽여 버린다고."

갑자기 저게 뭔 소리야. 나는 곰곰이 생각하다가 형이 저 미친놈과 싸우려고 할 때 내가 형을 지키기 위해서 벽에 머릴 박았던 사건을 떠올렸다. 지금 저 말을 하는 걸 보면 형이 또 그때처럼 저놈과 싸우려고 하는 게 분명했다.

나는 형의 팔목을 붙들고 말했다.

"안 돼! 저놈은 살인자……!"

그때였다. 쾅! 지진이 난 것처럼 사방이 진동하고 모래연기가 자욱하게 피어올랐다. 나는 반사적으로 주저앉아 팔로 얼굴을 가렸다.

콜록콜록 기침을 하다가 슬쩍 고개를 들었지만 연기가 너무 자욱해 앞을 분간할 수가 없었다. 형은 어딜 간 거고, 그 미친놈은 어딜 간 건지 모르겠다.

더듬더듬 바닥을 짚고 있는데 갑자기 휭 하고 바람이 불었다.

연기가 바람이 부는 쪽으로 죄다 쓸려가는 게 육안으로도 보였다. 잔뜩 눈살을 찌푸리고 있는데 뒤에서 다시 한 번 커다란 굉음이 들려왔다.

콰앙! 나는 너무 놀라서 주저앉은 채 뒤쪽으로 기었다. 가장 먼저 보인 건 하늘이었다. 그러니까 원래 창문이 있었던 그 자리가 뻥 뚫려 있었다.

그 새파란 하늘 가운데에 가을은 거짓말처럼 둥둥 떠 있었고, 형은 검을 들고서 난간에 선 채 그를 올려다보고 있었다.

나는 너무 놀라서 입을 벌린 채 아무런 말도 하질 못하고 있다가 곧 비명을 지를 수밖에 없었다. 형이 난간에 서 있다가 공중으로 도약했기 때문이었다.

"형!"

여긴 3층이다. 떨어지면 적어도 뼈 하나는 부러질 높이였다.

쾅! 다시 한 번 굉음이 터졌고 그 커다란 소리에 나는 다시 팔로 얼굴을 가릴 수밖에 없었다. 정신을 차렸을 땐, 부서진 난간에 아슬아슬하게 형이 서 있는 모습이 보였다.

가을은 형의 검을 한 손으로 붙잡고 있었는데 이 상황에서도 여유로운 표정이었다.

다시 한 번 형을 부르짖으려던 그때, 귓가로 이상한 소리가 들려왔다.

꽥꽥.

황금알을 낳는 거위소리였다. 소리가 나는 쪽으로 고개를 돌리자 거위가 난간에 아슬아슬하게 서 있는 모습이 보였다.

나는 황급히 그쪽으로 다가가 거위를 품에 안았다. 다행히 거위는 내게서 벗어나려고 발버둥치진 않았다. 나는 꽥꽥거리는 거위를 품에 안고서 소리쳤다.

"야! 야! 형! 형님! 야! 야, 인마!"

목이 터져라 비명을 질렀지만 아무도 날 쳐다보지 않았다.

발만 동동 굴리면서 울상을 짓고 있는데 그때 문이 쾅 열리면서 기사들이 들이닥쳤다. 그곳에는 알카 형도 있었다.

"예하!"

"알카 형! 형이 저 미친놈이랑⋯⋯!"

나는 거위를 꽉 끌어안고 알카 형에게 달려갔다. 알카 형은 사색이 된 얼굴로 날 붙들고 물었다.

"이게 다 무슨 상황입니까?"

"형이 저 미친놈이랑 싸우고 있어요!"

"왜요? 아니, 그전에 도대체 방이 왜 이 모양⋯⋯."

알카 형의 말이 끝나기도 전에 갑자기 다시 한 번 커다란 굉음이 들려왔다.

콰앙! 우리가 있던 곳에 다시 자욱하게 연기가 피어올랐다. 눈을 감았다 뜨자 열댓 명의 기사들이 무너진 돌 더미를 둘러싸고 있는 모습이 보였다.

그 사이에서 가을이 옷을 툭툭 털면서 일어났다. 그의 머리에서는 시뻘건 피가 한 줄기 흐르고 있었는데, 그걸 손으로 닦다가 제 피를 본 가을의 표정이 일순간 굳었다.

흐리멍덩했던 갈색 눈동자가 순식간에 시뻘건 핏물처럼 변하기 시작했다. 가을은 표정이 하나도 없는 하얀 얼굴로 고개를 들어 형을 쳐다봤다. 새파랗던 하늘이 순식간에 먹구름으로 가득 찼고, 갑자기 불길한 예감이 든 나는 거위를 안은 팔에 힘을 주고 그곳으로 뛰어가며 소리쳤다.

"안 돼!"

"안 됩니다!"

내 외침과 알카 형의 외침이 동시에 터졌다. 날 붙잡으려던 알카 형의 손에서 벗어나 가을이 있는 곳으로 뛰어가려던 나는 순간 돌더미에 발이 걸려 앞으로 고꾸라졌다.

"악!"

내가 엎어지며 짧게 비명을 토해내자 내 품에 있던 거위도 꽥 하고 짧게 비명을 토해냈다. 나는 아픈 것도 모르고 그 자리에서 벌떡 일어나 다시 그에게 뛰어가려고 했지만 가을은 날 쳐다보고 있었다.

다행히 썩은 핏물처럼 벌겋게 물들었던 눈동자도 어느새 다시 갈색으로 돌아와 있었다.

"야! 너 이게 무슨 짓……, 악!"

나는 기세등등하게 다시 소리를 치려다가 다시 돌멩이에 걸려 엎어졌다. 아까보다 훨씬 더 세게 엎어져 좀처럼 쉽게 일어설 수가 없었다. 마치 뼈가 부러진 듯 무릎이 아파서 나는 무릎을 붙잡은 채 끙끙거렸다.

"괜찮으세요?"

알카 형이 걱정스러운 얼굴로 내게 물었지만 대답할 수 없었다. 진짜 뼈가 부러진 것만 같았기 때문이다. 일어서려고 했지만 다리에 힘을 줄수록 더 아팠다. 갑자기 콧잔등이 시큰해지며 눈물이 핑 돌았다.

"다리 부러진 것 같아요……."

흑흑, 씨발. 아파…….

내가 훌쩍거리자 알카 형의 표정이 일그러졌다. 그때 가을이 한숨을 내쉬며 내 쪽으로 다가오려고 했지만 그를 둘러싸고 있던 기사들에게 가로막혔다. 높은 난간에 있었던 형도 어느새 내 앞에 서 있었다. 화가 난 얼굴이었다. 형은 차가운 금색 눈동자로 날 보다가 고개를 돌려 가을을 쳐다봤다.

가을은 한숨을 내쉬더니 다시 옷에 먼지를 툭툭 털면서 말했다.

"오늘은 그냥 갈게."

그 말에 형이 뭐라고 말하려고 했지만 그는 눈 깜짝할 새에 사라졌다. 마치 신기루였던 양 그 자리에는 아무것도 없었다. 형은 들고 있던 검을 바닥에 내팽개치더니 알카 형에게 말했다.

"수배해."

"예?"

"탑의 마법사. 현상금은 삼천 골드. 아르젠에서 가장 죄질이 나쁜 게 뭐냐?"

"……예하, 삼천 골드면 갈레온이 세 갠데요?"

삼천 골드가 뭐고 갈레온이 뭔지도 모르겠지만 알카 형은 얼이 빠진 얼굴로 형에게 물었다.

나는 무릎이 너무 아팠지만 분위기가 너무 어두워서 신음 한 조각도 내뱉을 수가 없었다.

"가장 나쁜 죄질이면……. 신성모독이 아닙니까?"

"그럼 죄명은 신성모독이다. 죽여서 오면 천 골드, 산 채로 데리고 오면 삼천 골드. 당장 수배해라."

"······탑의 마법사를요? 그는 초월잡니다."

"그래서?"

서늘한 목소리에 알카 형은 곧장 표정을 바꿨다.

"당장 수배하겠습니다."

여기에 있다가는 뭔가 큰일이 날 것만 같은 예감에 나는 아픈 다리를 질질 끌어 문이 있는 쪽으로 기었다. 하지만 조금 기다가 바로 코앞에서 보이는 다리에 고개를 들자 야차 같은 얼굴로 날 내려다보고 있는 형이 보였다.

나는 눈이 마주치자마자 울상을 짓고 무릎을 부여잡았다.

"나 다리 부러졌······."

나는 말을 하다 말고 어깨를 움츠렸다. 형의 손이 올라갔기 때문이다. 맞을까 싶어서 눈을 질끈 감았는데 아무런 충격도 오질 않아 슬쩍 눈을 떴다.

형은 주먹을 쥐고 알카 형에게 말했다.

"저거 데리고 가서 치료해."

"알겠습니다."

"내 방으로."

"네?"

형은 날 보며 차가운 목소리로 다시 말을 이었다.

"내 방으로 데려가라고."

그 말에 나는 사색이 됐고, 알카 형은 불쌍하다는 얼굴로 날 한참 동안 쳐다봤다.

다행히 뼈가 부러진 게 아니라 가벼운 타박상이었다. 하지만 체감상 고통은 뼈가 부러지고 살이 터진 것과 비슷했다. 거기다가 눈에서 레이저를 쏘면서 날 쳐다보고 있는 형 때문에 훨씬 더 아픈 듯한 기분이 들었다. 시녀들이 내 상처에 약을 바르고 반창고를 붙인 뒤에 다 나가자, 기어이 이 방에는 형과 나 둘만 남게 됐다.

"미성년자 주제에 외박을 한 것도 모자라서 남자 집에서 잠을 자고 와?"

나는 무조건 죄송하다가 빌려다가 문득 말이 이상하다는 걸 깨닫고 의아한 얼굴로 물었다.

"남자 집이 왜?"

내 말에 형은 기가 막힌다는 얼굴로 말했다.

"너 지금 여자다. 잊었냐?"

그 말에 죄송하다고 빌려고 했던 생각이 싹 다 날아갔다. 나는 잔뜩 일그러진 얼굴로 형에게 따졌다.

"씨발, 너 지금 날 여자 취급하고 있냐? 어? 안 그래도 내가 지금 씨발, 서러워 죽겠는데!"

"여자 취급이 아니라 넌 지금 여자야."

"그게 뭐! 그럼 내가 여자 집에서 잠을 자고 오냐!"

기가 막혀서 환장할 것 같았다.

남자 집에서 잠을 자고 왔다고 성질을 내고 있는 형을 이해할 수도 없었고 이해하고 싶은 마음도 없었다. 씩씩거리고 있는데 형이 내 이마에 딱밤을 때렸다.

"악!"

"진짜 이걸 쥐어 팰 수도 없고."

"왜 때려!"

"너 진짜 죽고 싶냐? 속만 남자면 뭐해, 겉모습이 여잔데. 다른 놈들이 네가 남자였다는 걸 알 것 같냐? 이 겁대가리 없는 새끼가 외박한 것도 모자라서 남자 집에서 퍼질러 자고 기어들어온 주제에, 어디 눈깔을 똑바로 뜨고 대들어?"

아까는 다리가 부러진 것처럼 아프더니 이젠 이마가 터질 것 같았다. 머리통을 부여잡고 끙끙거리고 있는데 다시 형이 말했다.

"살인자라고 보이기만 해도 기겁을 하고 기절하던 놈이 집에 가서 잠을 자고 밥까지 해 먹이고 와?"

"그, 그건 어쩔 수 없었어! 걔가 집에도 안 보내주고 나보고 자꾸 밥 먹고 가라고 하는데! 감자는 다 태우고 도마 위에서 당근을 죽으로 만들고 있었단 말이야!"

"그래서 밥까지 해 먹이셨다?"

형은 더 지껄여 보라는 듯 가만히 날 쳐다봤다.

나는 시선을 피했다.

형은 골이 아프다는 듯 머리를 짚고 한숨을 내쉬는데 그 모습이 좀 이상했다. 지구에 있을 땐 그렇게 날 쥐어 패더니, 외박하고 들어 왔는데도 딱밤 한 대만 때리고 요즘 「야」라고 하고 「너」라고 해도 별로 뭐라고 하지도 않고…….

그 사실이 기쁘기도 했지만 착잡하기도 했다.

이제 진짜 나는 빼도 박도 못하는 여자구나. 이런 젠장! 형마저도 이젠 날 남동생이 아닌 여동생으로 생각하고 있다니! 아니, 근데 저 새끼는 무슨 적응이 이렇게 빨라! 남동생이 하루아침에 여동생이 됐 는데 좀 놀라는 척이라도 하면 안 되냐고! 왜 나보다 빨리 적응하고 난리야!

그때 형이 뭔가 생각이 난 듯 물었다.

"너 검사가 되겠다고 했다며?"

"어?"

"알카이아한테 검사 된다고 난리 쳤다면서?"

"그게 왜?"

형은 골이 아프다는 듯 이마를 짚고 있다가 곧 단호한 얼굴로 말 했다.

"넌 내일부터 특훈이다."

"……뭐? 특훈이라니? 무슨 특훈?"

갑자기 불길한 기운이 온몸을 엄습했다. 불안하게 형을 보고 있는 데 형이 침대맡에 앉더니 말했다.

"지금 네 손모가지 좀 봐라. 힘주면 부러지게 생겼잖아. 넌 내일부터 나한테 특훈 받아라, 알겠냐? 그 미친놈이 한 번만 더 데려가려고 하면 칼로 그냥 찔러버려."

"……."

"병아리 새끼처럼 삑삑 거리기만 하지 말고 싫으면 싫다고 말을 하란 말이다. 멍청한 새끼가 개새끼처럼 낑낑거리기만 하니까 그딴 짓을 당하지."

「싫으면 싫다고 말하세요. 커다랗게 비명을 지르세요. 꺄악!」

나는 중학교 때 봤던 성교육 비디오에서 했던 말을 그대로 따라 하고 있는 형을 보며 입을 다물지 못했다.

치한이 만지거나 말을 걸면 싫다고 정확하게 자신의 의사를 전달하라고 했던 비디오의 내용을 떠올리다가 나는 조심스럽게 물었다.

"싫으면 싫다고 말하라고? 먹을 거 줘도 따라가지 말고, 혹시 무슨 일 당할 것 같으면 비명을 질러서 주변에 도움을 요청하고?"

"그래, 그거야. 넌 생긴 것도 성격도 워낙 병신 같아서 표적이 되기 쉬우니까 내일부터 특훈을 받아서 힘을 길러라."

"……."

저 새끼가 진짜 맛이 갔나 보다.

정말 날 여동생이라고 생각하고 있나 봐. 저놈이 지금 내 자존심을 짓밟고 있다. 이런 개 같은 일이 있을 수가 있나!

나는 부들부들 떨다가 문득 떠오르는 게 있었다.

"아, 맞다. 나 그저께 연무장에 갔었어. 검사가 되고 싶다고 했더니 거기 사람들이 나보고……."

나는 다시금 자존심이 뭉개지는 것만 같았다. 요즘 왜 이렇게 내 자존심을 짓밟고 뭉개는 사람들이 많은 건지 모르겠다.

"나보고 엄마 찌찌나 더 먹고 오래."

내 말에 형이 눈썹을 꿈틀거리며 물었다.

"어떤 새끼가?"

"제이드!"

남자의 이름을 광속으로 기억해낸 나는 버럭 소리쳤다. 왠지 일러바치는 것 같은 기분이 들었지만 상관없었다. 내 복수를 형이 대신 해주기를 바라면서 다시 말했다.

"어떤 여자도 그랬어. 이름이 뭐였더라, 이스벨이었나……."

"이스벨 레토르타?"

제이드라고 할 땐 모르는 것 같더니 이스벨이라는 말에 형은 인상을 구기고 물었다. 형이 아는 사람인가 싶어서 나는 의아한 얼굴로 말했다.

"아는 사람이야?"

내 말에 형이 입을 다물었다. 그러더니 갑자기 다시 딱밤을 때렸다.

딱! 커다란 소리가 났고, 나는 이마를 부여잡고 버럭 소리칠 수밖에 없었다.

"왜 때려?"

"병아리, 넌 아무튼 한 번만 더 외박하면 내쫓는다. 빨빨거리고 싸돌아다니지 말고 방에 얌전히 처박혀 있어."

"야! 왜 때렸냐고!"

내 말을 무시한 채 형은 그대로 방을 나가버렸다. 도대체 내가 왜 맞은 건지 알 수가 없어서 한참을 씩씩거리다가 나는 그냥 침대에 벌러덩 누워버렸다.

아까는 상황이 상황이었던지라 잊고 있었는데 다시 조용해지자 허리가 부러질 것처럼 아파 왔다. 다리도 아프고 허리도 아프고 배도 아프다. 나는 다시 심란해져서 베개를 끌어안고 끙끙거렸다.

그리고 그 다음 날, 탑의 마법사를 수배한다는 수배지가 전국에 깔렸다.

04. 병아리와 춤추는 피에로

하늘이 푸르렀다. 새하얀 뭉게구름이 둥둥 떠다니는 새파란 하늘을 가만히 보고 있는데 귓가로 알카 형의 목소리가 들려왔다.

"듣고 계십니까?"

꽥꽥.

그리고 황금알을 낳는 거위의 소리도. 나는 탁자 위에서 내 손등을 부리로 쪼고 있는 거위의 등을 쓰다듬으며 말했다.

"그러니까 우리 형이 엄청 높은 신분이니까 나도 사람들 있을 땐 예의를 갖춰야 한다는 말이잖아요. 맞죠?"

"맞습니다. 가장 주의해야 할 건 말투와 행동, 그리고 예하보다 높은 곳에 계시면 절대 안 된다는 겁니다. 예하께서 앉아 계실 땐 허락 없이 자리에서 일어나서도 안 되고, 만약 의자에 앉아 계시는 예하를 봤을 땐 허리를 숙이거나 무릎을 꿇어야만 합니다."

지겹다. 진짜 지겨워 죽겠다. 계속 이어지는 수업에 나는 딱 기절하고 싶은 심정이었다. 내가 등을 쓰다듬는 걸 멈추자 다시 쓰다듬으라는 듯 거위가 꽥꽥거리며 날 쳐다봤다.

그 시커먼 눈동자를 보며 나는 반사적으로 물었다.

"넌 이름이 뭐니?"

"……겨울 님. 제 말 듣고 계세요?"

"듣고 있어요. 근데 이 거위한테 이름 좀 붙여주고 싶은데 뭐가 좋을까요?"

내 물음에 알카 형이 한숨을 내쉬었다. 더 이상 공부를 하는 건 무리라고 판단한 건지 알카 형은 체념한 목소리로 말했다.

"꽥꽥이요."

"……네?"

그 기막힌 작명 센스에 나는 기겁하지 않을 수가 없었다. 장난이 아닌 것 같은 진지한 얼굴에 나는 듣지 못한 것처럼 거위를 보며 말했다.

"거위야, 넌 황금알을 낳는 거위니까 이름은 그냥 황금이로 하자. 애칭은 금이! 어때? 너도 좋지? 응?"

꽥꽥! 마치 대답이라도 하는 것처럼 금이가 부리로 내 손등을 콕콕 쪼았다. 나는 다시 금이의 등을 슬슬 쓸었다.

"꽥꽥이가 별로입니까?"

"정말 심각하게요."

"······."

"아, 맞다. 어제 금이가 황금알을 낳았는데 하나 드릴게요. 계속 저 공부시켜주시고 그래서 감사합니다."

나는 서랍에 고이 넣어 두었던 황금알을 하나 꺼내 형에게 줬다. 하지만 형은 그다지 기쁜 표정이 아니었다. 나는 이 황금을 봤을 때 눈을 까뒤집고 좋아했는데.

"괜찮습니다."

"왜요? 형은 금 싫어해요? 아니면 혹시 여기선 금이 안 비싸요?"

"금을 싫어하는 것도 아니고 금이 비싸지 않은 것도 아닙니다. 그냥 가지고 계시다가 비상금으로 쓰세요."

알카 형은 황금알을 다시 내게 건네며 예쁘게 웃었다. 형이 천사로 보이는 순간이었다. 물욕이라고는 조금도 없는 신관의 표본을 보는 것 같았다. 만약 우리 형한테 이걸 줬으면 이거 하나로 만족하지 못하고 남은 내 황금알까지 다 빼앗아 갔을 텐데.

"그럼 형, 혹시 뭐 좋아하는 거 있어요? 제가 이거 팔아서 사 드릴 게요."

"전 괜찮습니다. 그보다 일주일 뒤에 탄트라로 간다는 건 들으셨습니까?"

탄트라? 거기서 어디지? 잠깐 생각하던 나는 그곳이 아이리스가 다니는 학교라는 걸 생각해냈다.

"거기로 간대요? 형이 그랬어요? 진짜요?"

"네, 일주일 뒤에 2박 3일 일정으로요. 마차를 타고 반나절 정도 이동하시면 도착할 거예요. 혹시 멀미가 있진 않으십니까?"

"멀미 없어요. 멀쩡해요. 옛날에 배 탔을 때도 멀쩡했거든요."

내가 신이 나서 말하자 알카 형도 날 보며 웃었다.

이 근처를 벗어나 본 적이 없어서 일주일 뒤에 탄트라로 가는 게 엄청 기대가 됐다. 꼭 외국여행을 하는 것 같은 기분이 들었다. 갈 때 뭘 챙겨서 갈까 고민을 하고 있는데 알카 형이 별안간 말했다.

"포탈을 열어서 바로 이동할 수도 있는데 예하께서 일부러 2박 3일로 일정을 잡으셨어요."

"네? 형이요?"

"예, 겨울 님께서 요 며칠 우울해하시는 것 같아 일정을 무리하게 늘리신 것 같습니다. 여행은 처음이십니까?"

알카 형이 물었지만 나는 대답하지 못했다. 그러니까 누가 나 때문에 일정을 무리하게 늘렸다고? 우리 형이? 내가 우울해하는 것 같아서?

나는 멀뚱멀뚱 알카 형을 보다가 푸하하 웃었다. 내 웃음을 어떻게 받아들인 건지 알카 형이 말을 이었다.

"예하께선 장시간 마차로 이동하시는 걸 굉장히 싫어하시는데 일부러 마차로 간다고 하시는 걸 보면 제 생각이 맞는 것 같습니다. 며칠 전에 겨울 님이 갑자기 사라지셨을 때도 걱정을 많이 하셨거든요."

걱정이 아니라 화를 냈겠지. 나는 알카 형이 오해를 해도 단단히 하고 있는 것 같아서 한참을 웃었다. 그러다 별안간 든 생각에 조심스럽게 물었다.

"근데 궁금한 게 있는데 형 부모님이요. 지금 어디에 계시는지 혹시 아세요?"

"그분들은 필레타 근교에서 작은 찻집을 운영하고 계십니다."

"아……. 그럼 그 형 형제들이요. 아이리스랑 그 남동생은 탄트라에 다니고 있는 거 맞죠? 여동생은 아이리스고 남동생은 이름이 뭐예요? 걘 몇 살인데요? 형이랑 사이 좋아요? 근데 혹시 걔들도 형한테 막 엄청 처맞으면서 컸어요?"

내 질문에 뭐라고 대답을 하려던 알카 형이 입을 다물었다. 그러더니 날 보며 다시 웃었다.

"궁금하시면 직접 물어보세요."

"아니, 뭐……. 그 정도로 그렇게까지 궁금한 건 아니고요……."

내가 우물쭈물하자 알카 형이 가만히 날 보더니 말했다.

"아시겠지만 지금 겨울 님은 호적상으로는 예하의 딸입니다. 나름 조용히 처리한다고 했지만 사안이 사안인 만큼 이미 외국으로까지 소문이 다 퍼졌어요. 일주일 후에 예하와 함께 탄트라로 가시면 소문은 더욱 빨리 퍼질 테고, 그럼 원치 않는 관심을 받으시겠지만 크게 개의치 않으셨으면 좋겠습니다. 예하께서는 이미 겨울 님을 정치쪽으로는 완전히 배제한다고 말씀하셨으니, 걱정하지 않으셔도 됩니다."

그러니까 알카 형의 말은 그거였다. 형은 이 나라에서는 대통령과 다름이 없으니, 나는 대통령의 딸이 된 셈이라는 거다. 그럼 내 사생활이 다 없어지는 건 아닌지 모르겠다.

"근데 정치 쪽으로는 배제시킨다는 말이 뭐예요?"

"교황이 딸이나 아들을 입양한 건 전례에도 있었던 일입니다. 교황의 딸이나 아들이 외국 왕족과 결혼하면 양국의 우호도가 높아지니 대부분 정치적인 목적에 의해서 입양했었습니다. 사실 예하께서 겨울 님을 호적에 올리신다는 걸 알고 벌써부터 외국에서 혼담요청이 들어왔었습니다만, 예하께서는 일언지하에 거절하셨습니다."

혼담요청? 나한테 결혼하자는 요청이 왔었다고?

이건 또 처음 듣는 얘기였다.

그냥 '딸이 되면 딸이 되는 거지.'라고 별생각도 없었는데 이런 일이 있었을 줄이야. 거기다가 형은 나한텐 이런 말을 한 번도 한 적이 없었다.

"그럼 혹시 만약에 제가 무슨 사고를 치거나 막 그러면 형도 많이 곤란해지는 거예요?"

"어떤 사고를 말씀하시는 겁니까? 혹시 범법행위를 말씀하시는 거면……."

"아니, 그런 게 아니라……. 전 예의범절 이런 것도 잘 모르잖아요. 배우면 되는 거기는 한데, 배우기도 전에 만약에 사람 많은 데서 엎어진다거나 밥 먹다가 흘린다거나 말을 하다가 저도 모르게 막 욕을 한다거나, 그러면 혹시 형이……."

난 진지하게 물었던 건데 알카 형은 눈만 깜박거리며 멀뚱멀뚱하게 날 쳐다보다가 별안간 웃었다.

"그런 걱정은 하지 않으셔도 괜찮습니다."

"저 자다가 침대에서 잘 떨어지는데 만약 사람들이 그거 보면 막 욕하는 거 아니에요?"

"그걸 누가 봅니까?"

"아니, 뭐……. 시녀 누나들도 있고요. 혹시라도 길 가다가 엎어지는 걸 누가 볼 수도 있는 거고, 또 저 길도 잘 잃어버리는데 사람들이 교황 딸이 멍청이 같다고 그러면 형이 엄청 곤란해지는 거 아니에요?"

잘 엎어지고 길 잃어버리고 그러는 건 고치려고 해도 잘 안 고쳐지던데……. 내 불안한 얼굴을 보던 알카 형이 다시 웃었다. 남은 심각해 죽겠는데 저 인간은 왜 자꾸 웃는 건지 이해를 할 수가 없었다.

"걱정이 많으시네요."

"형이 엄청 유명하고 높은 사람이라면서요. 그러니까 그렇죠. 근데 제가 딸이 됐는데 형 부모님은 뭐라고 안 하실까요? 형 부모님 입장에서 보면 이게 웬 날벼락이냐고 생각하실 수도 있을 것 같은데……."

"궁금하시면 직접 물어보세요."

알카 형은 여전히 웃는 얼굴로 내 머리를 토닥거렸다. 시무룩하게 있던 나는 반사적으로 고개를 끄덕이다가 퍼뜩 고개를 들어 형을 노려보며 말했다.

"머리 왜 만져요? 저 애 아니거든요? 지금 애 취급하는 거예요? 형도 지금 저 여자 취급 한 거죠?"

내가 남자였다는 사실을 알 턱이 없는 알카 형은 내 말을 이해하지 못한 듯 의아한 얼굴로 날 쳐다봤지만, 나는 입을 삐죽 내밀고 알카 형을 노려보기만 했다.

일주일이 지나고 그 끔찍했던 생리도 끝이 났다.

이제 내일이면 탄트라로 가는데 여행을 간다는 생각에 나는 쉽사리 잠을 이룰 수가 없었다. 내일 일찍 일어나야 하니까 빨리 자려고 했지만 쉽게 잠이 들질 않았다.

한참을 뒤척거리다가 어느 순간부터 잠이 들었는데 귓가로 희미하게 금이가 우는 소리가 들려왔다.

꽥꽥거리는 소리가 점점 커져서 나는 몸을 뒤척이다가 슬쩍 눈을 떴다. 내 옆에서 곤히 자고 있던 금이가 없었다. 눈을 비비면서 상체를 일으키자 금이가 침대 구석에서 꽥꽥 울고 있는 게 보였다.

나는 금이에게 팔을 뻗으며 말했다.

"금이야, 왜 거기서 울고 있……."

말을 하다 말고 나는 입을 다물었다. 그 자리에서 동상처럼 굳어버린 나는 멀뚱멀뚱 침대 구석에 튀어나와 있는 시커먼 덩어리만 쳐다봤다.

저게 뭐지? 저거 뭐야?

정신을 차린 나는 손가락으로 그 정체불명의 덩어리를 쿡쿡 찔렀다.

그러자 그 덩어리가 옆으로 기우뚱하며 넘어갔다.

곧 바닥에 떨어진 덩어리의 정체를 확인하기 위해서 나는 고개를 빼꼼 내밀었다.

그리고 보인 건 사람의 얼굴이었다.

나는 침대에서 벌떡 일어나 그의 멱살을 잡았다.

"야! 야, 너 미쳤어? 여기서 왜 자고 있는 거야!"

그건 가을이었다. 이제 이 미친놈이 무섭다기보다는 넌더리가 나는 기분이었다. 이 새끼는 도대체 왜 이렇게 내 방에 멋대로 쳐들어오는 거냐고! 왜! 왜! 왜!

"야! 너 안 일어나? 일어나!"

멱살을 붙들고 내가 흔들자 곤히 자고 있던 가을이 눈살을 찌푸렸다. 파들파들 속눈썹이 떨리는 것 같더니 서서히 그가 눈을 떴다.

잔뜩 안개가 낀 것처럼 흐리던 시뻘건 눈동자와 시선이 마주쳤다고 느낄 때, 그가 입을 웅얼거렸다.

"하지 마."

"하지 마? 야! 뭘 하지 마! 너 빨리 안 일어나? 네가 여기서 왜 자고 있는 거냐고!"

그는 내 손을 뿌리치더니 몸을 뒤척이다가 다시 잠이 들었다. 나는 기가 막혀서 환장할 것 같은 기분에 다시 그의 멱살을 쥘 수밖에 없었다.

"빨리 안 일어나? 너 죽을래? 야!"

"하지 마, 나 지금 잠 와 죽겠어."

"잠이 오면, 이 등신아! 너희 집에 가서 퍼질러 자! 왜 내 방에서 자는 거냐고, 왜!"

내가 계속 멱살을 쥐고 탈탈 흔들자 더 이상 잘 수 없겠다고 생각을 한 건지 그가 미적거리며 몸을 일으켰다. 상체만 일으킨 채 그는 바닥에 앉아 길게 하품을 했다. 유유자적한 그 행동에 나는 당황하지 않을 수가 없었다.

"너 왜 여기서 자고 있어? 너 때문에 내 방 다 부서져서 방도 옮겼는데 여긴 어떻게 알고 왔냐고!"

내 말에 그가 손을 뻗어 내 팔목을 가리켰다. 고개를 숙이자 내 팔목에는 그가 줬던 팔찌가 채워져 있었다.

이 팔찌가 왜? 뭐?

"그거 내가 만든 거야."

"그래서?"

"그러니까 어디에 있는지 알지."

이건 또 무슨 소리야? 아니, 지금 중요한 건 이게 아니었다. 나는 잔뜩 인상을 쓰고 다시 한 번 하품을 하는 가을에게 물었다.

"너 왜 여기서 자고 있어?"

"저번에 밥 먹고 나와서 아이스크림 먹었잖아."

"어? 갑자기 그게 왜?"

"그때 벤치에서 자고 한숨도 못 잤어."

뭐? 그 뒤로 하나도 못 잤다고? 그건 벌써 일주일 전 일인데? 그럼 일주일 동안 한숨도 못 잤다는 건가?

사람이 어떻게 일주일 동안 하나도 안 자고 살 수가 있어?

"진짜야?"

"응, 계속 자려고 했는데 못 자고 있다가 그때 벤치에서 잤던 게 생각나서 너 보러 왔는데……. 네 얼굴 보니까 갑자기 잠이 와서 그냥 잤어."

"……."

내 얼굴 보니까 갑자기 잠이 와서 잤다는 게 뭔 뜻이야. 나는 이게 칭찬인가, 욕인가를 한참 생각하다가 다시 꾸벅꾸벅 조는 그를 흔들어 깨우며 말했다.

"야, 일어나! 여기서 자면 안 돼."

"내가 거위 줬잖아. 황금알 낳는 거위."

"어?"

"그때 밥 만들어달라고 했는데 안 만들어줬으니까 하루만 재워줘."

창문 틈으로 들어오는 달빛에 그의 창백한 얼굴이 비쳤다. 밤이라 그런 건지, 아니면 달빛을 받아 그런 건지, 그의 얼굴은 병자처럼 창백했다. 정말 잠이 많이 오는 것 같아서 그냥 하루 재워줄까도 생각했지만 그럴 수는 없었다.

"안 돼, 너 여기서 재우면 형이 뭐라고 한단 말이야."

내 말에 하품을 하고 있던 가을이 갑자기 정색을 하고 날 쳐다봤다. 그를 처음 봤을 때부터 느꼈던 건데, 웃을 때랑 정색했을 때랑 갭이 너무 커서 알면서도 깜짝깜짝 놀랄 때가 있었다.

가을은 정색 한 얼굴로 내게 물었다.

"계속 궁금했는데 도대체 너 그 꼬맹이랑 무슨 사이야?"

꼬맹이가 누구야? 우리 형이 꼬맹이야? 설마 형한테 꼬맹이라는 말을 할 수 있는 사람이 있을 줄은 꿈에도 몰랐다.

"무슨 사이든 말든 네가 무슨 상관인데?"

퉁명스럽게 말을 하다가 나는 순간 아차 싶었다. 처음 만났을 때보다 덜 무서운 건 사실이었지만 아예 안 무서운 건 아니었기 때문이다.

말을 하고 잔뜩 긴장하고 있는데 그가 다시 하품을 하며 태연하게 말했다.

"그건 그러네. 근데 금이가 뭐야? 아까 금이라고 했잖아."

그 말에 나는 금이가 가을의 손등을 부리로 콕콕 쪼고 있다는 사실을 깨달았다. 무식하면 용감하다더니 저 거위가 지금 겁도 없이 살인자의 손을 부리로 쪼고 있었다.

"내가 이름 지어줬어. 황금이. 그래서 애칭이 금이야."

"황금알 낳아서 황금이야?"

고개를 끄덕이려다가 나는 순간 멈칫했다. 지금 이렇게 일상대화나 나누고 있을 때가 아닌데, 말하다가 보면 자꾸 저놈 페이스에 휘말려서 문제였다.

"그리고 내 수배지가 전국에 다 깔렸던데, 내가 왜 현상수배범이 된 거야? 너 혹시 알아?"

그는 의아한 얼굴로 내게 물었다.

그걸 왜 나한테 물어? 근데 나도 좀 궁금하기는 했다. 나는 곰곰이 생각하다가 물었다.

"네가 그때 내 방 다 때려 부숴서 그런 거 아니야?"

"그건 내가 한 거 아니야. 난 잘못한 것도 없는데 왜 내가 현상수배범이 된 거지?"

가을은 그걸 마치 남 일처럼 말했다. 현상수배범이 되든 말든 상관없다는 투로 말하는 게 이상해서 나는 다시 물었다.

"근데 넌 왜 그렇게 태연해? 잘못한 것도 없는데 현상수배범 된 거면 엄청 화내야 하는 거 아니야?"

"괜찮아, 이런 게 한두 번도 아니고."

아……. 그래, 넌 살인자였지, 참.

이렇게 보면 진짜 멀쩡한 거 같은데 저런 사람이 살인자라는 게 믿기질 않았다. 내 앞에서 사람을 죽인 게 아니면 믿지 않았을 거였다. 정색하는 것만 아니면 평소엔 저렇게 얼빵한데…….

"넌 근데 왜 이렇게 잠을 안 자? 불면증이야?"

"그냥 버릇이야. 자는 시간도 아깝고, 그러다 보니까 버릇이 됐어."

그는 침대에 머리를 기대더니 눈을 감고 말했다.

폼이 다시 잠이 들려고 하는 것 같았지만 나는 아까처럼 소리를 칠 수가 없었다. 저 새끼는 불면증에 걸린 게 분명했다. 불면증 환자가 잠이 와서 잔다는데 일어나라고 소리를 칠 수도 없고, 그렇다고 여기에서 재울 수도 없고 진짜 환장하겠다.

나는 결국 한숨을 내쉬며 말했다.

"오늘만 여기서 자고 내일부턴 너희 집 가서 자. 알겠어? 그리고 한 번만 더 내 방에 멋대로 들어오면 진짜 죽는다."

"그럼 내일 와도 돼?"

오므라이스 먹고 싶어, 라고 덧붙이는 그를 보며 나는 기가 막혔다. 저 새끼가 지금 내 말을 뭐로 들은 거야?

"안 된다니까?"

"왜?"

그 말에 나는 뭐라고 말을 하려다가 입을 다물었다. 왜냐니? 그거야 당연히……. 그러게. 왜 안 되지? 나는 떨떠름한 얼굴로 더듬더듬 말했다.

"잠은 집에서 자는 거야. 너 외박하면 집에서 뭐라고 안 해? 그리고 오므라이스는 너희 엄마한테 해달라고 해."

"우리 엄마가 만든 오므라이스를 먹느니 돌멩이를 씹는 게 낫겠다."

그는 순간 다시 정색하며 말했다. 정색을 할 땐 늘 무서웠는데 이상하게 이번에는 웃기기만 했다. 나는 큭큭거리며 말했다.

"나도 우리 형이 만든 오므라이스를 먹느니 돌멩이를 씹는 게 낫겠다."

뭔가 알 수 없는 동병상련의 기운이 느껴졌다. 내가 계속 킥킥거리고 있는데 말끄러미 날 보던 가을이 다시 물었다.

"내일은 와도 돼?"

"안 돼. 내일부터 나 여기에 없어."

"어? 그럼 어디로 가는데?"

"탄트라. 형이랑 아이리스 만나러 가. 2박 3일로."

구구절절 말하던 나는 다시 순간 아차 싶은 기분이 들었다. 진짜 지금 이렇게 일상대화를 나눌 때가 아닌데 내가 왜 이러고 있는 거야?

"그래? 알았어. 난 갈 테니까 너도 잘 자."

"어? 아, 으응."

빨리 내 방에서 나가라고 말을 하려고 했는데 내가 말하기도 전에 그가 몸을 일으키며 내게 말했다.

가라고 해도 안 가더니 그는 그 말만 남긴 채 뒤도 돌아보지 않고 그대로 나가버렸다. 창문으로.

그가 사라진 창문을 멀뚱멀뚱 보다가 나는 고개를 돌려 금이를 쳐다봤다. 금이는 어느새 잠이 든 건지 미동도 하질 않고 있었다. 내가 지금 꿈을 꾼 건가?

나는 떨떠름한 얼굴로 그렇게 한참을 있다가 잠이 들었다.

연한 푸른색 원피스를 입고서 나는 거울 앞에 섰다. 무릎까지 오는 원피스는 하늘거렸고, 끝 부분엔 내가 제일 싫어하는 레이스까지 달려 있었다.

목 부분에 맨 파란 리본을 툭툭 건드리다가 나는 거울을 짚고서 한숨을 내쉬었다.

"치마에 익숙해져 가는 내가 싫다……."

처음에 치마 입었을 때 다리 사이가 너무 시원해서 기겁을 했다.

게다가 다리도 마음대로 못 벌리고, 무릎을 딱 붙이고 앉아 있어야 하는 게 너무 힘들었는데 이젠 따로 의식하지 않아도 나는 무릎을 붙이고 앉을 수 있게 됐다. 이게 과연 좋은 징조인지, 나쁜 징조인지 알 수가 없었지만 나는 그냥 좋게 생각하기로 했다.

근데 살이 좀 찐 것 같기도 하고……. 아닌가? 처음 봤을 때보다 볼이 통통해진 것 같았다. 팔도 다리도 좀 굵어진 것 같고 무엇보다…….

나는 멍청하게 거울 속의 내 가슴을 보다가 얼굴을 휙 돌렸다. 얼굴에 열이 올라서 혼자 심호흡을 하고 있는데 문이 열린다.

노크도 없이 문이 열리는 걸 보니, 형인가 보다. 고개를 돌리자 아니나 다를까 형이 내 쪽으로 걸어오고 있었다.

"너 얼굴이 왜 그래?"

"내 얼굴이 뭐?"

의아한 얼굴로 나는 거울 속에 비친 내 모습을 다시 확인했다. 귀는 물론이고 목까지 시뻘겋게 변해 있는 내 얼굴을 확인한 나는 태연한 얼굴로 고개를 저었다.

"아무것도 아니야. 근데 우리 진짜 마차 타고 가? 나 마차 타본 적한 번도 없는데."

원래 여행이라면 어렸을 때부터 워낙 좋아했고, 또 말이나 마차 같은 건 타본 적이 없어서 괜히 혼자 들떴다. 하지만 들뜬 건 나뿐이었다.

어딘지 모르게 귀찮은 기색이 역력한 얼굴의 형을 보며 나는 혼자서 조잘조잘 떠들었다.

"근데 거기 가면 아이리스랑 네 남동생도 있냐? 2박 3일로 가는 거면 우리 거기서 자고 와? 어디서 자는데? 설마 그 학교에서 자야 하는 거야?"

내 말에 대답도 하질 않고 형은 방을 나서기 전에 내게 후드가 달린 망토를 건네줬다. 난 별생각 없이 망토를 어깨에 두르고 다시 말을 하려다가 아차 싶었다.

형이 이런 망토를 괜히 줬을 리가 없었다. 갑갑하기는 했지만 나는 후드를 푹 눌러쓴 후에 다시 거울을 봤다.

고개를 다 들어도 코까지밖에 안 보여서 얼굴을 구분하기가 굉장히 어려웠다.

형은 늘 입던 옷을 입었는데 옷이 워낙 여러 장이라 더워 보였지만 정작 본인은 땀도 한 방울 흘리질 않았다. 어쨌든 나는 금이를 챙겨 형과 방을 나와 길을 따라 걸었다.

이 길은 평소에도 혼자 많이 다녔던 길인데 형이랑 같이 걸어서 그런지 난생처음 걷는 길처럼 느껴졌다. 발걸음 소리 하나 내질 않고 조용히 걷는 형의 뒤를 쫓아 걸을 때마다 길에 대기 중이던 사람들이 고개를 숙였다.

생각을 해봐라. 긴 복도를 걷는데 길옆에 바싹 붙어서 사람들이 죄다 고개를 숙이고 있는 그 모습을! 걷는 것도 부담스럽고 황송해서 잔뜩 긴장하고 걷다가 몇 번이나 넘어질 뻔했다.

혼자 삐끗거리다가 아무렇지도 않은 척 태연하게 다시 걷기를 반복하며 드디어 성문 앞에 도착했다.

차라리 빨리 여기서 벗어나고 싶어서 나는 형을 지나쳐 후다닥 마차 쪽으로 뛰어갔다.

내가 마차에 타자, 형은 마차 옆에서 대기 중이던 사제들과 몇 마디 하더니 마차에 올랐다.

마차 구석에 앉아 고개를 푹 숙이고 있다가 마차 문이 닫히자마자 나는 후드를 벗고 한숨을 내쉬었다.

혹시나 몰라서 마차 벽에 붙어 있는 창문도 꽁꽁 닫자 그제야 숨이 좀 트였다.

내 품속에 있던 금이도 긴장을 한 건지, 아니면 그냥 힘이 없는 건지 부리를 꽉 다물고 얌전히 있기만 했다. 나는 손가락 끝으로 금이의 부리를 톡톡 건드리며 말했다.

"너 왜 이렇게 조용해?"

내가 묻자 그제야 금이가 꽥꽥 하고 울기 시작했다. 부리로 내 손등을 콕콕 찌르다가 아까 형이 줬던 후드 옷자락을 물었다가 놓기도 하는 걸 구경하고 있는데 마차가 출발했다.

"그 거위 새끼 좋게 말할 때 갖다 버려라."

형이 거위를 딱히 싫어하는 게 아니었다. 내 생각인데, 형은 이 거위를 가지고 온 게 가을이라서 싫어하는 것 같았다.

나는 금이를 품속에 감추고 말했다.

"황금알 낳는 거위를 왜 버려?"

꽥꽥! 금이가 형을 노려보며 사납게 울었다.

그 사나운 울음소리에 나는 슬그머니 금이의 부리를 손으로 붙잡곤 작게 속삭였다.

"저 사람은 성격이 거지같아서 너 그렇게 울면 부리가 째질 수도 있어요."

"네 부리를 째줄까?"

"근데 탄트라 거기 가면 아이리스랑 네 동생도 만나는 거야?"

내가 퍼뜩 고개를 들며 묻자 형이 낯을 찌푸리며 입을 열었다.

"아까부터 왜 자꾸 그 소리야? 만나면 뭐?"

"어? 아니, 그냥 궁금해서……. 난 형이 외동이라고 생각했거든."

여기서 태어난 거면 가족이 있는 게 당연한 건데 왜 나는 형이 외동이라고 생각했던 건지 모르겠다. 그렇다고 그럼 난 이제 어떡하냐고 물어볼 수도 없는 거고.

　내가 떨떠름한 얼굴로 금이만 만지작거리고 있자 형이 등받이에 몸을 기대며 말했다.

　"아킨토스 만나면 삼촌이라고 해. 참고로 걔 너보다 어리다."

　자려고 하는 건지 눈을 감으며 말하는 형을 보며 나는 당황했다. 삼촌이라니? 이건 또 무슨 소리야?

　"내가 왜 나보다 어린 애한테 삼촌이라고 해야 돼?"

　"그럼 내 아들이면서 내 동생한테「야」라고 할래?"

　그 말에 나는 입을 삐죽이며 고개를 돌렸다. 안 봐도 훤했다. 그 아킨토스라는 애는 형이랑 완전 판박이처럼 닮았겠지. 얼굴이며 성격이며 행동까지!

　보지도 않은 사람인데도 나는 그렇게 결론을 내렸다.

　아이리스도 처음에는 그냥 좋았는데 형 동생이라는 말을 들으니까 처음 만났을 때랑 이미지가 달라지는 것 같았다.

　아이리스도 형 동생이면 어렸을 때 겁나 맞으면서 컸나? 형이 여자라고 봐줄 성격은 아닌데. 나는 고개를 숙이고 금이만 만지고 있다가 문득 필요 이상으로 조용하다는 걸 깨닫고 고개를 들었다.

　형은 자는 건지 아까 그 모습 그대로 눈만 감고 있었다.

　"왜 이렇게 조용해? 마차가 원래 이렇게 조용한가? 그러고 보니까 움직이는 느낌도 안 드네."

"마차에 마법이 걸려 있으니까."

"마법? 조용히 움직이게 할 수 있는 그런 마법도 있어? 야, 근데 나도 마법 배울 수 있어?"

내 물음에 형이 눈을 뜨며 말했다.

"신성력이랑 마력은 상극이다."

그게 뭔 말인데. 나는 전혀 모르겠다는 얼굴로 형을 멀뚱멀뚱 쳐다보기만 했다.

"넌 성녀였잖아. 표식이 없어졌다고 해도 성녀였으니까 마법은 못 배워."

그게 무슨 말인지는 모르겠지만 어쨌든 못 배운다는 말 같았다. 마법 쓸 수 있으면 엄청 편할 것 같기는 했지만 못 배운다니 어쩔 수 없었다.

"그럼 형은? 형도 마법 못 써?"

"교황이니까."

그렇게 대답하고 형은 다시 눈을 감았다. 난 잠도 안 오는데 나 혼자 뭘 하라고 눈을 감아? 진짜 자려고 저러나? 알카 형 말대로라면 이 상태로 반나절은 달려야 한다고 했는데 그동안 난 뭘 하지?

"잘 거야?"

"병아리."

"어?"

형이 다시 눈을 떴다. 피곤에 찌든 얼굴에 짜증이 그득한 눈으로 날 보며 형이 통보했다.

"말 걸지 마, 움직이지도 말고 숨도 쉬지 말고 도착할 때까지 죽은 듯 있어라. 한 번만 더 깨우면 그 거위 새끼랑 창문 밖으로 내던져버린다."

"……."

개새끼. 도끼눈을 뜨고 형을 노려보고 있는데 형이 다시 눈을 감았다.

그 순간 금이가 갑자기 꽥꽥 하고 커다랗게 울었다. 나는 황급히 금이의 부리를 두 손으로 잡았고, 형은 다행히 눈을 뜨지 않았다.

나보고 반나절 동안 움직이지도 말고 숨도 쉬지 말라는 건 죽으라는 말 아닌가? 그럴 바에 차라리 시끄럽게 떠들다가 금이랑 같이 창문 밖으로 내던져지는 게 훨씬 낫겠다. 저 성격 파탄자 새끼.

나는 속으로 형을 욕하다가 한숨을 내쉬며 창문 쪽으로 손을 뻗었다. 그냥 풍경 감상이나 해야겠다. 다행히 창문은 그리 큰 소리 없이 열렸다.

창문을 열자 시원한 바람과 함께 풀 냄새가 확 끼쳐왔다. 갑자기 기분이 좋아져서 커다랗게 숨을 들이마시다가 순간 나는 콜록 하고 기침을 할 수밖에 없었다.

"헉!"

창문 바로 옆에 백마를 탄 기사가 있었기 때문이다. 그런데 내가 놀란 건 그 이유 때문만이 아니었다. 그 백마를 타고 있는 기사가 바로 내 자존심에 스크래치를 낸 그 사람이었다.

"다, 당신이 여기에 왜 있어요?"

"넌……. 그때 그 연무장에 왔던 꼬맹이……. 네, 네가 왜 그 마차에 타고 있는 건데?"

이름이 뭐였더라? 이스벨? 이스벨이었나? 아무튼 그 여자!

그녀도 날 보고 적잖게 놀란 건지 눈을 동그랗게 뜨고 당황하고 있었다. 마차는 내가 생각했던 것보다 훨씬 느렸는데 얼마나 느렸냐면, 내가 그 창문 밖으로 몸을 쭉 빼도 괜찮을 정도로 느렸다.

"나한테 엄마 찌찌 먹고 오라고 했던 그 사람 맞죠?"

이스벨은 잔뜩 당황한 얼굴로 한참 동안 날 보다가 혼자서 어떤 결론을 내린 건지 급작스럽게 정색을 하고선 내게 말을 높였다.

"위험합니다. 안으로 들어가세요."

"읔, 왜 갑자기 존댓말을 해요?"

나보고 엄마 찌찌나 더 먹고 오라고 할 땐 언제고!

그때 금이도 답답했던지 꽥꽥대며 내 무릎을 밟고서 밖으로 고개를 삐죽 내밀었다. 바람을 맞으며 자유를 만끽하고 있는 금이를 멍청하게 보다가 푸핫 하고 웃는데 이스벨이 이상한 얼굴로 내게 물었다.

"그거……. 오리 아닙니까?"

"거위예요. 이름은 황금이. 그래서 전 금이라고 불러요."

"……애완동물로 거위를 키우십니까?"

이스벨은 애완용 거위는 처음 본다는 얼굴로 내게 물었고 나도 뭐라고 할 말이 없었다. 나도 거위를 키워본 적은 없었으니까.

"그냥 어쩌다 보니까 키우게 된 거예요. 제가 말하기는 좀 그런데 금이는 특별한 거위거든요."

내 거위는 황금알도 낳는 레어 거위다. 내가 자랑스럽다는 듯 말하자 이스벨은 나와 금이를 한 번씩 번갈아 보더니 별안간 코웃음을 쳤다.

"거위가 불이라도 뿜습니까?"

"불보다 더 대단한 걸 뿜거든요?"

넌 아직 금이의 능력을 몰라서 그래, 얘가 얼마나 대단한 거위인데. 금이는 내 무릎 위에서 얌전히 고개만 내밀고 가끔씩 꽥꽥거리기만 했다.

원래 거위가 이렇게 얌전한 건지는 모르겠지만 나는 금이의 등을 슬슬 쓰다듬다가 다시 이스벨에게 물었다.

"근데 말 타는 거 안 힘들어요?"

"전 기병입니다. 말과 검은 제 수족과 다름없습니다."

"아……. 그렇구나."

갑자기 너무 근엄하게 말해서 나는 어색하게 웃으며 고개를 끄덕일 수밖에 없었다. 저번에 연무장에서 봤을 땐 뭐 저런 기사가 다 있나 싶었는데 오늘 보니까 정말로 기사 같았다.

은색과 푸른색이 섞인 갑옷을 입고 허리에는 기다란 검까지 찬 채로 말을 타고 있으니까 정말 무슨 동화 속에 나오는 기사님 같았다.

"저기요, 기사님."

내 부름에 이스벨이 의아한 얼굴로 날 쳐다봤다.

나는 눈을 번쩍번쩍 빛내며 그녀를 빤히 쳐다봤다.

"저도 그 말 한 번만 타보면 안 될까요?"

"······."

"제가 제주도에 수학여행 갔을 때 말을 실제로 본 게 처음이었거든요. 근데 말 타는데 돈이 들어서 타보지는 못했는데······."

어차피 제주도라고 말해도 알아들을 리도 없어 대충 말하다가 불쌍한 표정을 지으며 말했다.

"저 한 번만 태워주면 안 돼요?"

"위험합니다."

이스벨은 단호하게 말했다. 자기도 타면서 왜 위험하다고 못 타게 하는 건지 모르겠다. 나중에 돌아가면 나도 말 타는 거 가르쳐달라고 해야지.

"그런데······."

그때 이스벨이 우물쭈물하며 말꼬리를 흐렸다. 슬쩍 고개를 숙여 창문 안쪽을 보려고 하는 것도 같았다. 내가 의아한 얼굴로 이스벨을 쳐다보고 있는데 그녀가 헛기침을 하며 물었다.

"예하께서는 주무십니까?"

"네, 자요. 마차 타자마자 곯아떨어져서 나보고 숨도 쉬지 말라고 그랬어요."

나는 몸을 앞으로 쭉 빼고 이스벨에게 작은 목소리로 고자질했다. 내 말에 이스벨은 어색한 얼굴로 웃었는데 맹수같이 날카로웠던 얼굴이 금세 강아지처럼 변했다.

그 갑작스러운 변화에 나는 눈을 동그랗게 떴다.

"이틀 밤을 새셨다는 말을 들었는데 많이 피곤하셨나 봅니다."

"……."

그 모습은 마치 수줍어하는 소녀와도 같았다.

나는 멍청하게 이스벨을 보다가 고개를 돌려 형을 쳐다봤다. 형은 아까 그 자세에서 한 치 흐트러짐도 없는 모습으로 눈을 감고 있었는데 정말 자고 있는 것 같았다.

나는 가만히 형을 보다가 다시 이스벨을 쳐다봤다.

"아, 뭐……. 네. 피곤했나 봐요."

얼굴도 진짜 피곤에 찌들어 있었고 여기가 자기 방도 아닌데 자는 걸 보니까 피곤하기는 정말 피곤했나 보다.

"근데 형……. 아니, 그, 예하랑 혹시 친해요?"

차마 아빠라는 말은 하질 못하고 예하라는 단어를 뭉그러뜨리며 묻자 이스벨이 기겁을 하며 고개를 저었다.

"저 같은 일개 기사가 어찌 그런……. 아닙니다."

극구 부인하는 모습이었지만 얼굴은 그게 아니었다. 입꼬리가 귀에 걸렸는데 아니긴 뭐가 아니야?

이 묘한 분위기에 나는 흐흐 하고 음흉하게 웃었다.

둘이 뭐가 있구나. 아니면 이스벨이 우리 형을 좋아하나?

몸을 앞으로 조금 더 빼고 아니긴 뭐가 아니냐고 물으려던 그 찰나, 내 무릎 위에서 얌전히 있던 금이가 갑자기 날갯짓을 했다. 금이는 파드득거리며 순식간에 창문 밖으로 튀어 나갔고, 나는 너무 놀라 손을 뻗어 금이를 잡으려고 창문 밖으로 몸을 내밀었다.

"금아! 너 어디……, 악!"

기우뚱하고 몸이 앞으로 기울어지려고 하던 때, 나는 마차 안으로 다시 빨려 들어갔다.

고개를 들자 형이 일그러진 얼굴로 내 어깨를 붙잡고 있었다. 내가 뭐라고 하려던 찰나, 잘 가던 마차가 멈춰 섰다. 갑자기 밖이 분주해졌고, 노크 소리가 들려왔다.

"예하, 괜찮으십니까?"

마차 문이 열려 나는 황급히 후드를 눌러 썼다. 금이를 놓치면 영영 잃어버릴 것만 같아 나도 밖으로 튀어 나가려고 하는데 형이 다시 내 어깨를 붙잡았다.

다행히 금이는 어느 한 기사의 손에 붙잡혀서 난동을 부리고 있었다. 공중에 하얀 깃털이 폴폴 날리는 것이 보이고 귓가로 꽥꽥 하고 금이가 우는 소리가 들려왔다.

"야! 너 갑자기 밖으로 튀어 나가면 어떡해!"

기사는 내게 금이를 건네주며 말했다.

"근처에 호수가 있어서 그랬나 봅니다."

"너 내가 얼마나 놀란 줄 알아?"

꽥꽥! 꽥꽥! 금이는 많이 놀란 건지 미친 것처럼 울어대며 내 품으로 푸다닥 달려들었다. 나도 놀란 심장을 진정시키며 금이를 꽉 끌어안았다.

누가 보면 이산가족 상봉인 줄 알겠다.

금이랑 내가 부둥켜안고 징징거리고 있는데 형이 출발하라고 짧게 기사에게 말했다. 다시 문이 닫히고 마차가 부드럽게 출발하자 형이 열려 있던 창문을 닫으며 내게 말했다.

"너 그 거위 새끼 간수 똑바로 안 할래?"

"갑자기 튀어 나가는 걸 어떡해? 그리고 거위 새끼가 아니라 금이 거든?"

"금이든 은이든 설치지 말고 얌전히 있어."

그 말에 나는 기가 막혔다.

"지금 놀러 가는 건데 왜 자꾸 나보고 가만히 있으래? 그럼 방에 처박혀 있는 거랑 뭐가 달라, 이 독재자야!"

"뭐?"

꿈틀 하고 형의 눈썹이 씰룩였다. 금이한테는 정말 미안했지만 나도 모르게 금이를 앞으로 내밀어 방패막이로 쓴 건 거의 본능에 가까웠다. 금이는 형을 똑바로 쳐다보면서 꽥꽥거리고 있었는데 내 손이 하나만 더 있었으면 금이 부리를 틀어막았을 거다.

그냥 내가 입 닥치고 가만히 있겠다고 말하려던 순간이었다. 갑자기 형이 문에 달린 작은 창문을 열더니 기사에게 눈짓을 했고 그에 맞춰 마차가 다시 한 번 멈춰 섰다.

나는 잔뜩 굳어서 눈만 껌벅거렸다. 도대체 나한테 무슨 짓을 하려고 마차까지 멈추게 해?

"내려."

"……."

이게 무슨 일입니까, 신이시여.

형은 마차 문을 열고 그대로 내려버렸다. 나는 마차 벽에 딱 들러붙어서 고개만 절레절레 저었다. 왜? 왜 내리라고 하는데? 내려서 나 패려고? 내가 뭘 그렇게 잘못했는데!

금이를 꼭 안고 울상을 짓고 있는데 형이 다시 한 번 말했다.

"안 내리냐? 그 거위 새끼는 두고 내려."

"왜, 왜 내리라고 하는데?"

"십, 구, 팔⋯⋯."

느닷없는 카운트다운에 나는 금이를 내팽개치고 잽싸게 마차에서 내렸다. 금이가 내 뒤를 따라오려고 했지만 형은 금이가 내리기 전에 쾅 하고 마차 문을 닫아버렸다.

안에서 금이의 처절한 울음소리가 들려왔지만 거기에 신경을 쓸 수가 없었다. 조금 뒤에 나도 금이처럼 처절하게 울부짖을 것 같은 생각이 들었기 때문이다.

그래도 설마 이렇게 사람 많은 데서 날 때리겠어? 설마, 그럴 리는 없겠지, 어흑흑. 근데 왠지 그럴 것 같았다.

난 이제 어떻게 되는 건가, 따위를 고민하며 후드를 푹 눌러쓰고 고개를 숙이는데 갑자기 몸이 위로 번쩍 들렸다.

기겁을 하고 고개를 들자 형이 내 겨드랑이에 손을 끼워 넣고 날 들어 올리고 있었다. 그때까지만 해도 형이 날 들어다가 바닥에 패대기를 칠 거라고 믿어 의심치 않았는데 정신을 차렸을 때 나는 하얀 백마 위에 앉아 있었다.

아직까지도 상황 파악이 되질 않아서 멀뚱멀뚱 있는데 형이 내 뒤로 올라탔다. 고개를 돌리자 형은 말 주둥이에서부터 길게 뻗어 나온 줄을 붙잡고 있었다.

이게 뭐지? 지금 무슨 일이 일어난 거지? 내가 왜 말에 올라타 있는 거야?

너무 혼란스러워서 멍청하게 형을 쳐다보고만 있는데 갑자기 멈춰 있던 말이 움직이기 시작했다. 나는 너무 놀라서 말 목을 부여잡고 바짝 몸을 숙였다.

"자, 잠깐만! 잠깐!"

나는 바짝 엎드려서 말을 안은 팔에 힘을 줬다. 푸드득 하며 말이 고개를 흔들자 나는 기겁을 하고 비명을 질렀다.

"허리 펴, 안 떨어지니까."

"떨어져! 떨어진다고!"

"안 떨어진다고."

"떨어진다고!"

살려줘! 나 죽으면 네가 책임질 거야?

말을 붙들고 계속 비명만 지르자 형이 내 어깨를 붙잡고 억지로 날 일으켰다. 어깨를 잔뜩 움츠리고 갈기를 붙잡은 손에 힘을 주는데 위에서 형이 한숨을 내쉬는 소리가 들려왔다.

그때였다. 형이 잡은 줄을 뒤로 당긴 건.

히이잉! 말이 앞발을 들었고 나는 헉, 숨을 들이켠 채 그대로 형 가슴팍에 등을 바짝 붙일 수밖에 없었다.

양손을 들고 숨도 못 쉬고 그대로 굳어있는데 형은 놀라지도 않은 건지 태연한 목소리로 말했다.

"병아리 새끼가 겁은 많아가지고."

"……."

"몸에 힘 빼고 편하게 앉아."

뭐지. 이건 뭐지. 이건 신종 고문인가.

나는 몸에 잔뜩 힘을 주고 눈만 껌벅거렸다.

하지만 내 기우와는 달리 조금 지나자 익숙해지기 시작했다. 몸에 힘이 빠지는 걸 느끼며 나는 아직도 들고 있던 손을 천천히 내렸다. 나는 손가락 끝으로 부드러운 갈기를 만지다가 고개를 돌려 형을 쳐다봤다.

생존의 위협이 사라지자 왜 형이 갑자기 날 말에 태웠나 의문을 가지지 않을 수가 없었다.

"저기……."

주위에 보는 눈이 있어서 차마 형이라는 말은 하지 못하고 조심스럽게 부르자 형이 고개를 숙여 날 쳐다본다. 나는 떨떠름한 얼굴로 물었다.

"말은 갑자기 왜 타는 거야?"

"말 타고 싶다며?"

……말도 안 돼……. 이건 말도 안 돼! 그럼 지금 내가 말 타고 싶다고 해서 손수 날 말 위에까지 올려주고 말을 태워주고 있는 거라고? 이건 정말 말도 안 된다.

혹시 저놈이 어디 아픈가? 요 며칠 계속 이상하기는 했지만 이건 정말 심각한 문제였다.

요즘 잘 패지도 않고, 아프다고 하니까 공부도 일주일 쉬라고 하고, 이젠 하다못해 말까지 태워주다니!

"너 누구세요?"

"낙마하고 싶냐?"

"아니요. 근데 내가 진짜 궁금한 게 있는데……. 왜 요즘에 나 잘 안 때려? 「야」라고 해도 협박만 하고 때리지도 않고 공부도 쉬라고 하고 일기 안 써도 뭐라고 잘 안 하잖아."

알카 형이 요즘 내가 우울해하는 것 같아서 형이 탄트라로 가는 일정을 2박 3일로 잡았다고 했는데……. 그땐 그냥 웃어넘겼는데 솔직히 이 여행도 이상했다. 저 입에서 무슨 말이 나올지 잔뜩 긴장하고 있는데 형이 별안간 웃음을 지었다.

"네가 나한테 이 개고생을 시키고도 살아남을 수 있을 거라고 생각하나?"

"너 혼자 개고생 한 걸 왜 나한테……, 아니. 사랑해요, 감사합니다. 이 은혜는 죽을 때까지 잊지 않겠습니다."

나는 두 손을 모아 기도하듯 말했다. 그런 날 잠시 한심하다는 듯 쳐다보던 형이 고개를 들어 다시 앞을 보며 말했다.

"좀 놀다가 돌아가면 이제 삽질은 그만하고 공부나 해."

삽질? 내가 언제 삽질을……. 곰곰이 생각하던 나는 그 말의 뜻을 깨달았다.

한동안 이상한 나라로 와서 여자로 변신하고 사람이 죽는 걸 눈앞에서 목격하고 생리까지 해서 제정신이 아니었다. 내가 생각해도 좀 심할 정도였다.

삑 하면 울고 삑 하면 소리 지르고 삑 하면 혼자 땅 파고 기어들어가고⋯⋯. 혼자서 난리를 쳤던 게 지금 생각해보니까 좀 쪽팔리기도 했다.

그래도 형이 날 한심하게만 본 줄 알았는데 조금은 내 걱정을 했던 것 같아서 고맙기도 하고 좀 미안하기도 했다.

갑자기 기분이 좋아진 나는 갈기를 붙잡고 멍청하게 흐흐흐 웃었다. 고개를 돌려 형을 보자 아까보다 훨씬 더 웃음이 났다. 형을 보면서 계속 헤헤 하고 웃고 있는데 형이 날 보며 덩달아 웃었다.

"부리 째지고 싶나?"

"⋯⋯."

"기분 나쁘게 웃지 말고 좋게 말할 때 면상 치워라."

"⋯⋯네."

나는 급하게 정색을 하고 고개를 획 돌렸다.

풍경 감상도 하고 형이랑 이런저런 얘기를 하면서 기분 좋게 탄트라에 도착할 줄 알았는데 그건 내 오산이었다.

　말을 탄 지 한 시간도 지나지 않아 온 삭신이 쑤셔서 나는 제발 말에서 좀 내려달라고 다시 징징거릴 수밖에 없었다.

　결국 우리는 다시 마차를 타고 그렇게 몇 시간을 달려 어딘가에 도착했다.

　탄트라에 다 왔나? 창문 밖으로 보이는 탄트라는 거대한 저택 같았다. 고풍스러운 느낌의 건물을 넋 놓고 보다가 나는 물었다.

　"이게 학교야?"

　"아니, 내 별장."

　"……."

　태연하게 말하는 형을 보며 나는 입을 다물 수가 없었다.

　별장이라니? 드라마에서 갑부들이 1년에 몇 번 쉬러 간다는 그 별장?

　"이게 네 별장이라고?"

　"공개수업은 내일부터라서 탄트라엔 내일 갈 거야."

"아니, 그게 아니라……."

그때 마차가 멈췄다.

나는 허둥지둥 후드를 눌러 썼고, 내가 후드를 쓰자마자 마차 문이 부드럽게 열렸다. 그곳에는 텔레비전에서 보던 것처럼 유니폼을 입은 사람들이 일자로 길게 서 있었다.

그 기에 눌려 죽을 것만 같아서 나는 형 뒤에 바짝 붙어서 마차에서 내렸다. 시녀가 더러워진 금이를 씻겨준다고 해서 나는 금이를 시녀에게 넘겨줬다.

나는 숨소리 하나 들리지 않는 그 적막감 속에서 고개를 숙이고 졸졸졸 형 뒤만 쫓아갔다.

저택 안으로 들어가 계단을 오르고 다시 긴 복도를 걷고 있는데 갑자기 형이 우뚝 멈췄다. 형 등에 코를 박은 나는 손을 들어 코를 부여잡고 고개를 들었다.

형과 새까만 연미복을 입은 남자 둘이서 멀뚱멀뚱 날 쳐다보고 있다. 내 옆에서 한 명은 허리를 숙이고 있었는데 어찌해야 할지를 몰라 나는 그 남자 반대쪽으로 돌아가 다시 형 옆에 바짝 붙었다.

그러자 형이 한숨을 내쉬며 연미복을 입은 사람을 가리키며 말했다.

"쫓아가."

"어?"

"네 방은 저기니까. 씻고 옷 갈아입고 있어, 좀 있다 밥 먹게."

왜? 왜? 왜?! 지금 나더러 저길 걸어가라고?

사람들이 저렇게 허리를 숙이고 벽에 바짝 붙어 있는 저 길을 지금 나더러 혼자 걸어가라고?

난 울상을 지었지만 후드에 가려 내 표정이 보이지 않은 건지, 형은 자기 할 말만 하고 등을 돌렸다. 점점 멀어져가는 형의 뒷모습을 망연자실한 얼굴로 보고 있는데 남자가 내게 다가와 다시 허리를 숙이며 말했다.

"안내해 드리겠습니다."

"아, 예……."

나는 중얼중얼 작은 목소리로 대답하고 그의 뒤를 쫓아갔다. 밖에서 봤을 때도 저택은 엄청 컸는데 막상 안으로 들어와 보니까 커도 너무 컸다.

도대체 얼마나 걸어야 하는 거야?

긴 복도를 한참 걷고 있는데 남자가 어느 문 앞에 멈춰 섰다. 그러고는 다시 내게 허리를 숙이고 천천히 문을 열었는데 그 안의 풍경은 기가 질릴 정도였다.

교황청에 있을 때 내 방도 크기는 컸지만 이렇게까지 화려하지는 않았다. 방 안 풍경은 엄청 유명한 화가들이 그린 그림 속에서나 볼 법한 어느 나라 왕족의 방 같았다.

"마음에 드십니까?"

"네? 네."

나는 커다랗게 고개를 끄덕였다. 그러자 그는 부드럽게 한 번 웃더니 어느 한 쪽을 가리키며 말했다.

"시중이 필요하시면 벨을 눌러주십시오."

"네, 감사합니다."

내가 꾸벅 고개를 숙이자 그 역시 고개를 숙이더니 소리도 없이 방을 나갔다.

문이 닫히자 그제야 숨통이 좀 트이는 것 같았다. 나는 커다랗게 한숨을 내쉬고는 입고 있던 망토를 벗어 던졌다.

나는 엄청 폭신해 보이는 침대에 다이빙을 한 뒤 높은 천장을 멀뚱멀뚱 보다가 몸을 웅크렸다. 그리곤 커다란 베개에 얼굴을 묻고 몸을 떨었다.

"큭큭큭……."

나는 부들부들 몸을 떨며 웃음을 참다가 침대를 데굴데굴 굴렀다.

우리 형이 겁나게 갑부였구나! 이 정도 크기의 별장이면 이게 돈이 얼마나! 대박이다! 그래, 내가 우리 형이 교황이라고 할 때부터 알아봤다, 이거야! 난 또 신관들 대장이라고 해서 겁나 검소하게 사는 줄 알았잖아! 으하하하하!

"진정, 일단 진정 좀……. 으흐흐. 여길 호텔로 개조해서 방세만 받아도 그게 돈이 얼마냐. 내가 호텔의 주인이 되다니!"

이런 큰 별장이 있을 정도면 형은 엄청 갑부일 거다. 설마 하나밖에 없는 동생한테 그 많고 많은 별장들 중에서 하나는 안 주겠냐? 여기서 뭐 해먹고 사나 걱정했는데 이제 내 팔자는 폈구나! 이게 무슨 횡재냐! 이건 완전 로또잖아!

"으하하하!"

기쁨을 참지 못해 고개를 젖히고 커다랗게 웃고 있는데 갑자기 노크도 없이 문이 벌컥 열렸다. 노크도 없이 문을 여는 건 형밖에 없어서 나는 침대에서 벌떡 일어나 외쳤다.

"야! 너 부자였……!"

눈을 반짝반짝 빛내며 소리를 치던 나는 순간 입을 다물었다. 문을 열고 들어온 건 형이 아닌 난생처음 보는 사람이었기 때문이다.

어깨를 조금 넘는 백금발에 어두운 갈색 눈동자를 한 남자애는 화가 난 것처럼 날 노려보고 있었다. 나는 그 기백에 주춤주춤 뒤로 물러서며 의아한 얼굴로 물었다.

"누, 누구세요?"

이제 갓 열다섯을 넘겼을 것 같은 남자애는 다짜고짜 내 앞으로 성큼성큼 걸어왔다. 그러더니 꽤 예쁘장한 얼굴을 들이대며 입을 열었다.

"네가 한겨울이냐?"

"네?"

"네가 우리 형님이 입양한 그 계집애냐고!"

갑자기 버럭 소리를 지르는 바람에 나는 어깨를 움츠렸다. 어디서 많이 본 것 같은 느낌이 나더라니, 이 애가 형 동생이라는 아킨토스인가 보다.

형이랑 굉장히 많이 닮은 느낌이었는데 특히 저 사납게 찢어진 눈이 많이 닮았다. 나는 움츠리고 있던 어깨를 펴고 덩달아 인상을 쓰며 말했다.

"그럼 어쩔 건데?"

"뭐?"

"내가 그 계집애면 네가 뭐 어쩔 거냐고!"

내가 빽 소리치자 아킨토스가 허탈하게 숨을 내뱉었다. 뭐 저런 년이 다 있냐는 눈으로 날 쳐다보는 아킨토스를 보며 나는 이를 갈았다.

"그럼 네가 아킨토스라는 놈이냐?"

"뭐, 이년아? 놈? 너 지금 나한테 놈이라고 했냐?"

이, 이년? 저 새끼가 지금 날 계집애라고 한 것도 모자라서 년이라고 해?

안 그래도 저놈을 보기 전부터 좋은 감정이라고는 쥐꼬리만큼도 없었는데 차라리 잘 됐다 싶은 생각이 들었다.

"네가 먼저 계집애라고 했잖아. 네 눈깔은 동태냐, 씨발! 내가 왜 계집애야!"

"이 미친년이……. 그럼 네가 계집애가 아니면 사내새끼냐?"

그 말에 순간 나는 꿀 먹은 벙어리가 됐다. 그러고 보니까 난 지금 여잔데, 그럼 계집애가 맞는 말이었기 때문이다. 할 말이 없어서 입술만 달싹거리고 있는데 아킨토스가 일그러진 얼굴로 물었다.

"너 몇 살이야?"

"넌 몇 살인데?"

"이 조막만 한 년이 어디 건방지게 너래? 너 뒈지게 맞을래?"

하얀 손을 들어 날 겁박하는 아킨토스를 보며 나는 기가 막혔다.

내가 여기서 맞아 죽는 한이 있더라도 저 새끼한테만큼은 지고 싶지 않아 나는 얼굴을 들이대며 말했다.

"때려 봐. 때려보라고!"

"못생긴 얼굴 치우고 내가 하는 말에 대답이나 해! 우리 형님이 왜 갑자기 듣도 보도 못한 너 같은 애새끼를 입양한 거냐고!"

"그걸 왜 나한테 물어, 이 등신아!"

내가 버럭 소리치자 아킨토스의 얼굴이 아까보다 훨씬 더 험상궂어졌다.

"그럼 지금 넌 싫다고 했는데 우리 형님이 멋대로 널 입적시켰단 말이냐?"

"그래!"

내가 당당하게 소리치자 벌건 얼굴로 소리를 치던 아킨토스가 순간 입을 다물었다. 그러더니 날 위아래로 한 번 훑다가 코웃음을 쳐 댔다.

"까고 있네. 이게 어디서 그런 말도 안 되는 소릴 하고 있어?"

"그럼 내가 제발 좀 입양시켜 달라고 바짓가랑이 붙들고 늘어져서 울기라도 했단 소리냐?"

"그렇겠지. 우리 형님이 마음이 약해서 너 같이 불쌍한 애들을 그냥 지나치지 못하기든."

"……."

씩씩거리던 나는 아킨토스의 입에서 나온 말에 입을 다물 수밖에 없었다.

누가 마음이 약해서 불쌍한 애들을 그냥 못 지나친다고? 누가? 우리 형이?

나는 아킨토스가 내게 그랬던 것처럼 그를 위아래로 쭉 훑다가 한숨을 내쉬었다. 갑자기 아킨토스가 너무 불쌍하게 보였기 때문이었다.

쟤 시력에 문제가 좀 있네.

"아무튼 마음 약한 우리 형님한테 구걸하지 말고 넌 조용히 짜져 있어라. 알겠냐?"

아킨토스가 내 이마를 손가락으로 툭툭 치며 말했다. 가느다란 손가락이 내 이마를 밀 때마다 나는 고개가 뒤로 밀려났다.

구걸해? 누가? 내가? 내가 거지냐, 구걸을 하게?

멍청하게 아킨토스를 보던 나는 열불이 치솟아 그의 손을 손등으로 쳐내며 주먹을 쥐었다.

"내가 구걸을 하든 말든 네가 무슨 상관인데?"

이를 갈며 조용히 묻자 밀쳐진 제 손을 멀뚱멀뚱 보던 아킨토스가 찢어진 눈으로 날 노려보며 고개를 들었다. 한 번만 더 건드리면 아구통을 날려버리겠노라고 다짐하고 있는데 아킨토스가 이를 갈며 내게 말했다.

"너 같은 족속들을 내가 모를 줄 알아? 출신도 신분도 없는 거지 같은 게 쪽팔리는 줄도 모르고 구걸하는 게 자랑이냐?"

"……."

"우리 형님이니까 너 같은 거지를 받아준 거지, 네가 나한테 와서 구걸했으면 넌 그 자리에서 끝이었어. 주제를 알고 설쳐. 교황 딸이 되니까 눈에 뵈는 게 없어졌냐?"

이런 종류의 악의를 나는 잘 알고 있었다. 어렸을 때 부모 없는 자식이라고 날 동정하고 악담을 퍼붓던 사람들과 아킨토스는 똑같은 사람처럼 보였다.

부모가 없는 게 내 잘못이야? 우리 엄마랑 아빠를 내가 죽였어?

내가 입을 다물고 고개를 푹 숙이고 있자 아킨토스가 내 뒤통수를 손가락 끝으로 툭툭 건드리며 말했다.

"아무튼 설치지 말고 가만히 있으란 말이야, 알겠냐? 너 근데 설마 우는 거……."

그의 말이 끝나기도 전에 나는 세게 쥐고 있던 주먹을 그의 턱주가리로 꽂아버렸다.

퍽! 턱을 얻어맞은 아킨토스가 두어 발자국 뒤로 물러섰다. 아직도 정신을 못 차리고 있는 아킨토스를 보며 나는 주먹을 쥐고 그의 턱주가리를 한 번 더 날려버렸다.

"아까부터 내가 씨발, 자꾸 거슬렸는데……."

아킨토스는 쳐들린 고개를 내릴 생각도 하질 못하고 멍청하게 천장을 보다 내가 입을 열자 천천히 고개를 숙여 날 쳐다봤다. 턱이 깨질 거라고는 생각하지 않았지만 좀 빨갛게 붓기라도 할 줄 알았는데 멀쩡해 보이기만 했다.

"너 지금 나 쳤냐?"

멍청한 얼굴로 아킨토스가 내게 물었다. 나는 주먹을 쥐고 다시 입을 열었다.

"우리 형이 왜 너희 형님이야?"

"뭐?"

"걔가 왜 너희 형님이냐고, 이 병신새끼야! 걘 우리 형이란 말이야!"

나는 침대에 가지런하게 놓여 있는 커다란 베개를 들어 막무가내로 휘둘렀다. 베개가 푹신푹신해서 맞아도 아프지는 않겠지만 아킨토스는 놀란 건지 당황한 건지 맞을 때마다 "윽, 윽" 따위의 신음만 냈다.

"우리 형이라고! 우리 형이란 말이야!"

"이 미친년이! 야! 그만 때려! 야!"

"씨발, 네가 뭔데 나한테 거지래? 내가 부모 없는데 네가 뭐 보태줬냐, 이 개새끼야!"

"내가, 윽! 언제 부모 없다고, 아오! 그만 때리라고! 야!"

팔로 얼굴을 가리고 소리만 지르던 아킨토스가 화가 난 건지 팔을 뻗어 내 손목을 붙잡았다.

나는 의외로 억센 악력에 그 손에서 벗어나지도 못하고 소리를 치며 발광했다. 아킨토스는 내 손에서 베개를 빼앗으려다 스텝이 꼬여 뒤로 넘어졌고, 그러면서 손으로 내 얼굴을 후려쳤다.

짝! 나는 뺨을 얻어맞아 멍청한 얼굴로 눈만 껌벅였다.

"……."

"아, 이 미친년이……."

아킨토스는 손으로 머리를 문지르며 자리에서 일어났다. 욕지거리를 내뱉으며 일어나는 아킨토스를 보다가 나는 손을 올려 맞은 뺨을 만졌다.

손을 떼자 손가락 끝에 시뻘건 피가 묻어나왔다.

욕지거릴 내뱉던 아킨토스가 날 보더니 순간 움찔하고 어깨를 떨었지만 다시 일그러진 얼굴로 이를 갈았다.

"그러게 누가 덤비래?"

나는 얄미운 얼굴로 코웃음을 치는 아킨토스를 가만히 보다가 소매를 걷어 올렸다. 내가 갑자기 소매를 걷어 올리자 아킨토스는 당황한 얼굴로 두어 발자국 뒤로 물러서며 내게 말했다.

"너, 너 지금 뭐하는 거야?"

"내가 오늘 널 안 죽이면 한겨울이 아니라 김겨울이다."

"뭐? 자, 잠깐……, 악!"

나는 그대로 아킨토스에게 달려들어 그의 백금색 머리카락을 한 움큼 쥐어 잡았다.

단정했던 아킨토스의 옷은 단추가 다 뜯겨 있었고 머리카락은 산발이 되어 있었다.

나는 아직도 분이 풀리질 않아 씩씩거리며 내 손가락에 휘감겨 있는 머리카락을 털어내고 아킨토스를 노려봤다. 그는 양손으로 머리를 부여잡고 욕지거리를 내뱉고 있었다.

우리를 간신히 뜯어말린 시녀가 발만 동동 구르고 있는데 굳게 닫혀 있던 문이 열리면서 형이 들어왔다. 셔츠에 바지만 입은 간편한 복장으로 갈아입은 형은 들어오자마자 우리를 보더니 머리를 짚었다.

"형님!"

아킨토스는 아까까지만 해도 날 찢어 죽일 것 같이 굴더니 이제는 봄날 소녀 마냥 화색이 된 얼굴로 형에게 달려갔다. 그 꼴을 보고 있자니 다시금 속에서 열불이 치솟기 시작했다.

"너 꼴이 왜 그러냐?"

형은 아킨토스를 보며 피곤하다는 듯 물었다. 아킨토스는 형의 물음에 울상을 짓고선 자기가 피해자라는 얼굴로 입을 열었다.

"저 망아지 같은 게 진짜 형님 딸이에요?"

형이 망아지라는 말에 차마 부정하지는 못하겠다는 얼굴로 고개를 끄덕이자 아킨토스는 절망감에 젖은 얼굴로 속사포처럼 말하기 시작했다.

"왜요? 왜 하필 저런 망아지냐고요! 다른 나라 왕족이랑 결혼시키려고 그런 거예요? 그럼 좀 조신한 애를 데려다가 입양시키지 저런 망아지를 입양시키면 어떡해요? 입도 험하고 손버릇도 나쁘고 정신 상태도 글러 먹은 걸 어따 써먹으려고 덜컥 입양을 시켜요?"

아킨토스의 말을 얌전히 듣고 있던 나는 참지 못해 자리에서 벌떡 일어났다. 그러자 아킨토스가 형 뒤로 숨으며 일그러진 얼굴로 다시 말했다.

"저거 봐, 저거 봐. 성질머리는 더러워가지고."

다시 2차전으로 돌입하려고 내가 아킨토스를 향해 달려들려고 하자, 우릴 가만히 보고 있던 형의 입에서 경악스런 말이 튀어나왔다.

"벌써 많이 친해졌네."

"뭐?"

"네?"

순간 아킨토스와 나는 그 자리에서 굳어버렸다. 네 눈깔엔 지금 이게 친한 걸로 보이냐고 따지려고 할 때 다시 문이 벌컥 열리면서 익숙한 얼굴이 보였다. 아이리스였다. 아이리스는 경악한 얼굴로 들어와 나와 아킨토스를 번갈아 보더니 다시 날 쳐다봤다.

"아이리스, 오랜……."

"아킨토스!"

내 인사가 끝나기도 전에 아이리스는 불같이 화를 냈다. 그 외침에 아킨토스가 어깨를 움츠리자 아이리스는 아킨토스의 머리에 꿀밤을 때리며 소리쳤다.

"여자 얼굴이 저게 뭐야?"

"아, 왜 나한테만 뭐라고 그래! 저 망아지가 날 먼저 때렸단 말이야!"

아킨토스는 나한텐 그렇게 지랄을 해대더니 아이리스 앞에서는 순한 양이 되어 투덜거리기만 할 뿐이었다.

"겨울이가 때리면 얼마나 아프게 때린다고 너까지 달려들어서 애 얼굴을 저렇게 만들어놔!"

아이리스가 저렇게 화를 내는 건 처음 보는 거라 나는 얼이 빠져서 눈만 껌벅거렸다.

"오라버니도 뭐라고 말 좀 해보세요!"

"애들은 원래 싸우면서 크는 거야."

"오라버니!"

형은 귀찮다는 듯 대충 말하곤 내 옆으로 와 의자에 앉았다. 형이 의자에 앉자 아킨토스도 잽싸게 의자에 앉았고, 아이리스는 계속 씩씩거리다가 내 옆으로 왔다.

"괜찮아? 얼굴에 피 나잖아."

자기가 다친 것처럼 울상을 짓는 아이리스를 보며 좀 멋쩍어진 나는 머리를 긁적거리면서 말했다.

"별로 안 아픈데……."

"정말! 아킨토스! 여자한테는 늘 친절하게 대하라고 누나가 몇 번이나 말을 했니?"

"저 망아지 같은 년이 무슨 여자야!"

아킨토스가 억울하다는 듯 빽 소리치자 아이리스는 빛의 속도로 손을 뻗어 아킨토스의 머리에 주먹을 날렸다. 꿀밤을 맞은 아킨토스는 머리통을 부여잡고 끙끙거렸고, 나는 그 모습이 왠지 낯설지가 않아 조금 웃었다. 아킨토스는 내가 작게 킥킥거리는 걸 본 건지 다시 발끈하며 자리를 박차고 일어섰지만, 아이리스가 주먹을 날려 다시 자리에 앉을 수밖에 없었다.

"형님!"

아킨토스는 억울하다는 얼굴로 형을 부르짖었고, 형은 한숨을 내쉬며 손을 뻗었다. 형은 내가 쥐어뜯어서 헝클어진 아킨토스의 머리카락을 정리해주며 차근차근 말했다.

"네 조카니까 친하게 지내."

"저게 무슨 조카예요! 난 싫어요!"

"네 조카라니까."

"싫다고요!"

그 모습을 보며 나는 기겁했다. 보통 이 정도 되면 "죽고 싶냐, 씨발. 친하게 지내라고 하면 그냥 친하게 지내." 라고 말할 형이 가만히 머리카락이나 정리해주고 있다니! 이게 무슨 일이란 말인가!

"너도 싸우지 말고 삼촌이라고 불러."

"……."

"대답 안 하나?"

날 보며 형이 대답을 재촉했지만 나는 입을 꾹 다문 채 열지 않았다. 억울하다. 갑자기 서러워진 나는 입술을 삐죽 내밀고 고개를 숙였다. 이런 게 어디에 있어? 내가 동생인데, 난 지금 쳐맞아서 얼굴에 피가 났는데!

"병아리, 대답 안 해?"

"……"

"저것 좀 보라고요, 저 성질머리 더러운 망아지 같은 게!"

"아킨토스, 너 정말 조용히 좀 안 하니? 왜 그렇게 윽박을 질러?"

아이리스가 한숨을 내쉬며 아킨토스의 손을 꾹 잡는 게 보였다.

그걸 보며 나는 다시 서러워졌다. 아이리스는 내 편인 것 같았지만 그래도 아이리스는 나완 남이었다. 나는 일그러진 얼굴로 형을 보며 말했다.

"나 쟤 싫어."

"싫어도 어쩔 수 없어."

"쟤가 내 뺨 때렸단 말이야."

베개를 빼앗으려다가 손이 미끄러져서 맞은 거였지만 어쨌든 아킨토스가 내 뺨을 때렸다는 사실은 변하지 않았다. 내 말에 아킨토스가 억울하다는 듯 내게 소리쳤다.

"너는 내 머리카락 다 쥐어뜯었잖아!"

그 말에 나는 참고 있던 게 폭발하는 걸 느꼈다.

"네가 나한테 구걸하는 거지새끼라고 했잖아, 이 씨발아!"

벌떡 일어나며 소리치자 덜컹 하고 의자가 뒤로 넘어갔다. 소란스러웠던 방 안이 일순 조용해졌다.

내 씩씩거리는 숨소리만 들려왔다. 그때 형이 내 팔을 붙잡아 날자기 쪽으로 끌어당기더니 내 이마에 딱밤을 날렸다. 딱! 형이 엄한 얼굴로 내게 말했다.

"버릇없이 씨발이 뭐야?"

"……."

평소보다 힘을 뺀 건지, 아니면 내가 정신이 나가서 아픈 게 느껴지지가 않는 건지 이마는 그렇게 아프지 않았다. 아니, 어쩌면 지금은 가슴이 너무 아파서 그런 건지도 몰랐다.

형한테 맞는 거야 늘 있는 일이었지만 나는 저 새끼가 보는 앞에서 형한테 맞았다는 사실에 너무 충격을 받았다. 갑자기 코끝이 찡해지면서 눈물이 핑 돌았다.

"아킨토스."

"……."

형이 똑같이 엄한 얼굴로 아킨토스를 불렀다. 아킨토스는 잔뜩 긴장한 얼굴로 형을 쳐다봤고, 나는 형이 뭐라고 말하기도 전에 쓰러진 의자를 지나 걸음을 옮겼다.

내가 갑자기 문쪽을 향해 걸어가자 형이 날 불렀다.

"셋 셀 때까지 자리에 앉아라."

그 말에도 나는 들은 체도 하질 않고 계속 걸음을 옮겼다.

"병아리."

뒤에서 다시 한 번 날 부르는 소리가 들려왔지만 나는 문을 열고 그대로 나가버렸다.

　나는 무언가를 생각할 겨를도 없이 닫은 문 너머로 날 부르는 아이리스의 목소리가 더 들리지 않을 때까지 무작정 뛰기만 했다.

나는 건물을 나와 어딘지도 모를 흙길을 달리다가 턱 끝까지 숨이 차올라 결국 멈출 수밖에 없었다. 한참을 헉헉대다가 건물 밑에 풀로 가려져 있는 구석으로 들어가 몸을 웅크리고 쪼그려 앉았다.

시간이 지나 조금씩 진정이 되자 다시 서러워졌다. 난 그대로 쪼그리고 앉아 훌쩍거리면서 바닥에 난 풀을 쥐어뜯었다. 뭐가 그렇게 서러운지도 모르겠고 왜 이렇게 짜증이 나는지도 모르겠는데 그냥 계속 눈물만 났다.

다시 지구로 돌아가고 싶었다. 학교도 가고 싶고 친구들도 보고 싶고 선생님도 보고 싶고 가을이 형도 보고 싶었다. 형이 날 쥐어 팰 때 날마다 가을이 형이 말려줬는데…….

"……"

형은 친구랑 싸우거나 했을 때 내가 잘못한 거라도 그 자리에서는 내 편을 들어줬다.

그리고 집에 가서 왜 싸웠냐고, 또 맞기라도 했으면 등신같이 처맞았다고 날 더 패기는 했지만 그래도 다른 사람이 있을 때 형은 늘 내 편이었다.

오늘처럼 가을이 형 말고 다른 사람이 있는데 나한테 뭐라고 한 적은 처음이었다.

이제 형은 나 말고 진짜 동생도 둘이나 생겼고 부모님도 있고, 또 이젠 나는 동생도 아니니까……. 형이 날 입양해서 내가 딸이 됐다고 해도 정말로 피가 섞인 가족도 아니었다. 내가 유치하고 병신 같은 건 알겠는데 자꾸만 그런 생각이 들었다.

한 번은 형이랑 싸워서 집을 나갔을 때가 있었는데 가을이 형이 날 찾아와서 이런 말을 했다. 이 세상에 같은 피를 나눈 형제는 너희 둘밖에 없는데 왜 그렇게 매일 못 싸워서 안달이냐고.

하지만 이제는 아니었다. 우린 진짜 가족도 아니고 형제도 아니고, 그럼 난 진짜 이젠 혼잔데…….

계속 입을 꾹 다물고 줄줄 눈물을 흘리고 있었는데 시간이 지나면 지날수록 소리를 참기가 어려워졌다. 결국 잇새로 삼키려고 노력했던 울음소리가 신음처럼 새어나갔다.

한 번 소리가 터지자 더 이상 참기가 너무 힘들어서 끅끅거리면서 울고 있는데 바스락 하는 소리가 들려왔다.

흑흑 울면서 무릎 사이로 숙이고 있던 얼굴을 들자 발이 보였다. 더 고개를 들자 그곳에는 익숙한 회색 거적때기가 보였다. 갈색 눈동자와 눈이 마주쳤지만 나는 아무런 말도 하질 않고 계속 엉엉 울기만 했다.

멀뚱멀뚱 날 보던 가을이 내 앞에 쪼그리고 앉아 의아한 얼굴로 입을 열었다.

"왜 울어?"

"윽……. 으어어엉!"

울 때 달래거나 왜 우냐고 물어보면 더 눈물이 나는 법이다.

나는 그대로 앞으로 튀어 나가 그의 회색 거적때기를 쥐어뜯을 기세로 손에 힘을 줬다.

내가 그 거적때기를 부여잡고 펑펑 울자 잠시 멈칫하던 가을이 내 어깨를 토닥거렸다.

그렇게 한참을 우는데도 그는 내게 아무것도 묻질 않고 내가 울음을 그칠 때까지 기다려줬다.

한참 울다가 내가 정신을 차린 건 내가 지금 무슨 짓을 하고 있는지 깨달았기 때문이었다.

엉엉 울다가 훌쩍거림으로 소리가 작아지고 더 이상 내 입에서 아무런 소리가 나오질 않을 때까지도 가을은 아무런 말도 하질 않았다.

차라리 먼저 말을 해줬으면 거기에 뭐라고 대답이라도 했을 텐데, 내가 먼저 고개를 들자니 쪽팔려서 도저히 그럴 수가 없었다.

나는 꼼지락거리다가 고개를 푹 숙이고 한 걸음 뒤로 물러섰다. 도저히 민망해서 고개를 들 수가 없었다. 내가 한 발 뒤로 물러나자 가을이 고개를 숙여 날 쳐다봤다. 나는 그의 시선을 피해 고개를 돌렸고, 가을은 다시 날 쫓아왔다.

우리는 그런 짓거리를 한참 동안 반복하다가 결국 참다못한 내가 버럭 소리를 쳤다.

"아, 뭐! 왜! 왜 자꾸 쳐다봐! 우는 사람 처음 보냐?"

"왜 울어? 꼬맹이가 또 때렸어?"

"……"

꼬맹이라는 말에 반사적으로 다시 코끝이 시려왔다. 내가 입을 다물자 그걸 어떻게 받아들인 건지 가을이 내 뺨을 손가락으로 가리키며 물었다.

"맞아서 운 거야?"

"아니⋯⋯. 그건 아닌데⋯⋯. 근데 네가 여기에 왜 있어?"

자꾸 코가 나와 훌쩍거리면서 묻자 가을이 입을 다물었다. 그러더니 잠시 무언가를 생각하는 것처럼 눈만 깜박이다가 아 하고 말했다.

"여기에 연쇄살인범이 있대."

"뭐?"

"그거 잡으려고 왔어."

"⋯⋯."

뻥 치지 마, 이 새끼야. 너 지금 그거 생각하고 한 말이지? 내 불신에 가득한 눈빛에도 그는 뻔뻔하게 웃었다.

"여자만 골라서 죽이는 천하에 나쁜 놈이라고 하던데, 그 살인범 잡으면 내 현상금이 좀 줄어들까?"

범죄자가 범죄자 잡으면 정상참작을 좀 해주지 않으려나?

나는 그 말을 곰곰이 생각하다가 내가 지금 이런 걸 왜 고민하고 있어야 하는 건지 몰라서 한숨을 내쉬며 말했다.

"몰라, 나한테 그런 거 물어보지 마. 나 지금 너랑 얘기할 기분 아니니까."

"왜? 맞아서?"

"아, 맞은 거 아니라니까!"

"그럼 뺨은 왜 그래?"

그 말에 나는 다시 한 번 한숨을 내쉬며 쪼그리고 앉았다. 무릎 사이에 얼굴을 묻고 눈만 깜박이고 있는데 가을이 똑같이 내 앞에 쪼그리고 앉았다. 바닥에 끌리는 회색 거적때기를 가만히 보다가 나는 슬쩍 고개를 들어 말했다.

"아까 난 방에 그냥 있었는데 어떤 새끼가 들어와서 나보고 구걸하는 거지새끼라고 했어."

"너 거지였어?"

눈을 동그랗게 뜨고 가을이 내게 물었다. 그 질문이 너무 진지해서 기가 막혔다.

"거지 아니거든? 아무튼 처음 보는 놈이 나한테 거지라고 해서 내가 열이 받아서 걔랑 싸웠단 말이야. 걔가 내 뺨을 때리기는 했는데 난 걔 턱주가리도 날리고 베개로 때리기도 하고 머리카락도 쥐어뜯었어. 내가 더 많이 때렸단 말이야."

"그래, 잘했어."

가을이 손을 뻗어 내 머리를 토닥거렸다.

나는 다시 고개를 푹 숙이고 웅얼웅얼 말했다.

"근데 지금 그게 문제가 아니라……. 근데 씨발, 걔가 먼저 나한테 시비 걸었는데 우리 형이 나한테 뭐라고 하잖아. 삼촌이라고 하라고 하고, 싫어도 어쩔 수 없다고 하고, 그 새끼 있는 앞에서 나 때리면서 나한테 버릇없다고 하고……."

내가 다시 훌쩍거렸지만 아무런 말도 들려오질 않았다. 눈물이 뚝뚝 떨어져 흙 위로 떨어졌다. 나는 손가락으로 흙바닥에 의미 없는 낙서를 하며 징징거렸다.

"짜증 나. 우리 형인데 그 새끼가 자꾸만 자기 형님이라고 하고, 나한테는 막 지랄하더니 우리 형 오니까 겁나 착한 척하면서 나보고 망아지라고 하고⋯⋯. 나도 맞았는데 형은 아킨토스한테만 착하게 말하고 나한테는⋯⋯."

다시 말하니까 또 서러워졌다. 형은 우리 형이면서 왜 나한테만 뭐라고 해?

눈앞이 뿌옇게 변하더니 내가 손가락으로 그려놓은 의미 없는 낙서 위로 눈물방울이 뚝뚝 떨어졌다. 숨이 차올라서 몸을 들썩대며 울먹거리는 소리로 중얼거렸다.

"우리 형이란 말이야⋯⋯."

나는 끅끅거리며 어눌하게 말하다가 순간 너무 조용하다는 걸 깨닫고 슬그머니 고개를 들었다. 가을은 멀뚱멀뚱 날 쳐다보고 있었는데 나와 눈이 마주치자 물었다.

"밥 먹었어?"

⋯⋯어? 밥을 먹었냐고? 아니, 안 먹었는데⋯⋯.

아까 먹으려고 했는데 형이 날 때려서 그 방에서 뛰쳐나왔다. 근데 갑자기 여기서 밥 먹었냐고는 왜 물어봐? 나는 손등으로 눈물을 닦으며 훌쩍거렸다. 그러자 가을이 내 팔뚝을 붙잡아 날 일으켜 세우며 말했다.

"난 안 먹었으니까 가서 밥 먹자."

그 물음에 잠시 고민하던 나는 물었다.

"네가 사줄 거야?"

내 말에 가을은 웃으며 태연하게 말했다.

"아니, 네가 만들어줘야 돼."

"……."

내가 왜? 나는 영문도 모른 채 그의 손에 이끌려 별장을 벗어났다.

별장을 벗어나 조금 걸었을 뿐인데 허름한 가게 하나가 나왔다. 안으로 들어가자 내부는 도저히 그 허름한 가게라고는 생각할 수 없을 정도로 화려했다. 근데 도대체 앤 집이 몇 개야?

"내가 생각을 해봤어."

"뭘?"

일단은 나도 배가 고팠기 때문에 나는 감자 껍질을 칼로 벗겨 내며 고개를 돌렸다. 가을이 의자에 앉아 탁자에 팔을 괴고 날 쳐다보고 있었다.

"내가 왜 자꾸 널 찾아가는 건지."

"내가 신기하고 재미있다며?"

"그건 그래. 근데 그것뿐이잖아. 넌 요즘 울지도 않고 네발로 기어다니지도 않는데."

아, 네. 죄송합니다. 널 재미있게 해 드리려면 울면서 네발로 기어다녀야 되는데 제가 잘못했네요.

나는 일그러진 얼굴로 다시 고개를 돌려 감자를 보며 속으로 투덜거렸다.

근데 생각해보니까 진짜 어이가 없네. 지금은 나도 배가 고파서 이러고 있다지만 내가 왜 저놈까지 밥을 해 먹여야 해?

"그래서 곰곰이 다시 생각을 해봤어. 그리고 어제 세 가지 이유를 찾았는데, 첫 번째가 넌 오므라이스를 잘 만들어."

"내가 한 요리하기는 하지."

으흐흐 하고 내가 웃자 가을이 다시 말했다.

"두 번째로 널 보면 내가 잠이 와."

"……."

이 말에는 "그래, 내가 별명이 담요였어." 라는 말을 하며 수긍할 수가 없었다.

저게 뭔 소리야? 나는 칭찬인지, 욕인지 알 수 없는 말을 듣고 떨떠름한 표정을 지으며 물었다.

"세 번째는 뭔데?"

나는 껍질을 다 깐 감자를 잘게 잘라 한쪽에 두고 당근을 집어들었다. 하지만 당근을 다 자를 때까지도 대답은 들려오질 않았다.

재료가 여의치 않아 당근과 양파, 감자, 그리고 달걀만으로 간단히 오므라이스를 만들 수밖에 없었다. 볶음밥을 하고 달걀을 얇게 부치고 있는데 뒤에서 그의 목소리가 들려왔다.

"그 세 번째 이유를 생각하다가 내가 문득 깨닫게 된 게 있어."

"그게 뭔데?"

"내가 지금 이유를 만들고 있는 거 같아."

나는 그의 말을 건성건성 들으며 오므라이스를 완성시켰다.

오므라이스에 케첩을 뿌리고 접시를 탁자에 내려놓은 나는 그에게 숟가락을 건네며 말했다.

"먹어."

"너 수플레 만들 줄 알아?"

　숟가락으로 케첩을 슬슬 문지르며 가을이 물었다. 그 말에 나는 코웃음을 쳤다.

"나한테 그건 밥이야."

"그럼 그것도 만들어줘."

"여기에 오븐 있어? 아까 보니까 없는 것 같은…… . 내가 왜?"

"만들 줄 안다며?"

　못 만들어? 거짓말한 거야? 그런 눈으로 날 멀뚱멀뚱 보는 가을을 보며 나는 당황했다.

"아니, 만들 줄 아는데 내가 그걸 왜…… ."

"이 집에는 오븐 없어. 원래 요리도구랑 재료도 없었는데 밥 먹으려고 오면서 갖다 놓은 거야. 저번에 갔던 집에는 오븐 있는데 거기 갈래?"

　아, 그러고 보니까 거기엔 오븐이 있었던 것 같기도 했다. 재료도 훨씬 많았고, 또 주방도 더 컸던 것 같은데…… . 오므라이스를 먹으면서 그때 집의 구조를 가만히 생각하던 나는 인상을 썼다.

"내가 거길 왜 가?"

"수플레 먹고 싶어서 저번에 만들어 봤는데 오븐이 터졌어."

"……."

아니, 도대체 어떻게 수플레를 만들었기에 수플레가 폭탄으로 변한 거야? 나는 얼이 빠진 얼굴로 가을을 쳐다봤다. 오물오물 잘 먹고 있으니까 좀 뿌듯하기도 하고 기분은 좋기는 한데…….

나는 떨떠름하게 물었다.

"너 근데 혹시 며칠 굶었냐?"

"나 원래 밥 잘 안 먹어."

그 말에 나는 인상을 썼다.

"넌 밥도 잘 안 먹고 잠도 잘 안 자고 그러고 어떻게 살아?"

"밥 안 먹고 잠 안 잔다고 죽는 것도 아니잖아."

태연한 그 말에 나는 얼이 빠졌다.

안 먹고 안 자면 죽는 거 맞거든, 병신아? 기가 막히기도 하고 저렇게 살고 있는 놈이 불쌍하기도 해서 나는 내 그릇을 밀며 말했다.

"이것도 너 다 먹어."

"왜? 너 안 먹어?"

"아니, 난……. 나중에 수플레 먹을 거야."

내 말에 가을은 눈을 동그랗게 뜨고 날 쳐다봤다.

네가 그렇게 먹고 싶어 하는 수플레를 만들어주겠다고 한 뜻을 알아들었나 보다. 저놈이랑 말하다가 보면 자꾸 그쪽으로 페이스가 말려드는 것 같은 기분을 지울 수가 없었다.

그래도 몇 번 봤다고 그새 정이라도 든 건지 잘 먹고 있는 놈을 보니 괜히 기분이 이상했다.

"근데 너 아까 왜 울고 있었어?"

자기 걸 다 먹고 내 것까지 먹고 있는 가을을 가만히 보고 있는데 그가 내게 물었다. 그때의 일이 떠오르자 나는 다시 쪽팔려서 미간을 구겼다.

"아까 다 말했잖아."

"너희 형인데 아킨토스가 자꾸 자기 형님이라고 해서?"

"뭐? 아니⋯⋯. 야! 내가 언제 그렇게 말했어?"

"아까 그렇게 말했잖아."

저 새끼가 내가 하는 말을 귓등으로 들었나! 아킨토스랑 싸웠는데 형이 나한테만 뭐라고 해서 서러워서 울었다고 했지! 아니, 서럽고 섭섭하고 서운하고! 물론 아킨토스가 자꾸 우리 형님, 우리 형님, 이렇게 말해서 좀 짜증이 난 것도 있기는 했는데⋯⋯.

"요지는 그게 아니라 내가 맞았다는 거라고!"

"넌 더 많이 때렸다며?"

"맞아, 내가 더 많이 때렸어. 내가 그 새끼 머리카락을 한 움큼이나 뽑았단 말이야."

의기양양하게 말하자 가을은 말끄러미 날 보다가 다시 오므라이스로 시선을 돌리며 태연하게 말했다.

"맞은 게 그렇게 서러웠어?"

"그럼 너 같으면 안 서럽겠냐?"

거기다가 형이 나한테만 뭐라고 했는데! 내 물음에 가을이 다시 고개를 들어 날 보며 말했다.

"그럼 내가 대신 때려줄까?"

"……."

그 말에 좋다고 콜을 외치려던 나는 순간 멈칫했다. 저놈은 왠지 아킨토스를 때리는 걸로 끝나지 않을 것 같았기 때문이었다. 아니, 한 대 때려도 왠지 아킨토스가 중상을 입을 것만 같았다.

내가 그놈을 싫어하기는 하는데 그렇다고 또 죽이고 싶은 건 아니고……. 내가 우물쭈물하자 별안간 가을이 이상한 소리를 했다.

"왜? 내가 죽일까 봐 무서워?"

"어?"

"넌 날 무서워하잖아. 내가 사람 죽여서."

……그게 정상 아닌가요? 그럼 눈앞에서 사람이 두 동강이 나서 죽었는데 그 살인범을 앞에 두고 안 무서워할 사람이 어디에 있어? 정말 이상하게도 그는 마치 내가 잘못한 듯이 나를 나무랐다.

"나만 보면 울면서 소리 질렀잖아. 도망가다가 기절하고."

그러니까 그게 정상이라니까? 지금은 내가 생각해도 내가 신기할 정도였다. 살인범을 눈앞에 두고 태연하게 일상대화나 하고 그 살인범한테 밥까지 해먹이고 있다니.

가을은 입맛이 없어진 건지 아니면 배가 부른 건지, 아직 오므라이스가 반이나 남았는데도 숟가락을 놓으며 말했다.

"그때 엄청 웃겼는데."

"……그래, 넌 내가 지랄 발광하는 게 재미있다고 했지, 참."

살인범이라는 걸 자꾸 부각시켜서 겁나 미안하기는 한데, 역시 살인범이라 취향 한 번 독특하다.

사람이 놀라서 소리를 지르고 울고 도망가는 게 재미있고 웃기다니, 보통 취향은 아니었다.

　가을은 의자 턱걸이에 팔꿈치를 대고 손으로 머리를 괴더니 난데없이 정색을 하고 입을 열었다.

　"재미있었어. 웃기고."

　"……."

　"근데 이젠 슬슬 질리네."

　태연한 목소리였다. 옅은 갈색 눈동자로 날 쳐다보는 그의 창백한 얼굴에는 표정이 하나도 없었다. 나는 나도 모르게 어깨를 움츠렸다. 예고도 없이 급작스레 변한 분위기에 덜컥 불안해졌기 때문이다.

　진짜 내가 미쳤나? 저놈이 나한테 요 며칠 잘해준 건 사실이었지만 저놈은 살인범이었다. 눈도 하나 깜짝하질 않고 사람을 죽인 놈인데 내가 왜 저놈을 졸래졸래 쫓아온 거야?

　가을을 만날 때마다 항상 똑같은 후회를 했지만 이미 일은 터지고 난 뒤였다. 내가 왜 멍청하게 똑같은 짓을 계속 반복하는지 모르겠다고 속으로 비명을 지르고 있는데 가을이 다시 입을 열었다.

　"처음에는 진짜 웃겼는데 이젠 별로 안 웃겨."

　"……그, 그래서?"

　"뭐가?"

　그래서 이젠 뭘 어쩔 거냐고! 재미가 없어져서 이제 날 죽이겠다고?

아니, 그래도 우리가 여태까지 같이 밥도 먹고 그런 우정이 있는데 어떻게 그럴 수가 있어? 이제 질렸으니까 지금까지의 시간을 생각해서 그냥 나 집에 좀 보내주면 안 돼?

속에서 맴도는 말을 입 밖으로 꺼내지도 못한 채 나는 숨만 꿀꺽꿀꺽 삼켰다. 내가 이렇게 말했는데 가을이 싫다고 하면 정말 너무 절망적일 것 같았기 때문이었다.

"그러니까 이제 좀 안 놀라면 안 돼?"

하지만 내 예상과는 달리 가을은 날 죽이겠다는 말도, 협박도 하질 않았다.

"뭐?"

"이제 재미없어. 볼 때마다 짜증 나서 손가락 끝이 다 저려."

손가락이 왜 저려? 아니, 그것보다 이게 도대체 무슨 말이야? 나는 경악해서 가을을 보다가 혹시나 싶은 마음에 조심스레 물었다.

"이제 널 무서워하지 말라는 소리야?"

"맞아, 그 말이었어."

"……."

가을은 태연하게 대답했고 나는 입을 다물었다. 내가 널 무서워하는 게 누가 시켜서 그런 것도 아닌데 어떻게 안 무서워해? 정색할 때마다 이렇게 무서워서 뒈지겠는데!

"나 무서운 사람 아닌데 왜 그렇게 날 무서워해? 내가 널 죽이려고 한 것도 아니잖아."

"……그럼 난 안 죽일 거야?"

"내가 널 왜 죽여?"

의아하게 묻는 가을을 보며 나는 다시 그때의 일이 떠올랐다.

"그럼 그 사람들은 왜 죽였는데?"

"귀찮기도 하고 짜증 나기도 하고……."

"……."

단지 귀찮고 짜증 난다는 이유만으로 사람을 죽인 놈의 말을 내가 어떻게 믿을 수가 있단 말인가. 내 불안한 얼굴을 가만히 보던 가을이 덧붙였다.

"넌 귀찮게 하고 짜증 나게 해도 안 죽일게."

"……."

"진짜야, 약속해."

날 못 믿어? 그런 눈으로 가을은 내게 대답을 재촉했다.

내가 널 어떻게 믿니? 그래도 그렇게 막 나쁜 놈 같지는 않아서 마음이 약해졌다.

나는 우물쭈물하다가 고개를 끄덕이며 말했다.

"진짜지?"

"진짜."

"알았어, 근데 원래 귀찮고 짜증 나게 해도 사람은 죽이면 안 되는 거야."

내 말에 가을은 다시 숟가락을 들었다.

"다음부터는 네 앞에선 안 죽일게."

"……."

오, 하느님, 아버지, 맙소사. 이건 또 뭔 개소리란 말이요. 다음부터는 내 앞에서 안 죽인다는 말은 내 앞이 아닌 뒤에선 사람을 죽이겠다는 말 아닙니까!

내 얼굴이 다시 사색으로 변하자 가을이 조금 인상을 쓰며 말했다.

"그것도 싫어?"

싫다고 해도 되는 건지는 모르겠지만 나는 이 한 몸 희생해 세상에 평화를 가져오자는 마음가짐으로 용기를 냈다.

"시, 싫은데……."

"그래, 그럼 안 할게."

가을이 쿨하게 말했다.

"으응……. 고, 고마워."

사람이 사람을 안 죽인다는데 내가 거기에 왜 감사의 인사를 해야 하는 건지는 모르겠지만 그냥 왠지 인사를 해야 할 것 같은 기분이었다. 솔직히 좀 어이가 없기는 했다. 이건 상식 아니냐?

"근데 넌 직업이 뭐야?"

혹시 킬러나 뭐 그런 거 아닐까? 그러니까 사람 죽이는 게 그렇게 자연스러웠던 거 아니었나?

"자영업자."

그는 의외로 건전한 직업에 종사하고 있는 사람이었다.

"어, 진짜? 무슨 일 하는데?"

"이것저것. 넌 교황청에서 무슨 일을 해?"

나는 그 말에 대답을 하려다가 잠깐 입을 다물었다.

엄밀히 따지고 보면 난 지금 백수였기 때문이다. 그렇다고 학생이라고 하기에도 뭐하다.

"그냥, 나도 이것저것⋯⋯. 그, 그냥 형이 시키는 거 하고⋯⋯."

"뭘 시키는데?"

"어? 그냥⋯⋯. 그, 그런 게 있어."

형이 공부시킨다고 하면 뭔가 내 자존심에 금이 갈 것 같아서 나는 말꼬리를 흐렸다.

솔직히 형이 공부하라고 해서 공부하고 일기 쓰라고 해서 일기 쓰고 있다는 말을 할 수는 없지 않은가. 이 나이에 꼬박꼬박 일기 써서 검사받는 것도 쪽팔려 죽겠는데⋯⋯.

"꼬맹이랑은 언제 처음 만났어?"

언제 처음 만났더라. 곰곰이 생각하던 나는 고개를 갸웃하며 말했다.

"언제였지. 한 달은 좀 지난 것 같은데⋯⋯. 거의 두 달 정도 됐어."

내가 여기에 처음 온 게 거의 두 달 전이었으니까, 아마 그 정도 됐지 싶었다. 그러고 보니까 세월 진짜 빠르다. 별로 한 것도 없는데 언제 두 달이나 지났을까.

그래도 요 두 달간 씻는 것도 익숙해지고 치마를 입는 것도 익숙해졌다. 점점 여자가 되어 가고 있는 내 모습을 보며 좋아해야 하는 건지 싫어해야 하는 건지 아직도 알 수가 없었다.

"넌 근데 우리 형한테 왜 꼬맹이라고 해?"

"꼬맹이가 어렸을 때 봤으니까."

"그럼 넌 몇 살인데?"

나는 접시를 들고 주방으로 가는 가을의 뒷모습을 보며 물었다.

그때, 그가 들고 있던 접시가 쨍그랑 떨어지며 깨졌다. 가을은 박살이 난 접시를 멀뚱멀뚱 보다가 고개를 들어 날 보며 말했다.

"궁금한 게 있는데 왜 내가 접시만 만지면 다 깨지는지 너 혹시 알아?"

……내가 그걸 어떻게 알아…….

나는 한숨을 내쉬며 자리에서 일어났다.

가을은 깨진 접시를 치우고 수플레를 만들어 먹자고 했다. 나는 단호하게 말했다.

"다음에 먹자, 지금 날이 어두워져서 가봐야 할 것 같아."

"어두운 게 왜?"

"형이 한 번만 더 외박하면 집에서 내쫓는다고 했단 말이야."

　내 말에 가을은 시계를 쳐다봤다. 아직 아홉 시도 되지 않았지만 외박하지 말랬다고 딱 열두 시에 맞춰서 들어갈 수도 없는 노릇이었다.

"넌 그 살인범 잡으려고 왔다며? 연쇄살인범 안 잡아?"

　어째 살인범 잡으러 온 게 아니라 밥을 먹으려고 온 것 같다. 내 물음에 그는 잠시 의아한 얼굴로 날 쳐다봤다. 그러더니 아 하고 고개를 끄덕인다. 저거 봐라, 저거. 아까 급하게 생각한 거 맞대니까.

　내가 한숨을 내쉬자 가을은 뭔가 또 생각이 난 듯 내게 말했다.

"외박하면 집에서 내쫓는다고 했다고?"

"그래, 그래서 지금 빨리 들어가야……."

"그럼 피에로한테 납치당하면 안 내쫓기는 거잖아. 난 피에로 잡고 넌 안 내쫓기고 그럼 둘 다 좋은 거 아니야?"

"피에로가 뭔데? 아니, 근데 내가 왜 납치를……."

그는 내 말을 다 듣지도 않고 내 팔목을 붙잡더니 그대로 집을 나섰다. 그를 따라 어두운 골목길을 걸으며 나는 당황해서 물었다.

"뭔 소리야, 그게? 피에로?"

"그 연쇄살인범 별명이 춤추는 피에로야. 피에로 분장하고 여자만 잡아서 죽이는데, 죽을 때 맨발에 쇠로 만든 구두를 신기거든. 그거 불에 달구어서 신기면 여자들은 뜨거워서 막 펄쩍펄쩍 뛸 거 아니야. 그때 그 여자가 죽을 때까지 같이 춤을 춰서 걔 별명이 춤추는 피에로야."

"……."

그를 따라 어두운 골목길을 걸으며 나는 멍청한 얼굴로 그의 뒤통수만 쳐다봤다.

그러니까 그 연쇄살인범이 춤추는 피에론데 나더러 그 피에로한테 납치를 당하라 이 말인가? 불에 달군 구두를 신겨서 같이 춤을 추는 그 미친 피에로한테?

"나, 나보고 구두 신고 춤추다가 죽으란 소리냐?"

"아니야, 너 죽기 전에 내가 구해줄 거야."

"뭔 개소리야, 이 미친놈아! 죽든 말든 그럼 난 그 불에 달군 쇠 구두를 신어야 한다는 소리잖아!"

내가 빽 소리치며 손을 뿌리치자 가을이 고개를 돌려 날 쳐다봤다. 저 새끼가 나 안 죽인다고 하더니 죽으라고 등을 떠밀고 있네.

"구두 신기기 전에 구해줄게."

"닥쳐, 이 또라이야! 내가 왜 미끼가 돼야 돼?"

"난 그 피에로 잡으려고 온 거고, 수플레도 먹고 싶은데 넌 외박하면 안 된다며? 그럼 일단 네가 그 피에로한테 납치를 당하면 모든 게 해결이 되잖아. 그럼 그 피에로 잡아 놓고 내일 집에 가서 납치당했었다고 말하면 너도 안 내쫓기고, 나도 피에로 잡고 수플레 먹고 둘 다 좋은 거지."

미쳤다. 이놈은 미친 게 틀림없다! 수플레 먹으려고 내가 그 짓거리 왜 해야 하는 건데! 그런 짓까지 하면서 수플레 먹고 싶은 마음은 추호도 없다,

"날 믿어, 내가 무슨 수를 쓰든 상처 하나 안 나게 금방 구해줄 테니까."

그 말에 나는 허허 하고 웃을 수밖에 없었다. 똥이 무서워서 피하냐, 더러워서 피하지. 나는 웃으며 손을 흔들었다.

"다음부턴 다시 보지 말자, 그럼 안녕."

"울아, 내가 지금 수플레가 먹고 싶어서 죽을 거 같아."

"울이라고 하지 마, 등신아! 저리 꺼져! 가라고!"

"날 믿으라니까."

나보고 살인범 잡게 미끼나 되라고 하는 놈을 내가 어떻게 믿어! 가을은 내 팔목을 붙잡은 손을 놔주질 않았고 나는 최대한 마음을 진정시키고 그를 설득하기 시작했다.

"생각을 해봐. 내 이마에 미끼라도 써 붙일 것도 아닌데 피에로가 날 어떻게 잡아? 내가 그냥 어두운 골목길을 걷고 있는데 피에로가

「얼씨구나, 좋다!」하고 나타날 리도 없잖아!"

"아니야, 나타날 거야."

"그걸 네가 어떻게 알아! 너 솔직하게 말해봐, 지금 나 엿 먹이려고 그러는 거지? 너 사실 피에로랑 친구 아니야? 그래, 너 피에로랑 친구지, 이 자식아!"

내가 빽 소리치자 가을은 시커먼 벽에 붙어 있는 종이 한 장을 뜯어다가 내게 보여줬다. 그곳에는 웬 피에로의 얼굴이 그려져 있었고 글씨가 빼곡하게 쓰여 있었다.

"이게 수배지야. 춤추는 피에로, 현상금 8골드."

해진 종이 안에서 기괴하게 웃고 있는 피에로를 멀뚱멀뚱 보다가 나는 물었다.

"8골드가 얼만데?"

"음, 수도권에서 혼자 살 집 얻을 수 있을 정도의 금액?"

"……."

지, 집을 살 수 있을 정도로 큰돈이라고? 8골드가? 내가 눈을 둥그렇게 뜨고 수배지만 쳐다보고 있자 가을이 말을 이었다.

"지금까지 14명을 죽였대. 여자만. 워낙 조사에 진척이 없어서 한 1년 전부터 수배했는데도 머리카락 하나 못 발견했다고 하는데?"

"근데 이걸 어떻게 잡아?"

내 말에 가을은 태연한 얼굴로 대답했다.

"내가 피에로 집을 알아."

"……."

그 말에 순간 내가 사색이 되자 가을은 오해하지 말라는 듯 말했다.

"나 걔랑 친구 아니니까 이상한 생각하지 마. 그냥 어떻게 하다가 보니까 알게 된 거야. 피에로가 내 가게에서 뭘 사 간 적이 있었거든. 한 3년 전에."

"3년 전에 뭐 한 번 산 걸로 집을 어떻게 알아?"

"그건 내가 만든 거니까. 방향제 같은 건데 집에 두면 냄새를 없애주거든. 아마 피 냄새 없애려고 사 갔던 것 같은데 그 방향제 유통기한이 50년이니까 버리지만 않았으면 어디에 있는지 알아."

그 사람이 피에로가 아니면 어쩌려고? 그리고 피에로가 그 방향제 버렸으면? 아니, 그전에 일단 내가 왜 이런 고민을 해야 하는 거냐고! 수플레를 네가 만들어주는 것도 아니고 내가 수플레 하나 만들어주려고 살인범을 잡는 미끼가 되란 말이냐?

"피에로 잡으면 현상금은 너 줄게. 넌 나한테 수플레를 8골드에 팔면 되잖아."

"야, 내가 진짜 궁금한 게 있는데."

내 조심스러운 물음에 가을은 뭐든 물어보라며 자애로운 얼굴을 하고선 가만히 내 말을 기다렸다. 나는 깊게 숨을 내뱉으며 입을 열었다.

"너 수플레가 그렇게 먹고 싶냐?"

"넌 내가 수플레를 얼마나 사랑하는지 몰라."

"……."

네 그 대단한 수플레 사랑 때문에 지금 날 희생시키겠다? 내가 어이없어하는 표정을 짓자 가을은 날 설득시키려는 듯 다시 말했다.

"너 돈 벌어서 나가 살겠다고 했잖아. 오늘 하룻밤만 고생하면 집이 생기는 거야."

"……."

"너 집 산 기념으로 내가 안에 가구들은 다 채워 넣어 줄게."

"뭐?"

내가 계속 우물쭈물하자 가을이 인심 썼다는 얼굴로 내게 말했다.

가구를 다 채워준다고? 정말? 진짜로? 사실이라면 로또 당첨과 진배없는 일이었지만 일단 나는 최대한 태연하게 물었다.

"네가 왜 가구를 사줘?"

"수플레 만들어줬잖아."

"……."

"앞으로 벌어 먹고사는 게 걱정이면 내가 수플레 사러 갈 테니까 넌 나한테 매일 수플레를 8골드에 팔아. 그럼 앞으로 돈 걱정은……."

속사포처럼 말하는 가을의 목소리가 점점 희미해져 갔다. 나는 고속으로 머리를 돌려 계산했다. 8골드가 정확히 얼마큼의 값어치를 지닌 금전인지는 모르겠지만 수도권에서 집 한 채를 살 수 있을 정도면 꽤 큰 금액이었다.

난 오늘 하룻밤만 고생하면 집이 생기고 앞으로도 매일 집을 살 수 있는 돈이 거저 굴러 들어오는 거다. 고작 수플레 하나만 만들면!

하지만 여기서 좋아하기엔 무리였다.

돈이 그냥 굴러 들어오는 거야 좋은 일이지만 난 거기에 목숨을 걸어야 하니까.

애초에 우리가 왜 이런 말도 안 되는 언쟁을 벌이고 있던 건지 다시 처음으로 돌아가 생각해볼 필요가 있었다. 수플레 먹자고 현상수배범을 잡는다는 건 파리 한 마리 잡으려고 대포를 쏘는 꼴이었다.

쟤가 지금 날 놀리고 있는 건지, 아니면 진짜 수플레가 너무 먹고 싶어서 저러는 건지 알 길은 없었지만 그렇게 고민을 한 결과, 그냥 수플레 하나 만들어주고 잽싸게 집에 가는 게 제일 현명한 선택이라는 결론을 내렸다.

"그냥 수플레 만들어줄 테니까 그거 먹어라. 12시 전까지는 만들어지겠지, 뭐."

내 말에 가을은 단호한 목소리로 대답했다.

"싫어."

"뭐? 뭐가 싫어?"

"수플레는 됐고 피에로 잡으러 가자."

"……."

아까 전까지만 해도 수플레 없이 절대 살 수 없다는 식으로 예찬론을 펼치더니 이게 갑자기 뭔 개소리여?

불길한 기운이 스멀스멀 올라와 나는 뒷걸음질을 치며 더듬더듬 말했다.

"나 그, 그냥 집에 갈래."

"피에로 안 잡을 거야?"

"그건 네가 잡아야 되는 거지, 나랑은 상관없는 일이잖아."

"그런 게 어디에 있어? 아까부터 우리 친구 하기로 했잖아. 넌 친구가 곤경에 처했는데 모른 척하고 집에 가겠다는 거야?"

우리가 언제부터 친구 하기로 했는데? 도대체 언제부터?

내가 자꾸만 뒷걸음질을 치자 가을이 한 발자국 앞으로 다가오며 다시 말했다.

"아까 그랬잖아, 이제 안 무서워한다며?"

"그건 그런데……."

"그러니까 나랑 같이 가자."

이제 안 무서워하겠다는 말이랑 친구가 되겠다는 말이랑 같이 연쇄살인범 잡으러 가겠다는 말이 도대체 어디, 어디에 상관관계가 있는 건데!

나는 아무리 생각을 해봐도 도무지 그 접점을 찾을 수가 없어서 무작정 고개만 저었다.

"나 집에 가야겠어."

"피에로 집이 숲에 있어. 아까 잠시 알아봤는데 여기서 별로 멀지 않은 곳이야. 피에로 잡으면 넌 포상금 챙기고 집에서 내쫓기지도 않고, 난 착한 일을 했으니까 위에서 아마 정상참작을 해줄 거야. 그럼 내 전과가 없어지거나 현상금이 줄어들겠지. 우리 둘 다 좋은 일인 거야."

이젠 아주 세뇌까지 시키려고 한다. 이러다가 정말 세뇌당할 것 같아서 나는 그의 말은 더 듣지도 않고 강경하게 고개를 흔들었다.

"난 포상금도 필요 없고, 우리 형이 날 집에서 내쫓을 리도 없어. 그건 그냥 나 겁주려고 한 말이기 때문에……."

"……."

말끄러미 날 쳐다보는 가을을 보며 나는 말꼬리를 점점 흐렸다. 아까 나보고 무서워하지 말라고 했던 게 누구였지? 무서워하지 말라며? 씨발, 근데 왜 무섭게 쳐다보냐고, 왜!

"집에서 쫓겨나는 거 아니야?"

"그건 그냥 형이 나 협박하려고……."

"너 그럼 지금 나한테 거짓말한 거야?"

……내가 언제? 내가 무슨 거짓말을 했는데?

가을은 손에 쥐고 있던 피에로의 현상수배지를 반으로 찢었다. 찌이익 하는 소리와 함께 반으로 찢어진 종이를 멀뚱멀뚱 보던 나는 어색하게 웃으며 입을 열었다. 그건 거의 생존본능에 가까웠다.

"아, 아니야. 생각해보니까 우리 형 좌우명이 남아일언 중천금이었어. 한 번 내뱉은 말은 무슨 일이 있어도 꼭 지키는 그런 사람이라고, 우리 형. 난 분명 쫓겨날 거야."

내가 겁나게 비굴하다 못해 자존심도 없는 놈이라는 걸 나도 알았지만 하나도 부끄럽지 않았다. 저 종이가 찢어지는 것처럼 내 몸이 반으로 찢어질 바에야 차라리 비굴한 놈이 되는 게 백배는 났다.

"아하하, 하하……."

그렇게 한참을 어색하게 웃고 있는데 가을은 반으로 찢어진 수배지를 바닥에 아무렇게나 버리며 마주 웃었다.

"그럼 내가 안 쫓겨나게 해줄게."

"……으응, 고마워."

살인범 잡는 미끼가 됐는데도 고맙다는 인사나 지껄이고 있는 내 인생을 한탄하며 나는 계속 웃기만 했다.

우리는 포장된 도로를 지나 길도 없는 칠흑같이 어두운 숲 속을 한참 걸었다. 나는 가을의 옷깃을 잡은 손에 힘을 줬다. 여기서 그를 놓치면 난 숲 속의 미아가 될 게 뻔했기 때문이다. 그나마 다행인 건 가을이 내 보폭에 맞춰 천천히 걸어주고 있다는 점이었다.

"얼마나 더 가야 돼?"

"거의 다 왔어."

"그, 근데 내가 거기 가서 뭐라고 해야 되는 건데? 그냥 길을 잃어버렸다고 하면 돼?"

어렸을 때부터 내 꿈은 매번 바뀌어왔다. 하지만 무조건 내가 0순위로 생각하는 것이 있었는데 그건 바로 내 안전이었다. 그렇게 내 안전이 최우선시되는 직종을 찾기만 했는데 난 지금 사지에 제 발로 걸어 들어가고 있었다.

정말 진퇴양난이었다. 피에로를 잡는 미끼가 되는 것과 피에로 안 잡겠다고 저 미친놈 앞에서 개기는 게 도대체 뭐가 다르단 말인가!

"왜 이렇게 떨어? 추워?"

"아, 아니야. 안 추워."

저 미친놈이……. 야! 내가 추워서 떨고 있는 걸로 보여, 이 등신아? 너 같으면 지금 살인범 만나러 가고 있는데 안 떨겠냐?

아깐 너무 무서워서 피에로를 잡는 미끼가 되던 밥이 되든 뭐든 하겠다고 했지만 다시 생각해보니까 아무리 봐도 이건 아니었다. 내가 저놈의 뭘 믿고 피에로 집엘 가? 내가 뭘 믿고!

"저기, 근데……. 혹시 모르니까 우리 형한테 말 좀 하고 가면 안 될까?"

"나 못 믿어?"

"아니, 믿지. 믿어, 믿는데……. 그래도 만에 하나의 상황을 생각해서……. 피에로가 미친놈이라며. 그럼 너도 다, 다칠 수도 있는 거고……."

내가 지금 뭔 소리를 지껄이고 있는 건지도 모르겠다. 내가 한참 버벅거리고 있는데 멀리서 희미하게 불빛이 보이기 시작했다. 허름한 나무판자 집에서 새어나오는 불빛이었다.

나는 숨을 멈췄다. 저긴 지옥이었다. 그리고 나는 지금 내 발로 지옥으로 기어들어가고 있는 병신이었다.

"내가 다칠까 봐 걱정하는 거야?"

……너 그거 진심이냐? 나는 너무 어두워 보이진 않았지만 가을의 표정이 진지하다는 걸 알 수 있었다. 저 새끼는 정말 진심으로 하는 말이었다. 내가 정말로 자기를 걱정해서 이런 말을 하는 줄 아는 거다.

나는 허탈하게 웃었다.

내가 솔직히 부모 욕하는 그런 사람은 아닌데……. 저 새끼 부모님은 꼭 한번 만나보고 싶었다. 저런 놈을 낳고도 미역국을 드셨을지 너무 궁금했다.

가을이 커다란 나무 뒤에 선 채로 내게 말했다.

"그렇게 무서워?"

"……."

내가 아무런 말도 하질 않자 그걸 어떻게 받아들였는지 그는 태연한 얼굴로 고개를 끄덕였다.

"네가 아까부터 너무 무서워하는 것 같아서 그냥 같이 들어갈까 했는데 별로 안 무서우면 그냥 혼자……."

"무서워. 무서워서 죽을 것 같아. 진짜 지금 내 인생의 회의가 든다고, 씨발! 무서워! 무서워, 제발 한 번만 같이 가주세요, 으어엉."

나는 입으로만 엉엉 울면서 그의 옷깃을 부여잡고 매달렸다. 내가 도대체 뭐하는 짓거린지 모르겠다. 내가 지금 여기서, 왜, 날, 미끼로 내던지려고 하는 놈의 옷을 붙잡고 매달려야 하는 거냐고! 내가 왜!

내가 제 옷을 붙잡고 매달리자 그는 재수 없게도 만족스러운 웃음을 지으며 내 머리를 토닥거렸다.

"어쩔 수 없지, 그럼 같이 가자."

흑흑흑……. 씨발……. 나중에 형한테 가면 저 개새끼 현상금 두 배로 올리라고 할 거야…….

나는 속으로 대성통곡을 했지만 입으로는 찍소리도 내뱉을 수가 없었다.

그는 아주 가벼운 발걸음으로 판잣집을 향해 걸어갔고, 나는 그 뒤를 졸졸졸 쫓아갔다. 아무런 대책도 없이 이렇게 가도 되는 건지는 모르겠다.

근데 아무리 봐도 피에로보단 이놈이 더 미친놈일 것 같아서 그냥 가도 이기긴 이길 것 같았다.

판잣집에 다다르자 안에서는 희미하게 노랫소리가 들려오고 있었다. 문 앞에 서서 잠깐 날 내려다보던 가을이 고개를 돌려 노크를 했다. 똑똑똑, 딱 세 번. 그러자 안에서 노랫소리가 멈췄다. 나는 속으로 비명을 지를 수밖에 없었다.

우리 기습하는 거 아니었어? 살인범 잡으러 왔으면서 왜 노크를 하고 지랄이야! 으아악!

나는 잽싸게 그의 뒤로 몸을 숨겼다. 그러자 끼익 하고 문이 열리면서 낯선 목소리가 들려왔다.

"누구세요?"

"안녕하세요, 늦은 시간에 죄송합니다."

"괜찮아요, 그런데 무슨 일이시죠?"

의외로 평범한 목소리에 그의 뒤에서 벌벌 떨고 있던 나는 빼꼼 고개를 내밀었다.

남자는 갈색 머리카락에 갈색 눈동자를 한 지극히 평범해 보이는 사람으로, 축 처진 눈꼬리 바로 밑에 난 까만 점 때문인지는 모르겠지만 굉장히 선한 인상이었다.

지레 겁을 먹고 있던 나는 움츠리고 있던 어깨를 폈다.

그러자 남자의 시선이 내게 닿았다. 남자는 의아한 얼굴로 날 보다가 다시 가을을 보며 물었다.

"무슨 일로……."

정말 의아해 보이는 그의 얼굴을 보며 나는 인상을 썼다. 우리 잘 못 찾아온 거 아니야? 아까 수배지에서 봤던 피에로랑 달라도 너무 다르잖아.

게다가 저렇게 착하게 생긴 사람이 설마 살인을……. 그때 귓가로 가을의 목소리가 들려왔다.

"혹시 피에로세요?"

"……."

"……."

혹시 밥은 먹었냐고 묻는 듯 태연한 그 목소리에 남자도, 나도 그대로 굳어버렸다. 설마 이렇게 대놓고 물을 줄은 몰랐던 터라 당황하는데 남자가 고개를 저으며 말했다.

"전 나무꾼인데요? 보시다시피……."

그러고 보니 주변에 토막이 난 나무 조각들이 산처럼 쌓여 있었다. 남자는 피에로라는 걸 직업으로 들었나 보다. 아무리 생각을 해도 이 남자는 아닌 것 같아서 나는 가을의 옷깃을 끌어당겼다. 하지만 가을은 꼼짝도 하질 않고 다시 말했다.

"피에로 아니에요?"

"네, 전 나무꾼……."

"볼에 눈물 분장 덜 지워졌……."

가을이 손가락으로 남자의 왼쪽 볼을 가리키며 말했고, 그 말이 끝나기도 전에 나무꾼은 재빠르게 볼을 손으로 가렸다. 선했던 그의 갈색 눈동자가 순식간에 짐승의 그것처럼 날카로워졌다.

헉하고 내가 숨을 들이켜자 가을은 날 뒤로 숨기며 웃었다.

"뻥인데."

"……."

"……."

어? 뭐라고? 내가 당황하고 있는 사이에 갑자기 날카로운 소리가 들려왔다. 끼기긱 하는 그 소리에 다시 슬쩍 고개를 내밀자 나무꾼이 커다란 도끼를 들고 있는 모습이 보였다.

"잘 찾아왔네."

"……저 사람 지금 뭐 하고 있는 거야?"

도끼를 들고 있다. 그 나무꾼이. 아니, 피에로가.

그냥 그것뿐이었다. 그는 도끼를 높이 들고 내려치는 자세 그대로 동상처럼 움직이질 않았다. 가을은 내 손목을 붙잡고 멋대로 피에로의 집으로 들어갔다.

"근데 이게 무슨 냄새야?"

"저 수프 냄새 아니야?"

나는 화로에서 끓고 있는 수프를 가리키며 물었다. 가을이 통에 빠져 있는 기다란 국자로 둥글게 수프를 휘젓기 시작했다. 나는 그런 그를 내버려두고 주변을 살폈다.

집은 그냥 평범했다.

나무꾼을 실제로 보진 않았지만 정말 나무꾼이 있다면 이런 집에서 살 것 같다는 생각이 들 정도로 아주 평범한 집이었다.

가을은 몇 번 수프를 휘젓다가 국자를 내려놓고 그 옆에 깔린 카펫을 발등으로 걷어냈다. 그곳엔 손잡이가 달린 문이 하나 있었다.

마치 영화 속에서나 볼 법한 비밀통로 같은 문을 보며 나는 눈을 동그랗게 떴다.

"저게 뭐야?"

"지하로 가는 문이겠지."

가을은 손잡이를 잡고 문을 열었다.

끼이이익 하는 소리와 함께 문이 열리자 그곳에는 돌계단이 있었다. 왠지 음산한 기운이 나는 것 같아서 숨을 삼키는데 가을이 날 보며 말했다.

"이제 가자."

"어? 어딜? 밑에 안 내려가?"

"내려가고 싶어?"

내 물음에 가을이 도리어 질문을 했다. 저 지하에 뭐가 있을지 어느 정도 상상은 된다.

내려갔다가는 그 자리에서 토하다 못해 기절하는 사태가 발생할 것 같아 나는 고개를 저었다. 그러자 잘 생각했다는 듯 가을이 아까처럼 내 머리를 토닥거렸다.

"이제 우린 경비대에 신고하고 집에 가서 수플레나 만들어 먹자."

"너 근데 아까부터 왜 자꾸 내 머리를 만져?"

꼭 선생님이 학생에게 칭찬하듯 쓰다듬는 손길에 내가 인상을 쓰자 가을이 멀뚱멀뚱 날 보다가 입을 열었다.

그의 입술이 달싹이며 목소리가 나오려고 할 때, 피에로의 도끼가 언뜻 보였다. 아주 찰나의 순간이었다.

내가 미처 반응하기도 전에 그 도끼는 커다란 호선을 그리며 허공을 갈랐고, 곧 쾅 하는 소리와 함께 수프가 담긴 냄비가 깡통처럼 찌그러져 바닥에 엎어졌다.

부글부글 끓고 있던 뜨거운 수프가 몇 방울 내 팔뚝에 튀었지만 뜨겁다고 말을 할 겨를도 없었다. 어째서인지 내가 구석에 처박혀 있었다.

나는 끄응 하며 고개를 들었다.

설마 내가 지금 저 도끼에 맞아서 구석에 처박혔나? 아니다, 그럼 내 몸이 이렇게 멀쩡할 리가 없는데? 어깨가 조금 아픈 것 말고는 어디 다친 것 같지도 않았다.

"너 마법사였어?"

그때 귓가로 가을의 목소리가 들려왔다.

숨을 들이켜며 고개를 돌리자 가을이 바닥에 앉아 있는 모습이 보였다. 그는 뜨거운 수프로 온몸에 범벅이 된 채였는데, 그의 몸에서는 희미하게 연기가 피어오르고 있었다.

그걸 멍청하게 보던 나는 기겁을 하고 벌떡 일어섰다. 화로는 끓고 있었다.

저게 부글부글 끓고 있던 수프라면 분명 화상이다.

피에로는 피눈물을 흘리는 게 아닐까 싶을 정도로 눈을 부릅뜨고 가을을 노려보고 있었는데 아까와는 다른 자세로 동상처럼 굳어 있었다.

움직이려고 하는 것처럼 움찔움찔 근육이 경련하듯 움직였지만 더 이상 움직이지는 않았다.

가을에게 가려고 한 발을 앞으로 내딛는데 발치에 무언가가 걸린다. 일단 빨리 병원을 가야겠다는 생각에 그걸 무시하려고 했지만 그것이 어딘가 익숙해 보인다는 걸 깨닫고 고개를 숙일 수밖에 없었다.

"너무 놀라서 죽일 뻔했잖아."

가을은 한숨을 내쉬며 자리에서 일어섰다. 나는 옷을 터는 소리를 들으며 그 앞에 쪼그리고 앉아 눈에 힘을 줬다.

이게 뭐지? 어디서 많이 본 것 같은데?

나는 멀뚱멀뚱 그것을 보다가 시선을 돌려 내 엄지를 쳐다봤다. 그리고 천천히 손을 내려 내 엄지와 그걸 비교했다.

"⋯⋯."

"너 괜찮아?"

"⋯⋯저기, 이거⋯⋯. 이, 이거 뭐야?"

그래도 혹시나 싶어 나는 가을을 보며 물었다. 그는 내 밑에 떨어져 있는 걸 힐끗 보다가 젖은 겉옷을 벗으며 태연하게 말했다.

"손가락."

"⋯⋯."

가만히 보니까 잘린 손가락에는 손톱까지 붙어 있었다.

바닥에 카펫처럼 깔린 사람 수프와 토막 난 고기가 장식처럼 있는 걸 한 번 죽 훑어 본 나는 천천히 일어나 수프가 묻지 않은 쪽으로 걸음을 옮겼다.

벽에 바짝 붙어서 아까 팔뚝에 튄 수프를 옷으로 벅벅 닦고 있는데 가을이 걸쭉한 수프를 밟으며 내게 다가왔다. 나는 고개를 들어 그를 보며 물었다.

"너 아까 수프 뒤적거릴 때 사람 끓이고 있는 건 줄 알고 있었지?"

"응."

"그, 근데 왜 나한테 말 안 했어?"

손이 떨려서 주먹을 꽉 쥐고 묻자 가을이 고개를 돌려 더러워진 바닥을 태연한 얼굴로 죽 훑었다. 그리곤 팔을 뻗어 벽에 손을 짚었다. 손바닥을 벽에 댄 순간, 팍 하고 아주 잠깐 빛이 터졌다.

깜짝 놀라서 눈을 감았다가 다시 떴을 땐 집은 깨끗해져 있었다. 그러니까 우리가 제일 처음 들어왔던 그때 그 모습처럼.

아무 일도 없었다는 듯 다시 보글보글 끓는 냄비를 멍청하게 보면서 입을 벌리고 있는데 가을이 말했다.

"이 냄비 안에 어린 여자애가 토막 나서 보글보글 끓고 있어. 그렇게 말하면 또 기절할 것 같아서."

변명하듯 말하는 목소리에 고개를 돌리자 그 역시 이곳에 처음 들어왔을 때처럼 말끔한 모습이었다. 나는 다시 고개를 돌려 도끼를 붙잡고 있는 피에로를 쳐다봤다.

"쟨 이제 안 움직여?"

"못 움직여, 이제 집에 가자. 벌써 열한 시 넘었어."

"……."

누가 미친놈 아니랄까 봐, 이 상황에서도 너는 멀쩡하구나.

나는 지금 도대체 뭔 일이 일어난 건지 곰곰이 생각하며 걸음을 옮겼다.

아까 오므라이스를 만들어 먹었던 집에 도착하자 가을은 경비대에 신고하고 오겠다며 나가버렸다.

난 그럼 뭘 하나, 수플레를 만들어야 하는 건가, 그런 생각을 하다가 이곳에는 오븐도 없고 수플레를 만들 수 있는 재료도 없다는 걸 깨닫고 그냥 앉아서 그가 오기만을 기다렸다.

나는 얼이 빠진 것처럼 멍청하게 앉아서 허공을 보다가 고개를 들어 천장을 쳐다봤다. 그냥 숨을 쉬면서 눈을 깜박거리고 있는 것뿐인데도 내가 지금 뭘 하고 있는 건지 모르겠다.

무슨 색깔이었지?

고기 국물처럼 약간 갈색 빛이 나는 걸쭉한 국물에 당근과 양파, 그리고 감자 따위의 채소들이 적당한 크기로 잘려 있었다. 호박도 있었던 것 같기도 하고……. 그리고 그 위에 둥둥 떠 있던 손가락과 시커먼 머리카락 뭉치, 반쯤 부러져 너덜너덜한 손톱이 붙어 있던 손가락을 생각하다가 나는 눈을 감았다.

절로 얼굴이 구겨졌다. 갑자기 속이 메슥거려서 나는 의자에서 일어나 화장실을 찾았다.

하지만 뭔 놈의 방이 이렇게 많은 건지, 화장실이 어디에 있는지 도저히 찾을 수가 없었다. 아무리 생각을 해봐도 이건 아닌 것 같다. 협박을 하던 뭘 하던 거길 따라가면 안 됐다.

"아, 씨발……."

생생하게 기억나는 손가락 때문에 결국 자리에 주저앉았다. 빨리 집에 가고 싶었다. 수플레고 나발이고 지금은 물만 마셔도 토할 것 같았다.

갑자기 눈물이 핑 돌아서 더 이상 무언가를 생각할 겨를도 없이 나는 다짜고짜 문을 박차고 밖으로 뛰쳐나갔다.

나는 익숙한 길을 따라 별장으로 헉헉거리면서 뛰다가 누가 날 따라오는 것 같은 기분이 들어 몇 번이고 뒤를 돌아봤다. 손톱이 부러져 너덜너덜한 손으로 커다란 도끼를 들고 날 쫓아오고 있을 것만 같았다.

　숨이 턱 끝까지 차올라 더 이상 숨도 쉴 수 없을 때가 돼서야 나는 뛰는 걸 멈췄다. 저 멀리서 희미한 붉은 불빛이 너울너울 어둠을 가로질러 내게 다가왔다.

　나는 숨이 차서 당장에라도 실신할 것 같았지만 숨을 참고 눈에 힘을 줬다. 저게 뭐지?

　귓가로 알아들을 수 없는 소리가 들려왔다. 불빛이 점점 다가올수록 나는 그게 사람의 말소리라는 걸 알 수 있었다. 지금은 귀신보다 사람이 더 무섭다.

　나는 반사적으로 몸을 움츠렸다. 벌건 불빛이 담뱃불이라는 걸 확인하고 나는 더듬더듬 벽을 짚어 최대한 벽에 몸을 붙이고 조용히 몸을 웅크렸다.

　늦은 밤이라 그런 건지 길에는 다른 사람도 없었다.

이곳은 한국에서처럼 가로등이 있는 게 아니라 그야말로 암흑이었다.

괜히 나왔나? 근데 여기가 어디지? 아까 별장에서 나와서 집으로 갈 때 이런 길이 있었나? 저 건물은 뭐지?

아니, 저게 건물인 건지 아닌 건지도 모르겠다.

나는 숨을 참고 무릎에 얼굴을 묻었다. 머릿속에서는 자꾸만 부러진 손톱이 붙어 있던 손가락이 주마등처럼 스쳐 지나갔다. 시커먼 머리카락 뭉치와 뜯긴 것처럼 너덜너덜한 고깃덩어리, 걸쭉한 국물에서 나던 그 비린내.

너무 떨어서 어깨가 아파 왔다. 숨도 제대로 못 쉬고 끅끅거리면서 몸을 벌벌 떨고 있는데 머리 꼭대기에서 낯선 목소리가 들려왔다.

"꼬마야?"

슬그머니 고개를 들자 시커먼 형체의 커다란 사람이 보였다. 너무 어두워서 눈이고 코고 입이고 아무것도 보이질 않았다. 그저 시커멓고 커다란 덩어리가 내 앞에 있는 것만 같았다.

"괜찮니? 어디 아파? 여기서 왜 이러고 있는 거야?"

"……."

"집이 어디야? 아저씨가 데려다 줄까? 엄마는 어디에 있어?"

이 사람이 어떤 표정을 하고 날 쳐다보고 있는 건지 모르겠다. 눈에 힘을 주고 있는데 갑자기 머릿속으로 수배지에서 봤던 피에로의 얼굴이 스쳐 지나갔다.

길게 찢어진 입술로 기괴하게 웃던 그 하얀 얼굴이.

순간 발밑으로 피가 죄다 빠져나가는 느낌이 들었다. 나는 자리에서 일어나 최대한 벽 쪽으로 더듬더듬 몸을 붙였다.

"저, 저 호, 혼자 갈 수 있……."

"어디 아픈 거 아니니? 병원 가야 되는 거 아니야?"

"아니요, 괜찮아요. 혼자 갈 수 있어요."

나는 벽에 붙어 슬금슬금 옆으로 빠져나가며 중얼거렸다. 그리고 길로 뛰쳐나가려고 할 때 누군가가 내 팔목을 덥석 붙잡았다.

화들짝 놀라 다시 어깨를 움츠리고 뒤를 돌아보자 아까는 보이지 않던 얼굴이 보였다.

"정말 괜찮니?"

"……."

30대 중후반쯤으로 보이는 남자였다. 갑자기 얼굴이 보이자 나는 그대로 굳어서 입도 뻥긋할 수가 없었다. 얼굴이 안 보일 때보다 지금이 훨씬 더 무서웠다.

피에로도 생긴 건 멀쩡하게 생긴 놈이었는데…….

나는 잡힌 손목을 비틀었다. 하지만 손목이 빠지지가 않았다.

"아저씨 나쁜 사람 아니야."

남자는 내 팔목을 잡은 손에 더욱 힘을 주며 다른 쪽 팔을 내게 뻗었다. 그 손이 내 어깨에 닿을 때까지도 나는 움직일 수가 없었다. 그대로 굳어서 숨도 못 쉬고 있었다.

이대로 차라리 죽어버렸으면 좋겠다 싶을 정도로 무서워서 뒈질 것 같은 찰나에, 중년 남자 어깨너머로 익숙한 얼굴이 보였다.

그의 시선은 내 손목을 잡고 있는 남자의 팔에 가 있었다.

나는 그를 보자마자 맥이 탁 풀려서 흐느끼듯 입을 열었다.

"가을아."

내 부름에 그의 시선이 내게 닿았다. 남자는 내 목소리를 듣자마자 날 붙잡고 있던 손을 놓고는 뒤를 돌아봤다. 가을의 눈동자는 내가 아까 어둠 속에서 봤던 시뻘건 담뱃불처럼 달아 있었다.

"아, 이 꼬마애가 여기에 주저앉아 있어서 어디 아픈 줄 알고…… 혹시 아는 사이세요?"

남자는 당황한 기색이 역력한 얼굴로 더듬더듬 말을 이어나갔다. 나는 남자를 지나쳐 후다닥 그에게 달려갔고, 내가 다가가자 가을이 날 내려다보며 말했다.

"왜 여기에 있어?"

"아니, 난 그냥 집에…… 근데 넌 왜 여기에 있는데?"

"집에 없어서 팔찌……."

가을은 말을 하다말고 말꼬리를 흐렸다.

그는 중년의 남자가 어눌한 발음으로 인사를 하고 허둥지둥 달려나가는 뒷모습에서 시선을 떼지 않았다.

나는 그의 옷깃을 부여잡고 한숨을 내쉬며 말했다.

"나 집에…… 집에 갈래."

내 말에 가을은 대답도 하질 않고 손을 뻗어 내 턱을 들어 올렸다.

"너 울었어?"

"뭐? 아니, 내가 언제…… 이건 운 게 아니라 그냥, 그러니까 내가 지금 잠이 와서, 집에 가서 자고 싶은……. 아니, 그러니까 잠이, 씨……."

나는 힘겹게 말을 이으며 흐느끼다가 결국 입을 꾹 다물었다. 더 말하면 진짜 엉엉 울 것 같아서였다. 가을이 사람을 두 조각으로 쪼갰을 땐 공포보다는 놀라움이 더 컸다. 너무 현실감이 없었기 때문이었다.

하지만 커다란 냄비에서 펄펄 끓고 있던 건 그것과는 조금 다른 느낌이었다. 시커먼 머리카락 뭉치에 감겨 있던 건 사람의 귀였다. 연골이 흐물흐물하게 녹아서 물컹물컹해 보였던 그게 귀였다. 다시 생각해보니까 정말, 그건 귀였다.

그 잠깐 사이에 내가 많이도 봤나 보다. 고개를 숙이고 입을 꾹 다물고 있는데 머리 위에서 그의 목소리가 들려왔다.

"아까 그것 때문에 그래?"

"……."

내 침묵을 긍정으로 받아들였는지, 별안간 그의 입에서 한숨 소리가 나왔다. 갑자기 기분이 나빠져서 퍼뜩 고개를 들자 가을이 내 어깨를 붙잡고 내 앞에 쪼그려 앉았다. 그는 고개를 들어 날 쳐다보며 말했다.

"너 왜 이렇게 겁이 많아?"

아까까지만 해도 한마디 하기가 어려웠는데, 나는 그 말에 서러움이 북받쳐 속사포처럼 말을 쏟아내기 시작했다.

"이건 겁이 있고 없고의 문제가 아니잖아! 내가 겁이 많은 게 아니라 네가 겁이 존나게 없는 거야, 이 병신아! 넌 사람이 솥에서 펄펄 끓고 있는 걸 봤는데도 어떻게 아무렇지도 않을 수가 있어? 내가 가기 싫다고 했잖아! 수플레 먹고 싶으면 사 먹으면 되지, 왜 자꾸 나한테 만들어 달래? 내가 진짜 씨발, 진짜 가기 싫다고 그랬는데 자꾸 협박하고, 너는 나보고 무서워하지 말라고 그래놓고 또 무섭게 하면서 미끼 안 되면 죽일 것처럼 쳐다보고, 내가 진짜 안 간다고……."

"……."

"안 간다고 그랬는데……, 계속 안 간다고……."

끅끅거리면서 나는 계속 그 말만 반복했다. 애초에 내가 저 새끼만 아니었으면 거길 왜 갔겠는가. 나는 피에로라는 연쇄살인범이 있다는 것도 몰랐다. 계속 안 간다고 하고 집에 간다고 그랬는데, 집에 보내주지도 않고, 안 간다고 하는데도 계속 가자고 하고…….

"내가 겁 많은데 네가 뭐 보태줬냐? 겁 많은 게 뭐! 무서운데 어쩌라고, 씨발! 내가 안 간다고 했잖아! 안 간다고 했는데 왜……!"

거의 오열하다시피 외치고 있는데 갑자기 몸이 붕 떠올랐다. 가을이 날 안아 올렸다는 걸 깨닫고 나는 미친 것처럼 발버둥을 쳤지만 그는 꼼짝도 하질 않았다.

"내 주변에는 너처럼 정상적인 애가 없어서 내가 잠깐 착각했어. 미안해. 생각해보니까 넌 내가 사람 하나 죽였다고 몇 날 며칠 동안 날 보면 기절부터 하는 애였는데."

"뭐? 야! 너 이거 안 놔? 놔!"

발로 차고 손을 들어 그의 머리카락을 쥐어뜯어도 가을은 날 놓질 않았다.

날 달래려고 하는 것처럼 손으로 등을 토닥거리면서 그는 말을 이어나갔다.

　"알았어, 내가 잘못했어. 넌 겁이 많은 게 아니라 원래 이 반응이 정상적인 거야. 너 겁 안 많아."

　"야! 내가 지금 겁 많다는 말 들어서 이러는 줄 알아? 이거 놓으라고! 놔!"

　"집에 데려다 줄 테니까 화 풀어. 다음부터는 네가 싫다고 하는 건 안 시킬게."

　그는 날 안아 든 자세로 걸음을 옮겼다. 울고불고 소리를 질렀더니 몸에 힘이 하나도 들어가질 않았다. 나는 안겨서 축 늘어진 채로 혼잣말처럼 욕지거리만 내뱉었다.

　"다음부터 싫다고 하는 건 안 시켜? 지랄하지 마! 내가 그 말을 믿느니 팥으로 메주를 쑨다는 말을 믿겠다!"

　"내가 미안해. 같이 더 있고 싶은데 집에 안 가면 내쫓긴다고 해서 나도 어쩔 수가 없었어. 다음부터는 진짜 안 그런다니까."

　나는 불라불라 출처 불명 국적 불명의 욕을 하고 있다가 그의 말에 순간 입을 다물었다. 내가 입을 꾹 다물자 그걸 어떻게 받아들인 건지 가을은 날 잠시 떼어놓더니 날 보며 말했다.

　"다음엔 그냥 내가 네 방으로 갈게."

　"……."

　어? 뭐라고? 뭐라고요? 내 방으로 와? 누가? 네가? 아니, 그전에 했던 말이 도대체 뭔 말…….

내 얼빠진 얼굴을 말끄러미 보던 가을이 다시 날 안고선 걸음을 옮겼다. 한 걸음, 한 걸음 다리를 움직일 때마다 그 진동이 내게도 느껴졌다. 순간적으로 머리를 스치고 지나는 생각에 나는 내가 듣고도 기겁을 할 말을 지껄였다.

　"너 게이 아니지?"

　"뭐?"

　"……."

　"……."

　아니, 씨발. 이, 이게 아니라……. 아니, 그러니까 내가 지금 뭔 개소리를 하는 거야! 으아아악!

　나는 속으로 비명을 지르며 그의 어깨에 얼굴을 묻었다. 내가 한 말을 내가 듣고도 믿을 수가 없었다. 내가 지금 뭔 말을 지껄인 거지? 아니, 너는 생각 좀 하고 지껄여, 한겨울 병신아!

　"게이 아니냐고?"

　"아니, 그게 아니라……."

　이놈의 주둥이!

　나는 속으로 다시 비명을 질렀다.

　아니, 근데 애초에 내가 이런 말을 하게 만든 놈이 잘못인 거 아니야? 같이 더 있고 싶다는 말을 왜 해? 보통 그런 건 좋아하는 사람한테 하는 거 아니야? 친구한테도 그딴 낯간지러운 말은 안 하겠다! 왜 말을 이상하게 해서 날 이상한 사람으로 만들어, 왜!

　내 가슴속에서 갈 곳 없는 외침이 메아리가 되어 울려 퍼졌다.

"게이 아닌데?"

"아, 알아. 너 게이 아닌 거 알아."

"근데 왜 물어봐?"

왜기는, 네가 겁나게 애매하게 말해서 물어본 거지! 난 평범한 이성애자기 때문에 남자한테 이런 말을 듣는다고 설레거나 떨리진 않는다. 오히려 닭살이 돋고 기분이 더러워지기만 할 뿐이지!

그러고 보니까 난 지금 여자였고, 가을은 내가 남자였다는 사실을 모르니 그가 게이라고 확정을 짓기에는 애매한 상황이었다.

나는 지금껏 그가 내게 베풀었던 호의나 친절들을 생각하며 다시 조심스레 물었다.

"궁금한 게 있는데 너 나한테 왜 이렇게 잘해줘?"

"내가 잘해줬어?"

"그, 그렇잖아. 잘 생각해봐. 부르지도 않았는데 멋대로 내 방에 쳐들어오고, 황금알 낳는 거위 갖고 싶다고 하니까 그것도 바로 주고, 나한테 밥도 사주고 같이 더 있고 싶다고 하고, 울면 달래주고, 집에도 데려다 주……."

나는 그가 내게 해줬던 일들을 곰곰이 생각하면서 말하다가 입을 꾹 다물었다. 순식간에 등 뒤로 땀이 차오르는 그런 느낌이었다.

아, 암만 생각해도 이건 평범한 친구라고 하기에는 좀 도가 지나치다. 이거 봐, 씨발! 얘는 도대체 왜 날 안고 있는 거냐고! 아무리 친구가 울고 있다고 해도 보통 안아서 집에까지 데려다 주지는 않잖아!

지가 무슨 홍길동이야, 뭐야! 내가 혼자 울고 있거나 위험에 처했을 때 어떻게 알고 이렇게 번쩍번쩍 나타나냐고! 팔찌가 있어서 내가 어디에 있는지 알고 있다고는 해도 어떻게 이렇게 매번 찾아와, 매번!

급 공황상태에 빠진 나는 머리를 쥐어뜯으며 끙끙거렸다.

"왜 그래, 머리 아파?"

"으으윽……."

이, 이건 말도 안 돼! 아니, 아니야. 내가 지금 너무 앞서 가는 걸 수도 있잖아. 그게 아닐 수도 있어. 내가 착각하는 걸 수도 있잖아. 그러니까 일단 물어보고…….

"으아악!"

"울아, 너 왜 그래?"

미쳤나! 물어보긴 뭘 물어봐! "너 혹시 나 좋아해?" 하고 겁나 순진무구하게 물어본다고 될 문제가 아니잖아, 이건!

이러나저러나 내가 할 수 있는 건 아무것도 없었다. 난 날 걱정스럽게 쳐다보는 가을을 보며 고개를 저었다.

"아, 아무것도 아니야. 내가 그냥 가끔씩 발작이 나서……."

"발작이 일어난다고?"

"어, 어, 으응. 내가 아파…… 몸이 많이 아파서……."

으흑흑. 이젠 내가 뭔 말을 지껄이고 있는 건지도 모르겠다.

발작이 왜 일어나는 거냐고 어디가 아픈 거냐고 끈질기게 묻는 가을의 말을 무시한 채 나는 자책하며 축 늘어져 있기만 했다.

그런 내가 아파서 그런 거라고 생각했는지, 그의 걸음이 조금 빨라진 것도 같았다.

멀리서 불이 환하게 들어온 저택이 보였다. 얼마 만에 돌아온 집이냐고 혼자서 속으로 좋아하다가 나는 퍼뜩 고개를 들었다.

"지금 몇 시야?"

"열두 시 넘었어."

그 말을 듣자마자 나는 다시 고속으로 머리를 굴렸다. 이대로 해맑게 "다녀왔습니다!" 하고 쫄래쫄래 들어가면 오늘이 내 제삿날이다. 게다가 나오기 전에 그 난리 블루스를 추면서 나왔는데 내가 무슨 낯짝으로 집엘 들어가겠는가!

"많이 아파?"

"아니, 지금 그게 문제가 아니……."

말을 하다 말고 나는 입을 다물었다. 많이 아프냐고? 그래, 이거다. 차라리 아픈 척을 하자. 가만히 생각해보면 난 오늘 고단한 하루를 보냈다. 몸살쯤은 당연히 걸릴 정도로 오늘 고생을 했다고!

"자, 잠깐만."

나는 가을을 보며 급히 말했다. 내 말에 걷던 가을이 멈춰 섰고, 나는 바닥으로 내려왔다. 아깐 내려달라고 해도 들은 척도 하질 않더니, 집에 다 오자 순순히 날 내려준다.

나는 심호흡을 하고 말했다.

"여기서부터는 내가 해결할 테니까 너도 집에 가."

"무슨 해결을 해? 근데 너 아픈 건 괜찮아?"

"그거 개뻥이었어. 아깐 내가 너무 당황해서 그냥 나오는 대로 지껄인 거라……. 아니, 그러니까 일단 내가 지금 급하게 해결을 해야 할 문제가 있거든?"

정말 마음 같아선 꾀병을 부리고 싶었지만……. 솔직히 오늘 사건은 꾀병으로 무마시키기엔 스케일이 너무나도 컸다.

가을은 알겠다는 듯 고개를 끄덕였다.

"알아, 혼날까 봐 그러는 거지?"

"그래, 난 들어가면 이제 죽은 목숨이야. 그러니까 날 좀 내버려두고 좀 가. 아, 데려다 준 건 고마워."

정말 그 어두컴컴한 길을 혼자 걸어왔을 생각을 하면 눈앞이 아찔했다. 잊지 않고 감사의 인사를 하곤 등을 돌리려고 하는데 가을이 날 붙잡았다.

"나도 같이 갈까?"

"뭐?"

"혼자 혼나는 것보단 둘이 혼나는 게 낫잖아. 오늘은 내가 피에로 잡으러 가자고 해서 늦은 것도 있으니까 같이 가."

"……."

너 그거 진심이냐? 너 미쳤냐? 돌았어? 우리 형이 너만 보면 이를 박박 갈면서 치를 떠는데 너랑 같이 갔다가 나까지 무슨 봉변을 당하라고!

"아니야, 안 그래도 돼. 내가 네 마음만 고맙게 받을게. 혼나는 건 나 하나만으로도 충분……."

"들어가서 그냥 내가 집에 못 가게 했다고 그래. 그럼 좀 덜 혼나는 거 아니야?"

"……."

나는 그의 말에 입을 다물 수밖에 없었다. 지금 나더러 널 팔아넘기고 살아남으라는 거냐? 이게 무슨 청춘 드라마의 한 장면이냐는 생각이 드는 한편, 그에게 조금 미안해지기도 했다.

내가 우물쭈물하자 가을이 내게 말했다.

"피에로 잡으러 가자고 한 건 진짜 미안해."

"……."

"내가 너 대신 혼나줄 테니까 오늘 일은 없었던 걸로 하면 안 돼?"

정말 미안하게 생각하고 있는지 아까부터 그는 계속 피에로 얘기만 했다. 가만히 생각해보면 가을이 정말로 날 인질로 쓴 것도 아니고, 아까 피에로가 도끼를 휘둘렀을 때도 날 밀어내고 그 솥에 있던 수프를 혼자 다 뒤집어썼는데…….

끓고 있던 냄비를 봐서 판단력이 흐려졌나 보다. 나는 떨떠름한 얼굴로 말했다.

"그건 이제 됐어. 집엔 진짜 나 혼자 들어가도 되니까 너도 빨리 집에 가."

내 말에 뭐라고 더 말을 하려던 가을이 입을 다물었다. 그러더니 다짜고짜 이상한 말을 했다.

"그럼 다시 말해봐."

"뭘?"

"아까 내 이름 불렀잖아."

"어? 이름? 아까? 아……. 그게 왜?"

나는 의아한 얼굴로 그를 쳐다봤다. 아까 나보고 자꾸 어디 아프냐고 물어봤던 그 남자한테 붙잡혀서 벌벌 떨고 있을 때 가을을 발견하고 너무 기쁜 나머지 부르기는 했다.

"다시 불러봐."

"……왜?"

자꾸만 이름을 부르라는 그 말투가 이상해서 나는 떨떠름한 얼굴로 다시 물었다. 이름이야 못 부를 것도 없었지만 분위기가 이상해진 것 같아서 섣불리 입을 열 수가 없었다.

"내 이름 처음 부른 거였잖아."

"……아니, 저번에……. 저번에도 불렀던 것 같은데……."

슬금슬금 내가 뒷걸음질을 치자 그가 내 팔목을 붙잡았다.

"그건 내가 협박해서 그런 거고."

"……."

네가 날 협박했다는 건 알고 있었냐? 기가 막힌다는 얼굴로 가을을 쳐다보고 있는데 그가 재촉했다.

"빨리."

"……."

"부르면 갈게."

"……."

나는 눈도 깜박이지 않고 멀뚱멀뚱 그를 쳐다봤다.

그리고 섬광과도 같이 머릿속을 스치는 그것. 그것. 그거! 그거,
그거!

나는 순간 사색이 된 얼굴로 손을 비틀어 냅다 저택 쪽으로 뛰었
다. 미친 것처럼 뛰다가 슬쩍 뒤를 돌자 그 자리에서 가을이 날 쳐다
보고 있는 게 보였다. 나는 재빠르게 다시 고개를 돌려 저택을 향해
뛰었다.

이상해! 쟤 진짜 이상하다고!

저택에 도착하자 시녀들과 시종들은 사색이 된 얼굴로 나를 반겼다. 우는 건지 웃는 건지 알 수 없는 얼굴로 나를 데리고 빠르게 어디론가 갔는데 듣지 않아도 내가 지금 어딜 가는지 알 수가 있었다.

방에 도착해 문이 열리자 그곳에는 역시나 형이 있었다. 형은 안경을 끼고 책상에 앉아 종이를 보고 있었는데, 시녀들은 날 방에 밀어 넣고는 그대로 문을 닫아버렸다. 문 앞에서 내가 멀뚱멀뚱 있자 형이 고개를 들었다.

잔뜩 화가 난 얼굴로 날 쳐다보는 형을 보며 나는 먼저 입을 열었다.

"형."

안경 너머로 보이는 사나운 금색 눈동자에도 나는 무섭기는커녕 혼란스럽기만 할 뿐이었다. 나는 성큼성큼 형에게 다가가 형이 뭐라고 하기도 전에 다시 먼저 입을 열었다.

"내가 귀여워?"

"뭐?"

"내가 섹시해?"

"⋯⋯."

화가 나 있던 형의 얼굴이 점점 일그러지기 시작했다. 나는 그 얼굴을 보며 얼이 빠진 채 중얼거렸다.

"나한테 남자 홀리는 페로몬 같은 게 나오나?"

"⋯⋯."

"아니면 왜 그래? 내가 뭘 했다고? 나도 내가 오해를 한 거라고 생각했어. 내가 너무 심신이 고단해서 제대로 된 사고를 하지 못한다고 생각을 했다고. 근데 아무리 생각해도 이건 좀 아니잖아. 암만 생각을 해봐도 이건 이상하다고! 이상해, 진짜 이상, 악!"

혼자 말하고 혼자 대답하고 있는데 형이 내 이마에 딱밤을 날렸다. 머리통을 부여잡고 나는 울상을 지었다.

"아닐 거야. 아닐 거야. 내가 지금 착각하고 있는 거야. 근데 내 촉이 왜 이러냐고, 지금 내 촉은 아닌 게 아니라고 말하고 있잖아!"

"너 지금 혼나기 싫어서 미친년 코스프레 하냐?"

"그래, 그거야! 내가 미친년이지! 내가 미친 거야! 내가 미친 거라고! 지금 너무 힘들어서 내 뇌가 오작동을 하고 있는 거야. 그래, 그게 맞아. 일단 한숨 자고 일어나면 모든 건 원상태로 복귀돼 있을 거야. 그래, 일단 지금은 잠을 좀⋯⋯."

나는 혼자 중얼거리면서 눈앞에 보이는 커다란 침대로 기어들어 갔다. 침대에 몸을 반쯤 걸치고 이불을 드는데 형이 갑자기 내 뒷덜미를 잡더니 강제로 날 돌려 앉혔다.

"너 볼에 난 상처는 어디로 갔어?"

"어? 볼에 상처? 어? 응?"

너무 정신이 없었다. 아, 볼에 난 상처. 아킨토스랑 싸우다가 뺨 맞고 생긴 상처, 그래. 그거…….

나는 손을 들어 더듬더듬 내 볼을 만졌다. 하지만 볼은 매끈하기만 했다. 의아한 얼굴로 볼을 만지고 있는데 형이 잡고 있던 내 뒷덜미를 놓더니 허리를 폈다. 반사적으로 고개를 들자, 형이 입을 열었다.

"병아리."

"어?"

"너 누구 만나고 왔냐?"

"……."

거의 99%는 확신을 한 얼굴로 형은 물었다. 어차피 걸린 거 지금 내가 생각하고 있는 게 진짜로 맞는 건지 물어나 보자 싶은 마음에 나는 형의 손을 붙잡고 최대한 태연한 얼굴로 물었다.

"이건 내가 별 뜻이 있어서 그런 게 아니라 그냥 정말로 궁금해서 물어보는 거야. 그러니까 오해하지 말고 들어. 알겠지? 형, 그 사람 알지? 가을이 있잖아. 탑의 마법사라는 그 사람. 걔가 혹시……. 그러니까 걔가 혹시……. 게, 게이냐?"

"……."

"……."

내 조심스러운 물음에도 형은 아무 말도 하질 않았다. 멀뚱멀뚱 말끄러미 그저 그렇게 날 쳐다보기만 하다가 형이 갑자기 한숨을 내쉬었다. 그러더니 내 손을 쳐내며 등을 돌렸다.

"내일 얘기하고 일단 자."

"형, 내가 지금 좀 심각······."

나는 형의 뒤를 졸졸 쫓아가며 말했다. 그때 형이 고개를 돌려 날 쳐다봤는데, 그 얼굴이 꼭 지옥에서 올라온 악귀 같았다.

"지금 당장 뒈질래, 하루라도 편히 자고 내일 뒈질래?"

"······자, 잘 거야. 지금 자. 어, 나 지금 잘게."

나는 황급히 침대 속으로 기어들어 갔다. 밝으면 잘 못 자는데 차마 여기서 불 좀 꺼달라는 말은 못 하겠다. 나는 그냥 이불을 머리끝까지 뒤집어쓰고 눈을 감았다. 세수도 하고 싶고 양치도 하고 싶고 좀 씻고 싶었지만 그럴 수도 없었다. 빼꼼 고개를 내밀어 책상 쪽을 보자 형이 산처럼 쌓여 있는 종이를 보고 있는 모습이 보였다. 나는 다시 얼굴을 이불 속으로 넣고 눈을 감았다.

자자. 그래, 일단 한숨 자고 생각하자.

내가 눈을 뜬 건 귓가로 노크 소리가 들려왔을 때였다. 원래 자다가 잘 안 깨는데 오늘따라 왜 눈이 떠진 건지는 모르겠지만, 나는 질질 흘린 침을 닦고는 다시 베개에 얼굴을 비비면서 몸을 웅크렸다.

"예하, 경비대에서 연락이 왔습니다."

"경비대에서 왜?"

귓가로 낯선 목소리와 형의 목소리가 들려왔지만 나는 무시하고 자려고 했다. 하지만 내 편안한 취침은 그다음 말에 완전히 물 건너가 버렸다.

"그게⋯⋯. 한겨울 님께서 현상수배범 춤추는 피에로를 잡으셨다고 현상금 받아 가시라고⋯⋯."

그 말에 순간 나는 번쩍 눈을 떴다. 나는 숨 쉬는 것도 잊고 눈을 동그랗게 뜬 채 눈만 껌벅거렸다. 춤추는 피에로?

"누가 뭘 잡았다고?"

"따님께서 춤추는 피에로를요."

"⋯⋯."

"춤추는 피에로는 특급 범죄자라 세금 떼이는 것도 없이 8골드

전액지급이라고 쓰여 있습니다. 본인 이외에 다른 사람은 친족이라고 해도 지급이 안 되니 꼭 본인이 오시라고……."

나는 슬금슬금 이불 속으로 기어들어 가 베개를 꽉 끌어안고 얼굴을 묻은 채 숨을 죽이고 있었다. 곧 다시 문이 닫히는 소리와 점점 이쪽으로 걸어오는 형의 발걸음 소리도 들렸다. 나는 숨도 쉬지 않고 그대로 죽은 듯 누워 있었다.

발걸음 소리는 분명 근처에서 멎었는데 아무런 소리도 들리질 않았다. 날 깨우거나 때리거나 뭐든 할 줄 알았는데 조용하기만 해 결국 나는 작게 실눈을 떴다.

하지만 베개에 얼굴을 묻고 있어서 실눈을 떠봤자 보이는 건 아무것도 없었다. 혹시 갔나 싶어, 나는 천천히 고개를 돌렸다. 그리고 뒤를 보자마자 나는 그대로 굳어버렸다.

"3초 준다. 일어나."

그 말에 나는 1이라는 말이 나오기도 전에 벌떡 몸을 일으켰다. 형은 지옥에서 온 저승사자 같이 침대 옆에 서서 가만히 날 쳐다보고 있었다. 나는 반사적으로 벌떡 일어나 침대에 무릎을 꿇고 입 닥치고 가만히 고개만 숙이고 있었다.

"춤추는 피에로를 네가 어떻게 잡아?"

"그거 내가 잡은 게 아니라……."

"그 미친 새끼랑 어제 살인범 잡고 다녔냐?"

"아니! 아니야, 그게 아니라. 이게 어떻게 된 거냐면, 그러니까……."

도대체 어디서부터 어떻게 말을 해야 할지 알 수가 없었다. 막 일어나서 그런 건지, 아니면 너무 당황해서 그런 건지 머릿속이 백지 상태였다. 입도 제대로 움직이질 않아 혼자서 웅얼웅얼거리고 있는데 형이 한숨을 내쉬며 침대맡에 앉았다. 다리를 꼬고 앉아 형은 붉은 인장이 찍힌 종이를 보고 있었다.

"죽인 것도 아니고 산 채로 포획했다?"

"……"

종이에는 피에로를 어떻게 잡은 건지도 다 나와 있나 보다. 형은 고개를 들어 다시 날 쳐다봤다.

"넌 내가 병아리라고 한다고 네가 진짜 병아리 같냐?"

"……"

"이 새대가리 새끼가 어딜 겁도 없이 살인범을 잡는다고 설쳐? 이게 요즘 간덩어리가 쳐 부었나, 내 말을 개 짖는 소리로 듣는 것도 모자라서 뭐? 춤추는 피에로를 산 채로 포획을 해?"

소리도 지르지 않고 평소 대화하듯 낮은 톤으로 말하는 그 목소리에 나는 형이 정말로 화가 났다는 걸 알 수 있었다. 평소 같았으면 내가 네 말을 언제 개 짖는 소리로 들었냐고 반박이라도 했을 텐데, 지금 그런 말을 했다간 하늘이 노랗게 보일 때까지 얻어터질 것 같았다.

"너 요즘 사춘기 왔냐? 왜 이렇게 말을 안 들어?"

"……"

한숨을 내쉬며 말하는 형을 보면서 나는 입을 꾹 다물었다.

때리지는 않으려고 꾹 참고는 있는 것 같았지만, 그 더러운 성질머리가 어딜 가겠나. 형은 내가 계속 아무런 말도 하질 않자 결국 주먹을 쥐며 다시 말했다.

"일단 좀 맞고 시작할까?"

"아니요, 사춘기 안 왔는데요……."

나는 퍼뜩 고개를 들어 부정했다. 떨어질 것처럼 세차게 고개를 흔들고 있는데 형이 주먹을 쥔 손을 풀고 다시 말했다.

"일단 어제 나가서 뭐하고 돌아다녔는지부터 말해."

"그러니까 나가서……. 나가서 그냥 있는데 가을이가 와서 갑자기 밥해달라고, 자기 집이 여기에 있다고 해서 거기 가서, 오므라이스 만들어서 먹고 또……. 수플레 만들려고 하다가 오븐도 없고 재료도 없고 해서 피에로 잡으러 가자고 해서, 그래서 거기 갔다가……."

힐끔힐끔 형의 눈치를 보며 나는 횡설수설 말했다. 나도 지금 내가 뭔 말을 지껄이고 있는지 몰랐다.

"그, 그러다가 보니까 열두 시가 넘어서……. 그 피에로는 그냥 어쩌다가 보니까 가을이가 피에로 잡으러 여기에 왔다고 해서, 그냥 진짜 어떻게 하다가 보니까 같이 갔는데……. 난 아무것도 안 했는데……. 그냥 가기만 같이 갔는데……."

"거길 왜 같이 가?"

"그게 나도……. 그러니까 나도 그게 의문이기는 한데……. 나보고 거짓말했냐고 하면서 갑자기 수배지를 찢는데 내가 좀 쫄아서 같이 간 것 같기는 한데……."

횡설수설 말하는 내 말을 다 알아들은 건지 아니면 알아듣기를 포기한 건지 형은 다시 한숨을 내쉬었다.

그러고 보니까 옷도 밤에 봤던 거랑 똑같았다. 밤에 서류를 볼 때 끼고 있던 안경도 그대로였다. 피곤에 찌든 그 얼굴을 멀뚱멀뚱 보다가 나는 조심스럽게 물었다.

"밤 샜어?"

"어제 했던 말은 뭔데?"

형은 내 말에 대답도 하질 않고 안경을 벗어 엄지와 검지로 눈 사이를 꾹꾹 누르며 물었다. 꼴을 보니까 아무래도 밤을 샌 것 같았는데, 잊고 있었던 중요한 사실이 떠올라 형을 걱정할 여유가 사라졌다.

"탑의 마법사가 게이냐고?"

"……."

이런 씨발. 무릎을 꿇고 얌전히 있던 나는 그대로 옆으로 넘어갔다. 나는 풀썩 침대에 쓰러져 이불을 붙들고 흐느끼다가 다시 벌떡 일어났다.

"내가 도끼병이 있나?"

형은 내가 왜 이런 말을 하는 건지 대강 짐작하는 눈치였다. 나는 울상을 짓고 어제 있었던 일을 줄줄 읊었다.

"걔가 좀 이상해. 내가 이상한 걸 수도 있는데 내가 생각하기에는 걔가 이상한 것 같다고!"

"네가 밖에서 무슨 짓거리를 하고 다니든 상관은 안 하는데……."

형은 다시 안경을 쓰며 침대에서 일어섰다. 뒷말을 듣기 위해 나는 침대에서 네발로 기어 형에게 다가갔다. 내가 빠른 속도로 기어가자 형은 날 내려다보며 말했다.

"그 새끼는 안 돼."

"뭐, 뭐가 안 된다는 건데?"

"뭐든. 앞으로 만나지도 말고 말도 하지 말고 혹시라도 집적거리면 칼 한 자루 줄 테니까 그걸로 찔러, 알겠냐?"

"……."

탑의 마법사나 춤추는 피에로나 아르젠 교황이나 자웅을 겨루는 미친놈들이었다. 춤추는 피에로야 어제 처음 만났으니 뭐라고 할 말은 없다만 내가 강가을이랑 우리 형은 좀 알 것도 같았다. 왜 나 같은 민간인 주변에 미친놈들이 이렇게 많은 거지?

결국 형에게 상담하는 건 포기하고 나는 한숨을 내쉬었다. 형한테 왜 그 새끼는 안 되는 거냐고 묻고 싶은 마음도 없었다. 아마 형은 자기가 강가을을 겁나게 싫어해서 나보고도 안 된다고 하는 걸 거다.

형이 등을 돌리는 걸 보고 나는 침대에 벌러덩 엎어졌다. 종이 쪼가리나 보러 가는 줄 알았는데 잊은 게 있는 건지 다시 침대에 앉았다. 그러더니 다짜고짜 물었다.

"불만이 뭔데?"

"뭐가?"

"뭐가 불만이냐고."

또 뭐가? 난 물어보는 거 다 대답했는데? 내가 의아한 얼굴로 형을 보자 형이 잠시 생각하는 것 같더니 내게 물었다.

"아킨토스가 그렇게 싫나?"

"……."

아……. 이것도 잊고 있었다. 어제 너무 파란만장한 하루를 보내서……. 나는 다시 침대에서 일어나 앉았다. 그리고 머리를 벅벅 긁으며 투덜거렸다.

"걔가 나한테 거지라고 했단 말이야."

"하늘 같으신 형님한테는 씨발새끼 개새끼라는 말도 하면서 거지라는 말 한마디 들었다고 그 지랄을 해?"

확실히 거지라는 말 하나 들었다고 이렇게까지 난리를 피우고 집까지 뛰쳐나갔다는 건 말도 안 됐다. 하지만 이 문제만큼은 잘못했다고 말하고 싶지 않았다.

"패."

"뭐?"

"그냥 날 패라고. 난 절대 사과 못해."

"……."

나는 마음을 굳게 먹고 눈을 감았다. 차라리 날 그냥 패라. 겁나게 두드려 맞으면 아프긴 하겠지만 그래도 속은 후련해질 것 같았다.

눈을 질끈 감고 있는데도 날아올 주먹이 날아오질 않아서 나는 슬쩍 눈을 떴다. 그러자 형이 손으로 내 이마를 철썩 하고 때렸다.

불의의 기습을 당한 나는 이마를 부여잡고 소리쳤다.

"왜 때려!"

"패라며."

"이건 패는 게 아니라 때리는 거잖아! 그리고 너는 우리 형이면서 왜 내 편을 안 들고 개 편을 들어?!"

서러워서 내가 소리치자 형은 기가 막힌다는 얼굴로 날 쳐다봤다.

"네가 한두 살 처먹은 애새끼냐?"

이건 한두 살 처먹은 애새끼가 아니라도 겁나게 기분이 더러운 일이 거든요? 별로 아프지는 않았지만 나는 아픈 것처럼 이마를 붙잡고 투 덜거렸다.

그런 날 한심하게 쳐다보던 형이 침대에서 일어나며 말했다.

"씻어. 밥 먹고 탄트라로 갈 거니까. 아이리스랑 아킨토스는 내 동 생이니까 너도 좀 적당히 하고."

그 말에 나는 얼이 빠졌다. 뭐, 인마? 내 동생? 태연한 얼굴로 말 하는 형을 보며 나는 울상을 지었다.

"그럼 나는?"

나는 네 동생 아니냐? 아, 진짜 서러워 죽겠네!

열불이 치솟아서 베개를 툭툭 건드리고 있는데 형이 다시 태연하 게 말했다.

"넌 내 아들, 병신아."

그 말에 나는 고개를 들어 형을 쳐다봤다. 아주 잠시 동안 침묵이 맴돌았고, 나는 괜히 민망해져서 침대에서 내려오며 투덜거렸다.

"아들이 아니라 딸이거든, 병신아?"

씻으러 욕실에 들어가려고 하는데 욕실이 어디에 있는지도 모르겠다. 왜 이렇게 민망한 건지는 모르겠지만 빨리 여길 좀 벗어나고 싶어서 욕실을 찾아 두리번거리고 있는데 귓가로 형이 날 부르는 소리가 들려왔다.

"병아리."

"왜?"

고개를 돌리자 형이 웃고 있었다. 그 미소에 순간 움찔한 나는 본능적으로 가드를 올리며 뒷걸음질을 쳤다.

"네가 요즘 살만하지?"

"……병신이라는 말은 취소하겠습니다."

혹시 또 부리 째지고 싶냐는 말을 할까 봐 나는 잽싸게 입을 가리며 비굴하게 말했다.

씻고 간단하게 아침을 먹은 뒤 형과 나는 다시 마차에 올랐다. 아이리스랑 아킨토스는 어젯밤 탄트라로 돌아갔다고 했다.

공개수업이라는 건 별로 다른 건 없고 그냥 학생들이 공부하는 모습을 공개적으로 보여주는 행사인데, 평소엔 외부인이 출입할 수 없는 탄트라에서 축제 이외에 유일하게 외부인을 학교 내로 들이는 행사라고 했다. 탄트라가 워낙 명문 사립학교라 다른 나라 귀족은 물론이고 왕족까지 이 학교에 다닌다고 한다.

금이를 데리고 학교 안을 활보할 수는 없어서 시녀에게 잘 맡겨놨다. 나는 날갯짓을 하며 꽥꽥 울던 금이를 생각하며 한숨을 내쉬었다. 그래도 명색이 내 애완동물인데 이렇게 매번 혼자 놔둬서 조금 미안한 마음이 들었다.

매일 뭐가 그렇게 바쁜지 형은 마차 안에서도 서류를 보고 있었는데 그 모습이 너무 생소했다. 이곳에 와서 내가 제일 많이 본 게 형이 일을 하는 모습이기는 했지만 그래도 좀 적응이 안 됐다.

나는 형이 다 본 서류를 몇 번 훑어보다가 무슨 말인지 도통 알 수가 없어 금세 흥미를 잃었다.

서류를 내팽개치고 마차 창문을 열자 멀리서 커다란 성이 보였다. 연한 회색 내벽에 지붕 끝이 뾰족한 성은 인터넷에서 봤던 독일의 성과 조금 비슷했다.

"저기가 탄트라야?"

내 말에 형은 고개도 들지 않고 고개를 끄덕였다. 보지도 않고 내가 뭘 말하는지 어떻게 알아? 귀찮아서 대충 대답한 거지? 나는 형을 보며 투덜거리다가 다시 창문 밖으로 시선을 돌렸다.

무슨 학교가 성이야? 겉모습으로만 봤을 땐 그렇게 화려해 보이지는 않았지만 일단 크기가 너무 컸다. 일단 딱 보이는 것만 해도 저렇게 큰데 실제로는 얼마나 클까? 성을 빤히 보다가 나는 길가에 길에 쭉 늘어서 있는 노점상으로 시선을 돌렸다. 공개수업이라고 해서 그런지, 아니면 원래부터 여기가 노점상 골목인지 각종 음식을 파는 노점상들이 길게 줄을 지어 있었다. 아침으로 빵이랑 주스를 먹기는 했지만 자고로 음식이라는 건 눈에 보이면 먹고 싶은 법이다.

"우리 점심은 언제 먹어?"

입가에 잔뜩 고인 침을 꿀꺽 삼키며 나는 물었다.

"아침 안 먹었냐?"

아침 먹은 지 얼마나 지났다고 벌써부터 점심 타령이냐는 듯 형이 날 쳐다봤다. 열어놓은 창문 틈으로 솔솔 들어오는 꼬치 냄새에 나는 고개를 저으며 말했다.

"아니, 먹었는데 조금밖에 안 먹었어. 빵이랑 주스. 나 저 꼬치 하나만 사주면 안 돼? 두 개 사줘도 되는데……."

"사람 많아서 마차 못 세워."

안 된다는 말이었다. 아쉬운 마음에 나는 창문 밖으로 얼굴을 내밀고 휙휙 지나가는 노점상을 구경만 했다.

지글지글 익고 있는 꼬치도 보이고 바삭바삭해 보이는 과자도 보이고 내 얼굴보다 훨씬 더 커다란 동그란 빵도 보였다. 꼬치에 과일을 꽂아 꿀을 바른 과일 꼬치도 보였고, 난생처음 보는 것도 있었지만 그것도 맛있어 보였다.

"탄트라가 학교니까 거기에 매점도 있겠지?"

"넌 거길 밥 먹으러 가냐?"

형이 서류를 옆으로 내려놓으며 한숨을 내쉬었다. 그런 형을 보며 나는 비장하게 말했다.

"어렸을 때부터 내 소원이 뭐였는지 알아?"

"장수풍뎅이 되는 거."

"……."

아니, 씨발. 그게 언제 적 얘긴데 아직도 기억하고 있어!

어렸을 때 장수풍뎅이가 너무 멋있어서 내 소원은 장수풍뎅이가 되는 거였다.

나는 어렸을 때 몇 달 동안 형한테 장수풍뎅이 되게 해달라고 울면서 징징거렸던 내 흑역사를 떠올리다가 다시 말했다.

"우리 학교 밑에 꼬치가 하나에 1,500원 했거든? 근데 그거 하나로는 배가 안 찬단 말이야. 그렇다고 또 사 먹자니 돈도 없고. 그래서 내 학창시절 소원은 배 터질 때까지 꼬치 한 번 먹어보는 거였어."

무슨 꼬치 하나에 소원씩이나, 라고 생각할지도 모르겠지만 나는 심각했다. 학교 마치고 상진이 새끼랑 꼬치 하나씩 사서 지하철 타러 가는 그 길에서 얼마나 입맛을 다셨나. 다 먹은 나무 꼬챙이를 이로 씹는 건 일상이었다.

"근데 이게 이상한 게 돈 많을 땐 꼬치 말고 다른 걸 먹게 되는 거야. 피자나 햄버거나 아무튼 더 비싼 거."

별것도 아닌 얘기를 뭐 그렇게 심각하게 하냐며 형이 날 한심하게 쳐다봤다. 넌 참 세상 편하게 살아서 좋겠다는 그런 눈이었다.

이런저런 쓸데없는 이야기를 하는 와중에 탄트라에 도착했다. 마차가 서자 나는 형이 줬던 망토를 입고 의자에서 일어섰다.

형 뒤에 딱 붙어서 마차에서 내리자 눈앞에 커다란 철창문이 보였다. 마차 안에서 볼 때도 사람들이 바글바글하더니 내리니까 훨씬 더 많은 것 같았다. 또 별장에서처럼 사람들이 일자로 길게 줄지어서 서 있으면 어쩌나 했는데 다행히 그런 건 없었다.

형을 따라 학교 안으로 들어가면서 나는 주변을 두리번거렸다. 형은 어딜 갈 때마다 사람들이 늘 따라붙었는데, 오늘은 그러지도 않았고 예하라고 인사하는 사람도 없었다. 평소에는 얼굴을 내놓고 다니다가 오늘은 형도 나처럼 후드를 쓴 걸 보며 나는 조용히 물었다.

"혹시 우리 몰래 온 거야?"

"온다고 말하고 오면 골치 아파. 돌아다니지도 못하고."

"그럼 지금은 막 아무 데나 돌아다녀도 돼?"

내가 눈을 반짝반짝 빛내며 묻자 형이 고개를 숙여 날 쳐다봤다.

후드 사이로 보이는 형의 눈동자가 살벌했다.

"너 여기서 미아 되면 죽는다."

그 말에 나는 펄렁 펄렁한 형의 후드 자락을 쥐었다. 아까 걸을 땐 사람이 워낙 많아 치여서 넘어질 뻔했는데 형한테 바짝 붙어서 걸으니까 그나마 나았다. 바짝 신경을 쓰고 걷다가 좀 진정이 되자 나는 주변을 훑었다. 공개수업이라는 게 축제라도 되는 건지 학교라기보다는 놀이공원처럼 보였다. 풍선을 들고 걸어 다니는 사람도 있고, 또 아까 밖에서처럼 노점상들이 많았다. 어디를 가는 건지는 모르겠지만 그냥 형을 따라 걷다가 쥐고 있던 후드 자락을 끌어당겼다.

"우리 지금 아이리스 만나러 가?"

"그냥 가서 수업 듣는 것만 보고 올 거야."

"왜? 아이리스는 안 만나고 그냥 가게?"

"들키면 골치 아프니까 너도 안 들키게 조심해라. 혹시 아이리스나 아킨토스 만나면 그냥 모르는 척해."

엥? 그럼 여길 왜 온 거야? 그러다 나는 형의 옷자락을 끌어당겼다. 앞으로 걷던 형이 내가 끌어당기자 날 따라왔다. 나는 꼬치를 팔고 있는 노점상에 시선을 고정한 채 노점상 할머니에게 말했다.

"이거 두 개만 주세요."

먹음직스럽게 구워진 꼬치에 입에 침이 고이기 시작했다.

할머니가 꼬치를 내게 건네주자 형이 계산했고, 나는 정말 예의상 물었다.

"먹을래?"

"너나 처먹어."

그럴 줄 알았다. 어차피 이거 두 개 산 이유도 형을 주려고 그런 게 아니라 나 혼자 두 개를 다 먹으려고 산 거였기 때문에 나는 꼬치를 입에 물고 우걱우걱 씹었다.

양념이 좀 달기는 했지만 굉장히 맛있었다. 형을 따라 걸으면서 꼬치 하나를 다 먹고 다른 하나를 먹으려고 하는데 형이 내게 말했다.

"왜 그렇게 빨리 먹어?"

"맛있으니까!"

"또 그거 먹다가 토하고 꼬치에 독 들어 있는 거 아니냐고 해라."

"……."

나는 토마토 사건을 떠올리고 고개를 돌려 모른 척했다. 그때 일은 생각만 해도 쪽팔렸기 때문이다.

난 그 토마토에 정말 독이 들어 있는 줄 알았다. 그때까지만 해도 가을이 미친 살인범으로만 보였기 때문에. 뭐, 사실 지금도 그렇게 달라진 건 아닌데 그래도 예전만큼 무섭지는 않았다. 그런 생각을 하다가 갑자기 어제의 일이 떠올라서 나는 형을 보며 물었다.

"난 결혼은 어떻게 해?"

"뭐?"

"난 지금 여잔데, 내가 남자랑 결혼할 수도 없고 그렇다고 여자랑 결혼할 수도 없고, 난 이제 어떡해? 난 빨리 결혼해서 떡두꺼비 같은 내 새끼들이랑 여우 같은 마누라랑 오순도순 사는 게 꿈이었단 말이야."

건물 안으로 들어오자 바깥보다는 사람이 없었다. 게다가 엄청 조용했다. 교실로 보이는 곳에서는 아이들이 공부를 하고 있었는데 제일 뒤쪽에는 그 아이들의 부모처럼 보이는 사람들이 보였다. 그 교실의 광경을 가만히 보다가 나는 다시 형을 보며 말했다.

"내 촉이 진짜 정확하거든? 근데 촉이 왔어. 아무래도……."

형이 겁나게 싫어하는 그 탑의 마법사가 날 좀 특별하게 생각하고 있는 것 같아. 그렇게 말하려고 하는데 갑자기 뒤에서 누군가가 형을 덮쳤다. 형의 허리가 앞으로 기울어지며 후드가 벗겨졌고, 나는 놀라서 고개를 퍼뜩 들었다.

"형님!"

아킨토스였다. 아킨토스는 어제와는 다르게 머리를 하나로 묶고 있었는데 발갛게 상기된 얼굴로 형의 등에 매달려 있었다.

"안 온다고 하지 않으셨어요?"

아킨토스는 반짝반짝 눈을 빛내며 말했고 형은 침음성을 냈다.

갑자기 주변이 술렁였다. 당황한 나는 후드를 더 꾹 눌러쓰고 주변을 살폈다. 사람들은 가던 길도 멈추고 죄다 형을 쳐다보고 있었고 교실에서 수업을 듣고 있던 학생들도 하나 둘 형을 발견하고는 창문에 딱 붙어 우리를 구경했다.

우리는 순식간에 동물원의 원숭이가 되어 버렸다.

"아킨토스."

"누나는 신학개론 듣고 있는데 거기 가던 중이에요?"

"그럴 계획이었는데 너 때문에 난 교장실이나 가야겠다."

형은 한숨을 내쉬며 후드를 다시 썼다. 이젠 아주 형을 중심으로 사람들이 둥그렇게 원을 만드는 지경까지 이르렀다. 나는 다 먹고 남은 나무 꼬챙이를 한 손에 들고 한 손으로는 형의 옷깃을 꽉 잡고 있었는데 갑자기 엄습하는 불길한 기운에 손가락에 힘을 줬다.

아니나 다를까, 내 예감은 적중했다. 형은 자기 옷을 잡고 있는 내 손을 떼어내며 말했다.

"난 가야 하니까 아킨토스랑 놀다가 수업 끝나면 정문 앞으로 와."

"누, 누구랑 뭘 하라고?"

슬쩍 고개를 돌리자 아킨토스는 그제야 내 존재를 발견했는지 잔뜩 일그러진 얼굴로 날 쳐다보고 있었다. 싸우지 말라느니 사이좋게 지내라느니 그런 말을 하려는지 형이 무어라 말을 하려고 할 때 누군가가 형을 불렀다.

"예하!"

형이 고개를 돌렸고, 그곳에는 나이가 지긋이 든 할아버지가 있었다.

"그동안 별고 없으셨습니까? 기별을 넣어주셨더라면 마중이라도 나갔을 텐데……."

형이랑 할아버지를 가만히 보고 있는데 아킨토스가 내 옆으로 와서 후드를 손가락으로 툭툭 치며 말했다.

"넌 뭐야?"

"내가 뭘?"

"네가 여길 왜 왔냐고."

내가 여길 너 보러 왔냐?

아킨토스는 날 노려보다가 내 얼굴이 잘 보이질 않아 갑갑했던 건지 멋대로 내 후드를 벗겼다. 나도 답답해서 원래 후드는 벗고 싶었는데, 벗긴 게 아킨토스라 나는 잽싸게 후드를 다시 썼다.

"건드리지 마."

최대한 살벌하게 말했지만 아킨토스는 코웃음을 쳤다.

"땅꼬마 같은 게."

"이게 나이도 어린 게 어디 형님한테 땅꼬마래!"

내가 버럭 소리치자 코웃음을 치고 있던 아킨토스가 이상한 얼굴로 날 쳐다봤다. 한 번만 더 건드리면 이 나무 꼬챙이로 확 쑤셔버리겠노라고 다짐하고 있는데 아킨토스가 말했다.

"너 좀……. 이거냐?"

아킨토스는 검지를 관자놀이 쪽에 대더니 빙빙 돌리며 말했다. 저 놈 눈에는 내가 미친년처럼 보이나 보다. 하지만 나는 딱히 화가 나거나 그러진 않았다. 나도 아킨토스를 미친놈처럼 보고 있으니까!

"모자라는 것도 아닌데 어제부터 왜 그렇게 말해? 형님한테 우리형이라고 하질 않나 이젠 아주 자기한테도 형님이라고 하네. 아니면 너 혹시 여자가 아니라 남자냐?"

그 말에 나는 홍길동의 기분을 십분 이해할 수 있었다. 지금 내가 남잔데도 남자라고 말하지 못하는 심정이 홍길동이 아버지를 아버지라고 부르지 못했던 그 심정과 뭐가 다를까.

차마 나는 여자라고는 할 수 없어서 입을 꾹 다물고 있는데 아킨토스가 작은 목소리로 중얼거렸다.

"하긴……. 넌 남자라고 해도 믿기는 믿겠다."

나는 아킨토스의 시선을 따라 고개를 숙였다. 그의 시선이 향한 곳은 내 가슴이었다. 나는 그대로 나무 꼬챙이를 아킨토스에게 던지며 가슴을 가렸다.

"이 변태 새끼야!"

아킨토스는 내가 던지는 나무 꼬챙이를 가볍게 피하며 얄밉게 웃었다. 그때 할아버지와 이야기 중이던 형이 고개를 돌려 아킨토스를 보며 말했다.

"병아리 잘 챙겨라."

"제가요? 제가 왜요?"

"멍청해서 길 잘 잃어버리니까 옆에 붙어 있어."

"형님!"

아킨토스의 처절한 울부짖음을 무시한 채 형은 등을 돌렸다. 마치 모세의 기적처럼 그 많던 인파가 정확하게 두 갈래로 갈라져 길을 만들었다. 그 길을 따라 형은 유유히 걸어갔다.

나는 절망하는 아킨토스를 보며 코웃음을 쳤다. 어차피 저런 놈이랑 붙어 있을 마음은 추호도 없었기에 나 역시 그대로 등을 돌렸다.

아, 형한테 돈 좀 달라고 하는 걸 잊었다.

꼬치 두 개로는 간에 기별도 가질 않아 배를 슬슬 문지르며 걸음을 옮기려고 하는데 누가 날 뒤에서 잡아당겼다. 몸이 기우뚱하고 뒤로 기울어져서 그대로 엎어질 뻔한 걸 가까스로 중심을 잡고는 고개를 휙 돌렸다.

"왜!"

내 예상대로 범인은 아킨토스였다.

"나라고 너랑 같이 있고 싶은 줄 알아?"

"근데 뭐가 문제야? 우린 그냥 각자 알아서 갈 길을 갑시다."

그렇게 말하고 다시 몸을 돌리려고 하는데 아킨토스가 내 옆에 섰다. 나는 기가 막힌다는 얼굴로 그를 올려다봤다.

"안 돼, 형님이 나한테 맡긴 일이니까 넌 나랑 계속 같이 있어야 돼."

"뭐, 인마?"

"넌 여기 길도 모르면서 어딜 가려고?"

"아이리스 만나러 갈 건데?"

"길은 알긴 하나?"

나는 대답할 수가 없었다. 여긴 처음 와보는 거라 정말 길을 몰랐기 때문이다. 그렇다고 저놈의 도움을 받고 싶지는 않았다.

"네가 형님이 찾던 그 병아리지?"

앞으로 아킨토스가 무슨 말을 하든 그냥 쌩까려고 했는데 그 말에 나는 발끈하지 않을 수가 없었다.

이게 다 형 때문이었다.

내가 왜 다른 세상에 와서까지 그 병아리라는 말을 들어야 돼? 이젠 아주 개나 소나 다 나보고 병아리래!

"병아리 아니거든?"

"근데 형님이 왜 너한테 병아리라고 해?"

"그건 그 새끼 속이 겁나게 시커메서 그런 거야. 내가 계속 병아
리라고 부르지 말라고 난리 치니까 그거 보는 게 웃겨서 그러는 거
라고."

그 성격파탄자는 충분히 그러고도 남을 위인이었다. 내가 투덜거
리자 아킨토스가 질렸다는 얼굴로 날 쳐다봤다.

"왜?"

"너 혹시 형님 앞에서도 그 새끼라고 그러냐?"

"⋯⋯너 미쳤냐? 네 눈깔엔 내 목숨이 한 열두 개는 돼 보여?"

물론 형 앞에서 욕을 한 적은 있었지만 그건 전부 내 정신이 반쯤
은 나갔을 때뿐이었다. 맨정신으로 그런 짓을 하기에 아직 내 간은
너무 작았다. 아킨토스는 처음으로 내 말에 긍정을 표했다.

"그건 그렇지. 그랬다가는 맞아 죽을 거야."

"⋯⋯."

"⋯⋯."

그때 아킨토스와 내 눈이 허공에서 서로 마주쳤다. 그 찰나의 순
간 우리는 동병상련의 기운을 느꼈고, 짜증 나 죽겠던 아킨토스가
갑자기 동지처럼 느껴지기 시작했다. 그 느닷없는 동지애에 나는 그
의 손을 붙잡았다.

"너도 혹시 맞으면서 컸냐?"

"⋯⋯설마 너도?"

아킨토스는 내 손을 맞잡으며 조심스레 되물었다. 내 이럴 줄 알
았다. 그 더러운 성질머리가 어딜 가겠냐고!

나는 이 타지에서 동지를 만났다는 기쁨에 속사포처럼 말을 쏟아내기 시작했다.

"내가 씨발, 서러워서 살 수가 없어. 너 그 새끼가 술 처먹고 꼭두새벽에 해장국 끓이라고 깨운 적 있냐? 싫다고 이불 덮어쓰면 이불 채로 창문 밖으로 내던진다고 협박하고 자기한테 더 가까이에 있으면서 나보고 리모컨 가지고 오라고 시키고……. 야, 그리고 내가 여기에 와서도 얼마나……. 진짜, 아…….'

"형님 술 잘 안 드시는데? 리모컨은 또 뭐야?"

"그런 게 있어, 이 병신아. 진짜 내가 지금까지 고생한 거 책으로 엮으면 고생 팔만대장경 나온다고."

내가 흑흑 거리자 아킨토스도 과거에 있었던 일을 생각하듯 아련한 눈을 하고선 말했다.

"내가 열세 살 때 학교 가기 싫어서 가출한 적이 있는데, 그때 잡혔다가 거짓말 안 하고 진짜 낮 열두 시에 하늘에 별이 보이도록 얻어터졌다. 그리고 난 성기사가 되고 싶은데, 형님이 넌 검에 소질이 없다고 기사가 되는 건 포기하라고 했거든. 그럼 한 번만 대련해달라고 그랬다가 내가 어떤 꼴이 났는지 아냐? 검 한 번 부딪혔는데 손목이 나갔어, 젠장."

아킨토스도 나 못지않게 쌓인 게 많았나 보다. 형님, 형님 해서 브라더 콤플렉스라도 걸린 놈인 줄 알았더니!

그 사이 건물을 나와 아킨토스와 광장을 걷고 있는데 노점상이 또 보였다. 나는 한숨을 푹푹 쉬고 있는 아킨토스를 보며 물었다.

"너 돈 좀 있나?"

"돈은 왜?"

"나 배고파."

나는 불쌍한 얼굴로 아킨토스를 올려다보며 울상을 지었다. 턱짓으로 노점상을 가리키자 아킨토스는 기겁을 한 얼굴로 내게 말했다.

"너 설마 형님이 밥도 안 주냐?"

"밥은 주는데……."

"너 우리 누나랑 동갑이라며? 근데 왜 이렇게 작아?"

저 새끼가 또 겁나 예민한 키 얘기를 꺼낸다. 안 그래도 지구에 있을 때 상진이 새끼랑 키 차이가 하늘과 땅끝 차이라서 짜증 났었는데 이젠 하늘과 땅끝 차이가 아니라 우주와 땅끝 차이겠다.

"내가 네 누나랑 동갑인 거 아는데도 나한테 왜 너라고 그래?"

내가 인상을 쓰자 아킨토스는 꼬치를 두 개 사서 앞에 놓인 의자에 앉으며 말했다.

"넌 내 조카잖아."

"……."

나는 그 말에 순간 멈칫했다. 나는 꼬치를 받아 들고 떨떠름한 얼굴로 아킨토스의 맞은편에 앉으며 물었다.

"너 내가 우리 형 딸 되는 거 싫어하는 거 아니었어?"

"그건 어쩔 수 없는 거야. 어렸을 때부터 하도 자기가 병아리라고 형님한테 빌붙는 사람들이 많아서. 어제 형님이 네가 진짜 병아리라고 해서 이젠 별 상관없어."

"야! 병아리 아니라니까 왜 자꾸 병아리라고 해!"

내가 버럭 소리치자 아킨토스가 코웃음을 쳤다.

"형님이 왜 너한테 병아리라고 하는지 알겠다."

아킨토스는 날 비웃으며 개소리를 지껄였다.

"뭐, 뭐, 인마? 야! 너 몇 살이야!"

내가 벌떡 일어서려고 하자 아킨토스가 내 어깨를 누르며 말했다.

"그거나 빨리 먹어. 하나 더 사줄까?"

"어? 어, 응. 두 개 사줘."

내 말에 아킨토스는 의자에서 일어나 다시 꼬치를 사 왔다. 꼬치 열 개가 든 접시를 탁자에 내려놓는 아킨토스의 뒤통수에서 후광이 비치는 것만 같았다. 꼬치를 열심히 먹으며 주변을 훑다가 나는 물었다.

"근데 여기에 창 든 사람들이 왜 이렇게 많아?"

"경비병이야. 공개수업하면 학원이 개방되니까 혹시 모를 사태에 대비해서……. 근데 오늘은 좀 많네."

태연하게 말하던 아킨토스도 의아한 얼굴로 덧붙였다.

"근데 넌 왜 형님한테 형이라고 해?"

"그건……. 내 자존심이 걸린 문제야."

"뭐?"

"그, 그런 게 있어. 근데 우리 형이 검사 같은 거야? 아까 너랑 대련하고 그랬다고 했잖아. 나 저번에 교황청에 있을 때 형이 장식용 칼 가지고 막 싸우는 거 보긴 했는데."

내 말에 시종일관 심드렁하던 아킨토스가 별안간 눈을 빛내며 말했다.

"너 몰랐냐? 우리 형님이 세계 최강인 거."

"……."

세, 세계 최강은 또 뭐야. 나는 「우리 형아, 짱!」이라는 얼굴로 날 쳐다보고 있는 아킨토스를 보며 어색하게 웃었다.

"신성력이 있는 사람들은 마력을 못 쓰니까 아르젠에서 마법사는 엄청 희귀해. 그래서 아르젠 사제들도 그렇고 거의 다들 검을 배우는데, 그럼 강한 검사들이 얼마나 많겠냐? 형님은 그중에서도 손가락에 꼽히는 검사야."

나는 신이 나서 말하는 아킨토스를 보며 웃었다. 나는 좀 갑갑해서 후드를 벗은 뒤에 계속해보라는 듯 그의 말을 경청했다.

"난 어렸을 때부터 형님처럼 강한 검사가 되는 게 꿈이었는데 다들 나한테 소질이 없다고 다른 걸 배우라고 하는 거야. 근데 내가 다른 걸 왜 배우냐? 사람은 노력하면 뭐든 되게 돼 있는 거야. 안 그러냐?"

"맞아, 그건 맞지. 나도 검사가 되고 싶어서 며칠 전에 연무장에 갔는데 나보고 엄마 찌찌나 더 먹고 오라고 해서 엄청 열 받았었어. 왜 사람을 겉모습만 보고 판단해? 안 그러냐?"

"……."

내 말에 고개를 끄덕여줄 줄 알았던 아킨토스가 짜게 식은 얼굴로 입을 다물었다.

왜 그러냐는 얼굴로 그를 쳐다보자 아킨토스가 진지하게 말했다.

"검사가 되겠다고?"

"응, 나도 검 배울 거야."

"……넌 좀, 아니. 뭐. 그래, 꿈은 클수록 좋은 거니까."

……그게 뭔 뜻이야? 사람은 노력하면 뭐가 되도 된다며! 갑자기 말을 싹 바꾸는 아킨토스를 노려보며 투덜거리고 있는데 그가 옆에 쌓인 나무 꼬챙이를 보며 말했다.

"넌 이걸 다 먹나?"

질렸다는 그 얼굴에 나는 내가 꼬치 열 개를 다 먹었다는 걸 깨달았다.

배가 좀 부른 것도 같은데……. 나도 살면서 꼬치를 열 개나 먹었던 적은 처음이었다.

"이게 많이 먹는 거야?"

"그럼 아니냐? 보통 여자들은 이런 꼬치 하나도 다 못 먹는 거 아니야?"

"몰라, 근데 좀 많이 먹은 것 같기는 한데……. 그렇게 배가 터질 것처럼 부른 건 아닌데?"

아킨토스는 자기도 이건 혼자 다 못 먹겠다며 고개를 저었다. 날 대단하다는 듯 쳐다보는 그의 시선에도 어쩐지 기분이 그리 썩 좋지만은 않았다.

꼬치를 다 먹고 자리에서 일어난 우리는 아이리스가 수업을 듣고 있는 교실로 가기로 했다.

"아, 맞다. 나 연무장에 갔을 때 나보고 엄마 찌찌나 더 먹고 오라고 했던 기사가 여자였는데⋯⋯. 이름이 이스벨 레토르타였나? 아무튼 그랬는데 여자도 기사가 될 수 있는 거야?"

"기사가 되는데 남자 여자가 무슨 상관이야? 근데 보통 기사가 되겠다고 하는 여자는 거의 없지. 여자들은 기사보다는 사제나 성녀가 되니까."

모두가 아니라고 할 때 혼자 예라고 하는 사람이 되어야겠다는 생각을 하며 나는 기사가 되기로 다짐했다. 솔직히 강해지고 싶다는 생각보다는 그냥 좀 멋있을 것 같아서.

"근데 너 레토르타 경은 언제 만났냐?"

"며칠 전에, 왜?"

"그 사람은 아직도 형님 좋아한대?"

"뭐?"

그 말에 나는 경악을 한 얼굴로 아킨토스를 쳐다봤다. 이게 무슨 소리란 말이요. 어느 정도 예상은 했지만 그게 정말 사실이라는 말을 들으니 놀라움을 금치 않을 수가 없었다.

"몰랐냐? 이거 엄청 유명한 건데. 레토르타 경이 성기사가 된 것도 형님이 좋아서 그런 거잖아. 진짜 사람 많은 데서 레토르타 경이 대놓고 고백한 적이 있는데 그때 형님이 엄청 매몰차게 거절했거든. 아니, 그건 거절도 아니었지. 자신의 신분을 망각하고 주위에 혼란을 줬다고 세 달 동안 권한 박탈하고 근신처벌을 내렸어."

"헐⋯⋯."

그 말에 나는 이스벨이 불쌍해지기 시작했다. 아니, 우리 형을 좋아한다는 것부터 이미 불쌍했다.

"근데 더 웃긴 게 뭐냐면 세 달 뒤에 복귀해서 또 고백했어. 거절이라도 해달라고."

"그래서?"

"그래서는 뭐가 그래서야, 당연히 거절했지."

사랑의 힘이라는 건 정말 대단하구나. 거의 거절이나 다름없는 행동에도 또다시 찾아와서 고백을 하다니.

"근데 형은 결혼 못 하는 거 아니야?"

"연애는 할 수 있잖아. 결혼만 못하는 거지."

"아……."

난 또 연애도 못하는 건지 알았네.

아킨토스랑 한참 이야기를 하면서 걷고 있는데 어째 점점 구석진 곳으로 가는 것 같았다. 아까 그렇게 많던 사람들도 이젠 보이질 않아서 나는 주변을 두리번거리며 물었다.

"이 길로 가는 거 맞아?"

"여기가 지름길이야. 누나는 7학년이라서 나랑 다른 건물을 쓰거든."

나는 이젠 아예 포장되지도 않은 길로 들어서는 아킨토스의 뒤를 따라 걸었다.

살면서 등산이라고는 해본 적도 없는데 어제도 그렇고 오늘도 그렇고 이틀을 연달아 등산만 하네.

"얼마나 더 가야 돼?"

잔가지를 손으로 치우며 말하자 아킨토스가 걸음을 멈췄다. 바닥만 보며 가던 터라 그의 등에 코를 박은 나는 윽 하고 손으로 얼굴을 가렸다.

"왜?"

"저거 뭐야?"

"어?"

나는 의아한 얼굴로 고개를 내밀어 앞을 쳐다봤다. 그곳에는 웬다 찢어진 옷을 입은 남자가 서 있었는데 손에는 피가 뚝뚝 떨어지고 있는 작은 칼을 들고 있었다. 그는 얼굴에 누런 넝마 조각을 둘둘 말고 있었는데, 그 사이로 보이는 갈색 눈동자와 내 눈이 마주쳤다.

남자가 얼굴의 넝마 조각을 풀기 시작했다. 나는 넝마 조각 너머로 선해 보이는 얼굴과 눈 밑에 난 까만 점을 발견하고 아킨토스의 손을 붙잡고 그대로 뒤로 돌아 달리기 시작했다.

탄트라는 성국의 국가유산이라는 말이 나올 정도로 명망 높은 교육기관이었다. 전 세계에서 각국의 왕족들이 입학하는 학교 두 곳 중 하나로 손꼽혔다. 교장인 나타샤 파덤은 기별도 없이 나타난 어린 교황 때문에 놀란 가슴을 쓸어내렸다.

"예하, 어찌 수행인도 없이 홀로 오셨습니까?"

어린 교황은 우아하게 차를 마셨다. 그는 5년 전, 전 국민의 지지를 받으며 즉위했다. 한동안 교황이 없었던 성국에 그의 출현은 마른 가뭄에 단비와도 같았다.

"소문은 들었습니다. 양녀를 들이셨다고 하시던데, 그분과 함께 오셨습니까? 아, 그래서 이렇게 몰래 오셨던 거군요."

나타샤는 웃음기 섞인 목소리로 말했다.

누가 보면 마치 손자를 대하듯 자연스러운 말투에 놀랄 법도 했지만 어쩔 수 없는 일이었다. 나타샤는 그의 모친과는 50년 지기 친구였기에 그가 교황에 즉위하기 전, 어렸을 때부터 알고 지냈던 사이였다.

"며칠 전, 필레타에 다녀왔습니다."

"어머님과 아버님은 잘 계십니까?"

"차를 만들고 빵을 굽고 뭐, 늘 똑같습니다. 고든이나 아우렐리아 야 워낙 정정한 사람들이 아닙니까. 아, 손녀 소식을 왜 다른 사람들에게 듣고 알아야 하냐며 화를 내기는 하더이다."

나타샤가 허허 하고 웃자 교황은 조금 곤란하다는 듯 웃었다. 뜨거운 차를 한 모금 마신 후에 나타샤는 뭔가 생각이 난 듯 물었다.

"따님께서 현상범을 잡으셨다는 소식은 들었습니다. 그렇지 않아도 말씀드리려 했는데, 몇 시간 전에 현상범이 탈옥했다 합니다. 춤추는 피에로가 잡혔다는 소식이 알려지면 혼란스러워질 것 같아 일단 비밀로 해두기는 했는데……."

나타샤의 말이 채 끝나기도 전에 교황의 찻잔에서 소리가 났다. 흠 잡을 곳 없이 완벽한 예의범절을 자랑하는 교황이 찻잔을 내려놓을 때 소리가 난다는 건 있을 수도 없는 일이었다.

나타샤는 눈을 동그랗게 뜨고 교황을 쳐다봤다. 어린 교황의 얼굴은 있는 대로 일그러져 있었다.

"언제 탈옥했습니까?"

"제가 보고받은 후로 네 시간 정도가 지났습니다."

교황은 깊게 한숨을 내쉬며 느닷없이 자리에서 몸을 일으켰다. 덩달아 나타샤가 교황을 따라 소파에서 몸을 일으켰다.

나타샤가 뭐라 말을 하기도 전에 교황은 후드를 쓰며 말했다.

"제가 춤추는 피에로라면 탈옥한 후에 날 감옥에 처넣은 놈부터 죽일 겁니다."

춤추는 피에로는 실력이 좋은 마법사였다.

살인범답게 한 번 본 사람을 찾는 데에는 특출난 재능이 있는 그로서 사람 하나 찾는 건 일도 아닐 것이다.

나타샤는 황급히 나서는 교황을 말리려 손을 뻗었지만 교황은 이미 문을 나선 뒤였다.

나는 아킨토스를 붙잡고 미친 것처럼 뛰면서 말했다.

"왜 이렇게 주변에 사람이 없어?"

"아까 그 사람 뭐야? 손에 들고 있던 거 칼 아니었어?"

난 온 힘을 다해 뛰고 있는데 아킨토스는 내 속도를 맞추려고 그런지, 설렁설렁 뛰며 내게 말했다. 그 남자 손에 칼이 들려 있다는 걸 알면서도 쟤 뭐가 저렇게 태연한지 모르겠다.

"그 남자 춤추는 피에로야."

"뭐? 춤추는 피에로면……. 연쇄살인범?"

"그래! 빨리 뛰어, 더 빨리!"

내가 다급하게 소리치자 아킨토스가 내 손을 붙잡고 앞으로 튀어나갔다.

그의 손에 이끌려 거의 넘어질 것처럼 뛰고 있는데 아킨토스가 갑자기 우뚝 멈춰 섰다. 나는 그의 등에 다시 얼굴을 박고는 코를 부여잡고 버럭 소리쳤다.

"야! 갑자기 멈추면……."

아킨토스의 얼굴이 이상하게 일그러져 있었다.

점점 하얗게 질리는 그의 얼굴을 보며 나는 설마 설마 하는 마음으로 그의 시선을 따라 고개를 돌렸다.

　한참을 달려왔는데도 피에로는 아까 봤던 그 모습 그대로 우리 앞에 서 있었다. 여전히 피가 뚝뚝 떨어지고 있는 칼을 들고서.

　눈알을 굴려 주변을 살폈지만 사람이라고는 없었다. 사람은커녕 머리카락 하나도 보이지 않는 곳에서 나와 아킨토스는 살인범과 마주하고 있었다.

　"우리 집은 어떻게 알고 찾아왔니?"

　피에로가 태연한 목소리로 말했다. 누가 저 사람을 연쇄살인범이라고 생각할까. 밥은 먹었느냐는 것처럼 태연한 목소리로 내게 묻는 피에로를 보며 등골에서부터 소름이 돋아나는 걸 느꼈다.

　아킨토스는 주춤주춤 뒷걸음질을 치며 이를 악물고 내게 작게 물었다.

　"너 도대체 연쇄살인범 집에는 왜 갔냐?"

　"아, 아니……. 내가 가고 싶어서 간 게 아니라……."

　내 말이 끝나기도 전에 갑자기 아킨토스가 날 붙잡고 옆으로 굴렀다. 흙바닥을 데굴데굴 구르다가 나무에 어깨를 부딪친 나는 윽 하고 작게 신음을 냈다.

　내가 어깨를 말아 쥐고 뭉그적거리고 있을 때 아킨토스는 어느새 일어서 내 앞을 가로막고 있었다.

　고개를 들자 피에로는 우리가 있었던 자리 뒤편에 있던 커다란 나무에서 칼을 뽑고 있었다.

핏기가 싹 빠지는 기분에 나도 얼른 잽싸게 일어섰다.

"내가 막고 있을 테니까 넌 가서 사람 좀 불러와."

"뭐? 네가 저걸 어떻게 막아?"

내가 당황하며 묻자 아킨토스가 이를 박박 갈면서 말했다.

"그럼 내가 사람 불러올 테니까 네가 막고 있을래?"

"……."

아니, 그건 좀……. 하지만 이대로 아킨토스를 두고 갈 수는 없었다.

피에로는 멀뚱멀뚱 우리를 보다가 별안간 씨익 웃었는데 그 모습이 마치 뱀과도 같았다. 쭉 찢어진 입과 웃을 때 눈이 없어지면서 기다랗게 찢어지는 눈이 정말 한 마리의 뱀이 따로 없었다.

혀를 내밀어 칼등을 핥는 피에로를 보며 나는 그제야 지금의 상황을 실감할 수 있었다.

이러다가 진짜 아킨토스도 나도 다 죽게 생겼다. 우리에게 칼 한 자루만 있었어도 이렇게까지 절망적이지는 않았을 텐데. 솔직히 칼을 든 사람을 맨손으로 어떻게 이기겠는가?

"빨리 가!"

"시, 싫어!"

"뭐? 이 땅꼬마가! 그럼 네가 여기서 뭘 어쩔 건데!"

"그래도 싫다고!"

사실 나도 아킨토스고 나발이고 그냥 나 혼자 살겠다고 도망가고 싶은 마음이 굴뚝 같았지만 도저히 다리를 움직일 수가 없었다.

더구나 춤추는 피에로는 나 때문에 여기에 온 것 같은데 어떻게 내가 아킨토스만 두고 도망을 가? 나 때문에 아킨토스가 다치거나 말하기도 싫은 짓을 당하면 그 죄책감에 살 수가 없을 것 같았다.

"쟨 나 때문에 여기에 온 거 같단 말이야!"

"그래서 넌 지금 저 살인범이랑 무슨 용건으로 찾아왔냐고 둘이서 사이좋게 대화라도 나누겠다는 거냐!"

"그, 그건 아닌데 그래도……."

아킨토스와 피에로를 힐끔힐끔 번갈아보며 우물쭈물 말하던 나는 문득 피에로의 행동거지가 이상하다는 걸 깨달았다. 나는 의아한 얼굴로 피에로를 빤히 쳐다봤다.

피에로는 아까 칼을 핥던 그 자세로 눈도 하나 깜짝하질 않고 있었다.

"……저기, 아킨토스."

"이 땅꼬마가, 진짜! 삼촌이라고 불러!"

"병신아, 지금 그게 문제가 아니라 쟤 왜 저러고 있는 거냐고!"

내가 소리치자 아킨토스는 그제야 피에로를 쳐다봤다. 피에로를 본 아킨토스는 자기도 그의 상태가 이상하다고 느꼈는지 의아한 얼굴로 내게 물었다.

"쟤 왜 저래?"

"나도 몰라. 왜 안 움직이지?"

아킨토스는 한참 동안 피에로를 보다가 그쪽으로 조심스럽게 걸음을 옮겼다.

혹시 저놈이 우릴 엿 먹이려고 지금 쇼를 하는 건가? 하지만 아킨토스가 지척까지 다가갔는데도 피에로는 움직이질 않았다.

아킨토스는 의아한 얼굴로 피에로를 관찰했고, 나 역시 뒤에서 그걸 보기만 하다가 피에로에게 다가갔다. 피에로는 움직이질 않았다. 아킨토스가 쿡쿡 찔러도 보고 발로 건드려보기도 하고 내가 그의 손에서 피묻은 칼을 빼앗을 때까지도.

나는 피묻은 칼을 들고 멀뚱멀뚱 아킨토스를 쳐다봤다. 그때, 갑자기 주변이 소란스러워졌다. 어깨를 움츠리고 고개를 돌리자 아까 꼬치를 먹으면서 봤던 무장한 병사들 몇 명이 우릴 보곤 커다랗게 소리쳤다.

"찾았다! 찾았다!"

몇 명은 그렇게 소리를 쳤고, 나머지 병사들은 재빠르게 우리 쪽으로 다가와 굳어있는 피에로를 포박했다. 그의 손과 발에 쇠고랑을 채우고 안대까지 채운 병사들은 멀뚱멀뚱 가만히 있는 우리를 보며 물었다.

"괜찮으십……."

아니, 물으려고 하다가 내 손에 들린 피묻은 칼을 보고는 입을 다물었다.

나는 화들짝 놀라며 칼을 떨어뜨렸다.

"이, 이거 제 거 아니에요."

"전 탄트라 학생입니다. 이 애는……. 오늘 공개수업에 참관하기 위해 온 제 조카고요."

아킨토스는 심각한 얼굴로 병사에게 말했고, 병사는 고개를 끄덕이며 태연하게 말했다.

  "예하께서 찾으십니다. 절 따라오십시오."

  "……."

  "……."

  병사의 말이 끝나자마자 아킨토스와 나는 서로 시선을 교환했다. 나는 그의 말을 듣지 않아도 무슨 생각을 하는지 알 수가 있었다. 왜냐하면 아킨토스는 지금 나랑 똑같은 생각을 하고 있을 테니까.

  우린 이제 죽었다.

병사를 따라 건물 안으로 들어와 길게 난 복도를 따라 걷고 있는데 아킨토스가 내게 조용히 말했다.

"근데 솔직히 우리가 잘못한 건 없잖아."

그 말에 나는 곰곰이 생각했다. 그러고 보니까 진짜 그랬다. 우린 그냥 아이리스 수업하는 거 보러 가려다가 피에로를 만난 건데, 우리가 뭘 잘못했어?

"그래, 생각해보니까 그러네."

내가 고개를 끄덕이며 말하자 아킨토스가 인상을 쓰며 물었다.

"근데 왜 그렇게 쫄아 있어?"

"이건 그냥 뭐랄까, 파블로프의 조건반사 같은⋯⋯. 그러는 넌 왜 쪼는데?"

내 물음에 아킨토스는 한숨을 내쉬며 시선을 돌렸다. 그의 옆얼굴을 보며 나는 다시 동지애를 느꼈다.

너도 워낙 사고를 많이 쳐서 네가 잘못한 게 없어도 무슨 일만 생기면 일단 쫄고 보는구나. 진짜 우린 닮아도 너무 닮아 있었다.

우리는 병사의 안내를 받아 형이 있는 곳에 도착했다.

아킨토스와 나는 문을 열고 들어가기 전에 심호흡을 하는 것도 똑같았다. 방 안에는 예상했던 대로 형이 있었다.

"피에로는?"

"잡았습니다. 그런데 이상한 게……. 홀드 마법이 걸려서 움직이질 못하고 있었습니다."

우릴 데려다 준 병사는 의아한 얼굴로 형에게 말했다. 그 말에 형의 표정은 삽시간에 굳어졌다. 점점 일그러지는 형의 얼굴을 보며 공포에 떨고 있는데 병사가 인사를 하고 방을 나갔다.

방에는 이제 형과 나, 그리고 아킨토스밖에 없었는데 그래도 나는 혼날 사람이 나 혼자가 아니라는 사실에 위안을 얻을 수 있었다.

"병아리."

형은 여전히 일그러진 얼굴로 날 불렀다. 그 부름에 어깨를 움츠리자 형이 이를 갈며 말했다.

"너 그 새끼 만나면 내가 어쩌라고 했냐?"

"어? 누, 누구?"

"강가을."

……어? 강가을? 가을이 형 얘기가 갑자기 왜……. 고개를 갸웃하다가 나는 형이 말하는 강가을이 가을이 형이 아니라 그 강가을이라는 걸 깨달았다.

"갑자기 걔 얘기가 왜 나와?"

"안 만났어?"

"어? 아니, 어제 보고 오늘은……."

못 봤는데……. 나는 말을 채 끝내지 못하고 말꼬리를 흐렸다. 그러고 보니까 처음 피에로를 잡으러 갔을 때도 피에로는 움직이질 못했다. 아마 가을이 마법을 걸어서 그런 것 같았다.

"그럼 피에로가 못 움직인 게 가을이가 또 마법을 걸어서 그랬다는 거야?"

근데 왜 안 나타났지? 숨어서 도와준 건가? 왜?

내가 계속 의아해하고 있는데 아킨토스가 내게 물었다.

"강가을이 뭐야?"

"너 몰라? 그……. 뭐였지, 초월자. 탑의 마법사라고……."

"……뭐? 탑의 마법사?"

내 말에 아킨토스가 기겁을 했다.

사색이 된 얼굴로 날 쳐다보던 아킨토스는 별안간 불같이 화를 내며 내게 고함을 쳤다.

"그 새끼랑 아는 사이였어?"

"아는 사이기는 아는 사인데……. 왜?"

내 물음에 대답도 하질 않고 아킨토스는 머리를 부여잡고 비명을 질렀다. 나는 짜증 나 죽겠다는 얼굴로 성질을 내는 아킨토스를 멀뚱멀뚱 보다가 형을 쳐다봤다.

형도 그렇고 아킨토스도 그렇고 가을을 정말 싫어하는 것 같았다. 그렇게 나쁜 놈 같지는 않던데……. 사람 죽인 것만 빼면.

"근데 피에로가 여기에 왜 있는 거야? 어제 잡아서 경비대에 신고한다고 했는데……."

"탈옥했다. 그리고 병아리 너는 내가 한 말 명심해. 그 새끼 만나면 어쩌라고?"

"……."

형의 살벌한 물음에 나는 입을 다물었다. 왜 이렇게 나보고 사람을 찔러 죽이라고 강요하는 건지 모르겠다.

"부리 째질래?"

"찔러 죽이라고……."

"못 죽이겠으면 그냥 찌르고 도망쳐."

"……."

형이 동생더러 사람을 찌르라고 하는 게 과연 정상적인 일인지 의문이 들었지만 나는 알겠다고 고개만 끄덕일 수밖에 없었다.

싫다고 하면 내가 형한테 찔려 죽을 게 뻔했고, 왜냐고 물어도 네가 지금 내가 한 말에 토를 다는 거냐고 날 협박할 게 뻔했기 때문이다.

"다친 덴?"

형의 물음에 없다고 대답하려고 하는데 어깨 쪽이 좀 쓰라렸다.

아깐 몰랐는데 한 번 아픈 게 느껴지니 계속 아파 왔다. 아까 아킨토스랑 구르면서 나무에 어깨를 부딪친 걸 떠올리며 나는 목깃의 단추를 풀고 어깨를 드러냈다.

"여기 좀 까진 것 같……."

그때였다. 짜증 난다고 욕지거릴 내뱉고 있던 아킨토스가 갑자기 숨을 들이켜며 바닥에 엎어진 건.

멀쩡했던 사람이 갑자기 바닥에 엎어져서 놀란 나는 아킨토스에게 다가가려고 했지만 그는 다리를 움직여 엎어진 채로 뒷걸음질을 쳤다.

"야, 너 아까 어디 다쳤어? 왜 그래?"

"이, 이, 이……."

"어? 뭐라고?"

시뻘겋게 달아오른 얼굴로 더듬더듬 말하던 아킨토스가 벌떡 일어나며 고함을 쳤다.

"이런 미친년이!"

"……."

쾅! 문은 세차게 닫혔다. 나는 아킨토스가 나간 문을 멀뚱멀뚱 보다가 고개를 돌려 형을 쳐다봤다. 순식간에 미친년이 된 나는 얼이 빠진 얼굴로 입을 열었다.

"쟤 왜 저래?"

"순진해서."

"뭐?"

"어디 다쳤는데?"

나는 고개를 돌려 어깨 쪽을 쳐다봤다. 아니나 다를까 어깨가 까져서 피가 배어 나오고 있었다.

약 상자를 꺼내 약을 발라주려는 형에게 저번처럼 마법 같은 거 써서 금방 낫게 해주면 안 되냐고 했다가 이마를 얻어맞았다. 나는 왜 맞은 건지 영문도 모른 채 투덜거리며 옷매무새를 정리했다.

그 후 아이리스가 문을 박차고 들어와 나를 붙잡고 울어서 아이리스를 달래는데 진을 뺐다. 그 후 날 미친년 취급하며 뛰쳐나갔던 아킨토스를 찾아 아이리스와 형까지 넷이서 점심을 먹었다.

그런데 갑자기 교황청에서 사제가 찾아와, 형과 나는 그대로 교황청으로 돌아가게 됐다. 원래 탄트라에 이틀은 더 있기로 했었는데.

나는 방학이 되면 꼭 놀러 오라고 아이리스와 약속한 후에 별장에 잠시 들러 금이를 데리고 곧바로 마차에 올랐다.

피에로 포상금 8골드도 챙기고 마차를 타고 교황청으로 가는 길에 창문 밖으로 하늘을 보다가 나는 형에게 물었다.

"그때 가을이가 마법 쓴 거면 왜 나한테 말도 안 하고 그냥 갔지?"

"신경 꺼."

"근데 형은 걜 왜 그렇게 싫어해? 어렸을 때 걔가 형 갈비뼈 부러뜨렸다고 하던데 혹시 그거 때문에⋯⋯."

별생각 없이 말하다가 나는 순간 아차 싶어 입을 다물었다. 하지만 형은 이미 다 들은 후였다.

"같이 자기도 하고 밥도 해 먹이고, 이젠 그런 대화까지 나눌 정도로 둘이 친해졌나 보지?"

"⋯⋯아니, 친한 건 아닌데⋯⋯. 그리고 같이 잔 것도 아닌데⋯⋯."

살벌한 얼굴로 날 쳐다보는 형을 보면서 나는 조용히 말했다. 점점 작아지는 내 목소리에 형이 단호하게 입을 열었다.

"다음에 만나면 어쩌라고?"

"……찌, 찔러 죽이라고……."

"한 번만 더 같이 있는 거 걸리면 둘 다 싸잡아 죽여 버리는 수가 있다."

"……."

저 새끼는 내가 왜 내 편 안 들어주냐고 했을 땐 네가 한두 살 처먹은 애새끼냐고 그렇게 날 타박하더니, 지가 한두 살 처먹은 애새끼구만, 뭐.

속으로는 그렇게 생각하면서도 나는 태연한 얼굴로 시선을 돌려 다시 창밖을 쳐다봤다. 파란 하늘에 뭉게구름이 떠 있는 걸 보며 나는 의문을 떨칠 수가 없었다.

걔 도대체 왜 나타나지도 않고 그냥 간 거야? 나는 내 손에 있는 금색 동전 여덟 개를 보며 한숨을 내쉬었다. 피에로는 내가 잡은 것도 아니고 걔가 잡은 건데…….

아, 혹시 걔가 저번에 이름 불러달라고 했을 때 안 불러줘서 삐친 건가? 근데 그땐 진짜 뭔가 분위기가 너무 이상해서…….

나는 다시 한 번 한숨을 내쉬며 어깨를 폈다. 그래, 그건 내가 그때 너무 심신이 고단해서 착각한 게 틀림없어.

돈도 생겼겠다, 다음에 만나면 수플레나 만들어줘야겠다.

나는 방금 전 형이 한 번만 더 같이 있는 거 걸리면 둘 다 싸잡아 죽여 버린다는 걸 까맣게 잊은 채 수플레 레시피를 생각했다.

05. 대마법사 병아리

탄트라에서 교황청으로 돌아온 지 벌써 일주일이 지났다. 알카 형과 쓰기 위주로 글공부를 하고 일기를 쓰고, 상식 공부를 하는 등 늘 판에 찍은 듯 내 일과는 똑같았다. 힘을 길러야 한다며 돌아오자마자 특훈을 하자던 형은 바쁘긴 정말 엄청 바쁜지 그 뒤로 코빼기도 보이질 않았다.

일주일 중 하루는 쉬게 해달라는 내 강력한 요청에 매주 일요일은 시간이 늘 비게 됐다. 그게 오늘이었다. 근데 막상 쉬어도 할 게 없었다. 공부를 하지 않으니 알카 형도 오질 않고 형도 안 보이고, 그렇다고 여기에 내가 아는 사람이 있는 것도 아니었다.

오지 말라고 해도 매번 다짜고짜 쳐들어오던 가을도 요즘은 보이질 않았다.

탄트라에 갔을 때 피에로 사건도 있고 해서 다음에 만나면 진짜 수플레 만들어주려고 했는데 나타나질 않으니…….

그러고 보니까 걘 마음대로 날 찾아올 수 있는데 나는 찾아갈 방법이 없었다. 이거 너무 불공평한 거 아닌가, 그런 생각을 하다가 나는 한숨을 내쉬며 몸을 일으켰다.

생각난 김에 오늘은 수플레나 만들어야겠다. 주방이 어디에 있진 모르겠지만 그건 형한테 가서 물어보면 되는 거고, 밥을 먹을 때 늘 빵이 나왔으니 재료도 분명 있겠지. 재료 모자라면 그냥 있는 걸로 대충 만들면 되는 거고.

나는 조금 빠른 걸음으로 방을 나와 복도를 걷다가 조금씩 속도를 높여 뛰기 시작했다. 방에 거의 다다를 때쯤, 빠른 속도로 코너를 돌다가 나는 무심코 고개를 돌렸다.

그곳에는 웬 처음 보는 사람들이 얼빠진 얼굴로 날 쳐다보고 있는 게 보였다. 스치듯 그 사람들을 지나치며 의아해하고 있는데 코너를 다 돌자마자 나는 걸음을 멈출 수밖에 없었다.

"뭐……, 억!"

갑자기 몸이 붕 들려, 나는 본능적으로 허공에서 발을 허우적거렸다. 어두운색의 옷자락이 내 하반신을 완전히 가리는 걸 보고 고개를 들자 그곳에는 엄한 얼굴을 한 가을이 보였다. 내가 눈을 둥그렇게 뜨자 그는 다짜고짜 내게 설교를 늘어놓기 시작했다.

"누가 보면 어쩌려고 신발도 안 신고 돌아다녀? 맨발로 돌아다니면 안 된다는 거 몰라? 넌 꼬맹이가 그런 것도 안 가르쳐줘?"

"어?"

나는 그제야 내가 맨발이라는 사실을 깨달았다.

아까 침대에서 뒹굴다가 급하게 나온다고 신발 신는 걸 잊은 모양이었다. 여기선 안과 밖의 경계가 모호해서 신발 신는 걸 나는 자주 잊곤 했다. 지구에 있을 땐 방에 있다가 거실로 나올 때 신발을 신고 나가지 않았지만 이곳에서는 자거나 씻을 때를 제외하면 신발을 신었다.

"일단 이것 좀 놓고……."

지금 신발이고 나발이고 나는 내가 애처럼 덜렁 안겨 있다는 사실이 더 충격적이었다. 내가 그의 어깨를 밀며 몸을 비틀자 가을이 화가 난 얼굴로 내게 다시 말했다.

"놓으면 맨발로 다시 돌아다니려고?"

"아니, 맨발이 왜……. 근데 네가 여기에 왜 있어?"

자기가 무슨 홍길동도 아니고 얜 왜 이렇게 매번 번쩍번쩍 나타나는 건지 모르겠다. 좀 놓으라고 말을 한 번 더 하려고 했지만 그의 표정이 심상치 않아서 나는 주춤주춤 몸을 웅크렸다.

"네가 살던 곳에서는 어땠는지 모르겠지만 여기에선 여자가 맨발로 돌아다니면 안 돼. 사람이 없는 것도 아니고 이런 곳에서 신발도 안 신고 뛰어다니면 어떡해?"

"신발 안 신는 게 왜?"

내가 뭘 잘못해도 엄청 잘못했나 싶어 의아한 얼굴로 묻자 그는 태연한 얼굴로 내게 말했다.

"옛날부터 여자들이 맨발로 남자를 만나는 건 유혹하겠다는 뜻이었어."

"……."

뭐, 인마? 남자를 만나서 뭘 해? 나는 기가 막힌 얼굴로 그를 쳐다봤다. 그게 그런 뜻이라고? 옛날부터? 아니, 뭐 그런 개떡 같은 풍습이……. 어쩐지 마주치는 사람마다 얼빠진 얼굴로 날 쳐다봐서 왜 저러나 싶었더니…….

"너 또 신발 안 신고 돌아다닐 거야?"

"아니, 안 그럴……."

무심코 대답하던 나는 말꼬리를 흐렸다. 그의 표정이 굉장히 화가 난 것처럼 보였기 때문이다. 나는 왜 저렇게 화를 내는 건지 몰라서 떨떠름하게 있다가 순간 섬광처럼 머릿속을 스쳐 지나가는 생각에 있는 힘껏 그의 어깨를 밀어냈다.

"이, 일단 이것 좀 놔봐."

"방에 가서."

그는 현상수배범 주제에 당당하게도 복도를 걸었다. 다행히 방까지 거리가 그리 먼 것도 아니었고, 누군가를 마주치지도 않았다.

가을은 마치 자기 방에 가는 것처럼 익숙하게 내 방을 찾아 그곳에 들어가더니 날 바닥에 내려놓았다. 나는 후다닥 침대 쪽으로 가 신발을 신으며 물었다.

"넌 할 짓도 없냐, 여긴 웬일이야?"

"나 시간 엄청 많아. 할 짓도 없고."

지금은 거의 백수나 다름없다고 당당하게 말하는 가을을 보며 나는 허탈하게 웃었다. 이젠 그가 갑자기 튀어나와도 별로 놀랍지도 않았다.

신발을 다 신고 고개를 돌리자 가을은 금이의 부리를 툭툭 치고 있었다. 손가락 끝으로 부리를 건드릴 때마다 금이가 꽥꽥 하고 우는 게 꼭 둘이 놀고 있는 것처럼 보였다.

"황금알은 많이 낳았어?"

가을이 묻자 대답이라도 하듯 금이가 다시 꽥꽥거렸다. 말썽은 안 부리고 잘 있냐, 넌 평소에 뭘 하냐, 살이 좀 빠진 것 같다, 등의 말을 하는 가을을 가만히 보다가 딱히 할 게 없어서 나도 그 옆에 쪼그려 앉았다.

내가 옆으로 다가오자 가을이 고개를 돌려 날 보며 물었다.

"생각해보니까 넌 금이가 낳은 황금알만 팔아도 부자 되는 거 아니야?"

"그렇겠지. 벌써 열 개도 넘게 낳았어."

내가 머리를 쓸어주지 않아도 금이는 자기가 내킬 때마다 황금알을 낳았다. 처음엔 금이가 내 돈줄이라는 생각이 강했는데 이제는 하도 황금알 낳는 걸 많이 봤더니 별로 신기하지도 않아서 애완동물이라는 생각이 훨씬 더 컸다.

"그럼 그거 팔아서 집 사면 안 돼?"

왜 안 팔고 모셔두고 있냐는 얼굴로 그가 물었다. 나는 한숨을 내쉬었다.

"혼자 독립하기에는 아직 마음의 준비가 덜 됐어."

솔직히 내가 아직 미성년자고 할 줄 아는 것도 없고 그런데 형이 내 독립을 찬성할 리도 없었다.

"나중에 취직하고 그러면 그때……. 근데 넌 저번부터 왜 그렇게 왜 독립에 관심이 많아?"

집 사면 안에 가구도 다 채워준다고 하고. 내가 의아하다는 듯 묻자 그가 태연하게 말했다.

"여기에 있으면 찾아오기가 힘들잖아. 꼬맹이 눈치 보는 것도 짜증 나고."

"……."

"근데 넌 무슨 일 할 거야?"

너무 태연하게 말하는 가을을 보며 나는 할 말을 잃었다.

한 번 의심이 가기 시작하니까 걷잡을 수가 없었다. 말투나 행동을 봐선 진짜 날 좋아하고 있는 것 같기도 한데 도대체 왜 이러는지 모르겠다.

우리 사이에 무슨 일이 있었던 것도 아니고……. 아니면 진짜 내가 도끼병에 걸렸나?

"어……. 그냥, 뭐. 형이 일단 나보고 힘을 길러야 된다고 그래서 검 쓰는 거 배울까 생각 중이기는 한데……."

나는 얼떨떨한 얼굴로 대답했다. 내가 우물쭈물하자 가을이 날 위아래로 한 번 보더니 웃었다.

"기사가 될 거야? 차라리 마법을 배워봐. 내가 가르쳐줄게."

"나 마법 못 써. 형이 그랬는데 마력이랑 신성력은 상극이라서 안 된대."

저번에 형이 했던 말을 떠올리며 말하고 있는데 가을이 눈을 동그랗게 뜨고 내게 물었다.

"너 성녀였어?"

"근데 지금은 아마 성녀 아닐걸? 그거 다 옛날 얘기야."

내가 제시 몸에 들어오기 전의 일이니 내가 지금 성녀는 아니었다.

"표식이 없어졌어?"

나는 순간 별생각도 없이 굳이 하지 않아도 될 말을 하고야 말았다.

"그거 임신해서 없어졌……."

말을 하다 말고 나는 너무 놀라서 혀를 깨물었다. 황급히 입을 다 물었지만 이미 들을 건 다 들었는지 가을이 멀뚱멀뚱 날 쳐다보고 있는 게 느껴졌다.

슬쩍 고개를 돌리자 가을이 확인사살을 하듯 내게 물었다.

"표식이 없어진 게 임신을 해서 그렇다고?"

그 물음에 나는 한숨을 내쉬었다. 사실 내가 당한 것도 아니고 별로 비밀인 것도 아니라, 나는 다시 한 번 한숨을 내쉬며 말했다.

"나 빙의한 거 알지? 근데 내가 들어오기 전에 원래 이 몸 주인이……."

"임신을 했다고? 누구랑? 그 사람 지금 어디에 있는데?"

"어? 지, 지금 감옥에……."

정색을 하고 묻는 그 얼굴을 보며 나는 더듬더듬 대답했다.

아까 맨발로 왜 다니느냐고 물었을 때보다 훨씬 더 일그러진 얼굴에 갑자기 불안감이 엄습해왔다. 지금까지 저놈이 저렇게 정색을 했을 때 제대로 넘어간 적이 한 번도 없었기 때문이다.

"감옥에 왜 있는데?"

그거야 그 새끼는 강간범이니까. 하지만 선뜻 이런 말을 할 수가 없었다.

내가 대답하지 않고 계속 우물쭈물하자 가을이 몸을 일으키며 다시 물었다.

"그 사람 이름이 뭐야?"

"잘 모르는데⋯⋯. 파한이었나."

혼잣말처럼 작게 중얼거리자 가을이 별안간 몸을 돌렸다.

"갑자기 볼일이 생겨서 그러는데 나중에 다시 올게."

"가, 갑자기 볼일이 생겼다고?"

"갑자기 급한 일이 생각났어."

"급한 일, 뭐!"

나는 일이 잘못 돌아가고 있다는 걸 본능적으로 느꼈다. 사람을 열댓 명은 죽일 것 같은 얼굴로 갑자기 급한 일이 생겼다고 하는데 그걸 누가 믿어? 시간 엄청 많다고, 할 짓도 없다고 한 게 누군데!

하지만 그는 대답도 하질 않고 그대로 방을 빠져나갔다. 문이 닫히기도 전에 뒤따라 나갔지만 가을은 보이지 않았다.

나는 가을을 찾다가 없어서 다시 방으로 돌아와 멀뚱멀뚱 금이만 쳐다봤다.

뭐가 어떻게 된 건지도 모르겠고 왜 이렇게 불안한 건지도 모르겠다. 하지만 가만있으면 더 불안해서 나는 고개를 저으며 다시 형 방으로 향했다. 그리곤 문을 벌컥 열었다.

"형, 너 수플레……."

나는 들어가자마자 입을 다물 수밖에 없었다. 형 이외에 다른 사람이 보였기 때문이다.

깊게 주름진 얼굴과 하얗게 센 머리카락. 척 봐도 나이가 지긋이 들어 보이는 할아버지가 탁한 회색 눈동자로 날 쳐다보고 있었다.

들어가지도 못하고 그렇다고 다시 나가지도 못한 채 주춤주춤 서 있는데 할아버지가 고개를 돌려 형을 보며 물었다.

"저 꼬마 아가씨가 혹시 이번에 예하께서 입양하셨다던 그……."

순간 머릿속으로 알카 형이 내게 가르쳐줬던 것들이 섬광처럼 스쳐 지나갔다. 항상 언제 어디서나 예의 바르게 인사하고 몸가짐을 조심하라던 그 말이 떠올라 내가 한겨울 맞다고 인사를 하려고 하는데 갑자기 할아버지가 날 보며 태연하게 말했다.

"그 병아리?"

"그 병아리 맞습니다."

"병아리 아니라고!"

나는 거의 반사적으로 빽 소리를 쳤다.

조건반사와도 같은 외침에 고함을 치고도 나는 화들짝 놀라 입을 다물었지만 할아버지와 형은 이미 내 한 서린 외침을 다 들은 후였다.

할아버지는 눈을 동그랗게 뜨고 멀뚱멀뚱 날 보더니 이내 허허 하고 웃어버렸다.

"힘이 넘치는 꼬마 아가씨네요."

"너무 오냐 오냐 키웠더니 버릇이 없어서……."

형은 혀를 쯧쯧쯧 차며 날 한심하다는 듯 쳐다보며 말했다. 그 말에 나는 기가 막힐 따름이었다.

오냐 오냐 키워? 누가? 네가 날 오냐 오냐 키웠다고?

저놈 등쌀에 눌려서 찍소리 한 번 못해보고 살았는데 딴 사람도 아니고 저 새끼가 나한테 저런 말을 하니, 억울해서 죽을 것만 같았다.

"저는 라 아르만틴의 첫 번째 신성사제 라온입니다."

백발이 성성한 할아버지가 존댓말을 하는 것도 모자라 내게 허리를 숙이는 걸 보며 나는 기겁할 수밖에 없었다. 이러지도 못하고 저러지도 못하고 있다가 나도 똑같이 허리를 90°로 숙이며 인사했다.

"저, 저는 한겨울이라고 합니다. 열일곱 살이고, 그리고 병아리 아니에요."

내 말에 할아버지가 다시 한 번 허허허 하고 웃었다. 더 이상 뭐라고 할 말도 없어서 슬금슬금 형이 있는 쪽으로 다가가는데 형이 내게 물었다.

"여긴 왜 왔어?"

"아, 그게 수플레 먹을……."

나는 슬쩍 할아버지를 보며 말꼬리를 흐렸다.

어떻게 말을 해야 할지 몰랐기 때문이다. 알카 형은 다른 사람들이 있을 땐 평소처럼 행동하면 안 된다고 했는데 그렇다고 갑자기 존댓말을 쓰자니 입이 떨어지지 않았다.

우물쭈물하고 있는데 형이 미간을 좁히며 내게 말했다.

"수플레가 뭐? 왜 말을 하다 말아?"

그 재촉에 라온 할아버지의 눈치를 보며 우물쭈물 입을 열었다.

"수, 수플레 할 건데 아부지도 먹을래요?"

"안 먹어."

그럴 줄 알았다. 그럼 주방이 어디에 있냐고 그것만 가르쳐달라고 하려던 그때, 형이 낯을 찡그리며 내게 말했다.

"아버지도 아니고 아부지가 뭐냐? 그리고 닭살 돋으니까 그딴 식으로 부르지 마."

"그럼 뭐라고 불러? ……요."

내 말에 뭐라고 대답하려던 형이 다시 미간을 좁히고선 입을 다물었다. 저 입에서 무슨 말이 나올지 나는 알고 있었다. 분명 하늘 같으신 형님, 그딴 말이나 하려고 했겠지.

속으로 한숨을 쉬고 있는데 아직도 닭살이 돋는 건지 질색을 한 형을 가만히 보다가 나는 회심의 미소를 지으며 입을 열었다.

"하늘 같으신 아버지, 수플레 드실래요?"

"너 죽고 싶냐?"

"아이고, 하늘 같으신 아버지. 우주최강 아빠, 수플레 드실…….
미안. 장난이었어."

팔을 움직이는 형을 보며 나는 재빨리 한 걸음 뒤로 물러서며 정중히 사과했다.

부리가 째지고 싶으냐고 날 협박하는 형에게 다시 한 번 죽을죄를 지었다고 사과하려는데 잠시 잊고 있었던 할아버지가 우릴 보며 조심스레 물었다.

"부녀간의 대화에 눈치 없이 끼어들어 죄송합니다만⋯⋯. 예하, 기도의 방으로 가셔야 합니다."

부녀간의 대화?

그 말에 형과 나는 일그러진 얼굴로 동시에 할아버지를 쳐다봤다. 그걸 보며 할아버지는 고개를 돌려 다시 소리를 죽이며 웃었고 나는 도끼눈을 뜨고 형을 노려봤다.

그런 날 상대할 가치도 없다고 느꼈는지 형은 눈길도 주지 않고 안경을 벗으며 일어났다.

"바쁘니까 나가서 놀아."

"놀려고 온 게 아니라 주방이 어디에 있는지 물어보려고 온 거거든요, 아부지?"

"그걸 왜 나한테 물어, 내가 주방장이냐?"

여긴 너희 집이잖아, 병신아. 나는 겉옷을 입고 나가려는 형의 뒤를 졸졸 쫓아가며 다시 물었다.

"수플레 진짜 안 먹을 거야? 나중에 달라고 하지 마."

"안 먹는다니까. 뭐 만들려면 가서 밥이나 해와."

"내가 부엌데기냐? 왜 나만 보면 밥을 하래?"

내가 투덜거리며 문밖으로 나가는데 어떤 기사가 먼저 나가 있던 할아버지에게 귓속말을 하는 게 보였다. 할아버지는 우리가 나오자마자 형에게 다가가 다시 형의 귀에 대고 뭐라고 말을 하기 시작했다.

별 표정 없던 형의 얼굴이 일그러졌고, 할아버지가 허리를 폈을 때 형은 날 쳐다보고 있었다.

"왜 그래?"

그 살벌한 시선에 나는 반사적으로 주춤주춤 뒤로 물러섰다.

뭐라고 내게 말하려던 형은 인상을 쓰며 고개를 돌려 할아버지에게 물었다.

"죽었습니까?"

"반은 죽었다고 합니다."

반은 죽었다는 게 무슨 말이야? 갑자기 살벌해진 대화에 멀뚱멀뚱 있는데 형이 짜증 난다는 얼굴로 내게 시선을 돌렸다.

"방에 얌전히 처박혀 있어."

"아, 알았어."

뭔지는 모르겠지만 수플레고 나발이고 그냥 얌전히 방에 있는 게 낫겠다. 이럴 때 잘못 건드리면 손해 보는 건 나다.

후다닥 방으로 가려고 하는데 형이 갑자기 내 뒷덜미를 붙잡고 문안으로 밀어 넣었다. 의아한 얼굴로 고개를 들자 형이 거만한 얼굴로 날 내려다보며 입을 열었다.

"여기."

"어?"

"누가 와도 문 열어주지 말고."

쾅 하고 문이 닫힐 때까지도 나는 상황파악이 되질 않았다. 닫힌 문을 하염없이 바라보며 한참을 서 있다가 나는 혹시나 하는 마음에 손을 들어 문고리를 붙잡았다.

달칵, 달칵.

"형. 저기, 형. 형님, 형아. 형."

문고리는 잠긴 것처럼 움직이질 않았다. 나는 한참을 달칵거리다가 그제야 갇혔다는 사실을 깨닫고 문을 쾅쾅 두드렸다.

"형! 야! 야, 문 열어!"

소리친다고 해서 닫힌 문이 열릴 리가 없었다. 한참 바락바락 악을 써대다가 나는 결국 포기할 수밖에 없었다. 내가 왜 여기에 갇혀 있어야 하는 건지 모르겠고, 갑자기 배도 고파져서 나는 툴툴거리면서 창가로 다가갔다.

저번부터 느낀 건데 왜 툭 하면 날 가두는지 모르겠다. 저번에 제시 사건 때만 해도 그렇다. 그래, 내가 피보호자고 형이 내 보호자라는 건 알겠단 말이야. 근데 보호자라고 이렇게 멋대로 사람을 가둬도 된다는 건 아니잖아.

나는 갇혔다는 생각에 갑작스레 갑갑해져 창문에 쳐져 있는 하늘하늘한 커튼을 확 하고 신경질적으로 젖혔다.

"그래, 만만한 게 나지. 툭하면 사람 때리고 툭 하면 협박하고 툭 하면 가두아악!"

나는 커튼을 젖히자마자 놀라서 뒤로 나자빠졌다. 창문 테라스 쪽에서 날 쳐다보고 있는 두 개의 시뻘건 눈동자 때문이었다. 심장이 벌렁 벌렁거려서 혼자 기겁을 하고 있는데 내 꼴이 웃긴지 가을이 킥킥거리는 게 보였다. 나는 발끈해서 벌떡 일어나 창문에 바짝 붙어 소리쳤다.

"야! 놀랐잖아!"

"이번엔 안 울어?"

"뭐? 내가 왜 울어?"

"넌 놀라면 울잖아."

안 울었던 적이 없었던 것 같은데, 하고 가을이 중얼거렸다. 나는 내가 울었던 횟수를 손가락까지 꼽으며 세고 있는 그를 보며 허탈하게 웃었다.

"근데 넌 거기서 뭘 하고 있어?"

"문 좀 열어줘."

가을은 투명한 유리벽을 톡톡 하고 손가락 끝으로 두드리며 말했다. 평소에 내 방에 들어올 땐 안에서 걸쇠를 걸어놔도 잘만 들어오더니, 왜 오늘은 나더러 창문을 열어달라고 하는지 몰라서 나는 의아한 얼굴로 물었다.

"넌 창문 따는 게 특기잖아."

"그건 그런데 이 방엔 결계가 있어서 한 번 잠기면 밖에선 못 열거든."

창문 따는 게 특기라는 말에 부정하지도 않는다.

처음엔 직업이 살인청부업자 정도는 되는 줄 알았더니 이놈, 도둑놈인가 보다. 세 개나 걸려 있는 걸쇠를 풀며 나는 물었다.

"아까 급한 일 있다고 하더니 여긴 왜 왔어? 여기 형 방인데."

"그거 다 끝내고 오는 길이야."

그 말에 나는 두 개를 풀고 마지막 남은 걸쇠를 풀려다가 멈칫했다. 걸쇠에 손을 대고 내가 움직이질 않자 가을이 다시 한 번 손가락 끝으로 유리창을 두드렸다.

– 죽었습니까?

– 반은 죽었다고 합니다.

아까 들은 말이 머릿속을 맴돌았다.

"울아?"

"……."

형은, 내 방도 있는데 왜 군이 날 여기에 가둬둔 거지? 나는 숨을 삼키며 조심스레 물었다. 문은 아직 잠겨 있는 상태였다.

"뭘 하고 왔는데?"

"갑자기 볼일이 생겼다고 했잖아."

사람을 열몇 명은 죽일 것 같이 무섭던 가을의 얼굴이 문득 머릿속을 스쳤다. 설마 쟤가 지하 감옥에 갔다 온 건 아니겠지? 내 표정이 점점 이상해지고 있다는 걸 느낀 건지 가을이 다시 한 번 유리창을 두드렸다.

"우, 우리 형이 나가기 전에 그랬는데, 아무한테도 문 열어주지 말라고……."

형이 왜 나한테 그런 말을 했던 거지? 누가 와도 문 열어주지 말라는 말은 살면서 처음 들었다. 아니, 그러니까 지구에서는 정말 어렸을 땐 듣기도 했던 것 같은데…….

나는 황급히 아까 풀었던 두 개의 걸쇠를 다시 잠갔다. 내가 걸쇠를 잠그는 걸 말끄러미 보던 가을이 내게 시선을 돌렸다. 아까까지만 해도 갈색이었던 눈동자가 시뻘겋게 변해 있다는 걸 이제야 알았다.

"우리 형, 우리 형."

"어?"

"넌 왜 말끝마다 우리 형이래?"

"내가 언제?"

내가 무슨 브라콤이냐, 말끝마다 「우리 형」 거리게? 내가 인상을 찌푸리자 가을이 날 빤히 쳐다보며 다시 말했다.

"문 안 열어줘?"

"아까 우리 형이…….."

문 열어주지 말라고 했어, 라고 말하려다가 입을 다물었다. 생각해보니까 진짜 말끝마다 우리 형이라고 하기는 하는 것 같았다. 내가 말꼬리를 흐리자 가을의 하얀 미간이 좁아졌다.

"문 열어."

"시, 싫어."

열릴 리가 없다는 걸 알면서도 불안해져서 창문의 문고리를 붙잡고 힘을 꽉 줬다. 그러자 가을이 입을 다물었다.

허옇게 뼈가 도드라질 정도로 힘을 주고 있는 내 손을 빤히 보던 가을이 한숨을 내쉬더니 다시 날 보며 평소와 같은 어조로 말했다.

"왜 또 그래?"

그 말에 나는 심장이 철렁거리는 걸 느꼈다. 아까까지만 해도 인상을 구기고 살벌하게 말하더니 이번에는 불쌍할 정도로 풀이 죽은 목소리였기 때문이다.

저 새끼는 살인청부업자도 아니고 도둑놈도 아니고 배우였나?

그런 생각이 들 정도로 가을은 처연하기 그지없어 보였다. 나는 불쌍한 얼굴로 말끄러미 날 쳐다보고 있는 가을을 보다가 마음이 약해져 숨을 삼키며 물었다.

"어, 어딜 갔다 왔는데?"

"그거 말하면 문 열어줄 거야?"

내가 고개를 끄덕이자 가을은 태연한 얼굴로 곧장 입을 열었다.

"지하 감옥."

"……."

오 마이 갓. 세상에, 신이시여. 내 예상이 적중하는 순간이었지만 나는 마냥 기뻐할 수만은 없었다. 저 새끼가 지하 감옥에 왜 갔지?

"이제 문 열어줘."

"지하 감옥엘 왜 갔는데?"

"그건 들어가서 말해줄게."

말했으니까 이제 빨리 문 열라고 하는 가을을 보며 "응, 그래." 하고 문을 열 수 있을 리 없었다.

진짜 이상한 일이었다.

제시가 임신을 했다고 했는데 저놈이 왜 화가 난 거지? 그런 의문이 들면서도 나는 이미 답을 알고 있었다. 아니, 예상이었지만 거의 99%는 확신이었다.

떨떠름하고 거북스럽고 또 무섭기도 해서 나는 창문의 커튼을 다시 치며 말했다.

"저기, 미안한데……. 내가 지금 좀 혼자만의 시간을 가져야 할 것……."

내 말이 끝나기도 전에 반은 가려진 커튼 너머로 낮은 목소리가 들려왔다.

"이거 부수고 들어가면 넌 혼날 줄 알아."

"……."

"거짓말했잖아. 말하면 열어준다고 했으면서 왜 안 열어줘?"

석상처럼 굳은 채 나는 재빨리 다시 커튼을 젖혔다. 가을은 표정 없는 시뻘건 눈으로 날 쳐다보고 있었다. 나는 잔뜩 겁에 질려 조심스레 물었다.

"문 못 여는 거 아니야?"

"열 수 있어. 때려 부수면."

"……."

그거 거짓말이지? 그런 내 마음속의 외침을 읽은 건지 가을은 유리벽에 손을 대며 말했다.

"못 믿겠으면 보여줄까?"

쟤 미쳤나 봐. 어떡해? 진짜 나 좋아하는 거 아니야? 아니면 도대체 왜 저래? 쟤 성격 이상해. 누가 나 좀 살려줘. 나는 속으로 나조차도 이해할 수 없는 말들을 염불처럼 외우며 발만 동동 굴렸다.

물론 미친 척하고 그냥 너 혹시 나 좋아하냐고 물으면 그만이었다. 하지만 저 입에서 만약에, 아주 만약에, 혹시라도 정말로 만약에 "응." 이라는 대답이 나올까 봐 무서워서 차마 묻지도 못하겠다.

나는 발밑에서부터 스멀스멀 올라오는 공포에 움직이지도 않고 눈만 껌벅거렸다. 이대로 돌아서서 문쪽으로 미친 것처럼 뛰어도 문은 어차피 열리지 않는다. 더구나 내가 도망가면 왠지 저 미친놈은 창문을 부수고 들어올 것 같은데 그랬다간 그 뒤에 무슨 일이 벌어질지 몰랐다.

내가 번뇌하고 있는 사이 귓가로 다시 그의 목소리가 들려왔다.

"넌 내가 아직도 무서워?"

가을은 비 맞은 강아지처럼 처연한 꼴을 하고 불쌍하게 물었지만 나는 기겁했다. 그가 손대고 있던 유리벽에 파직 하고 작게 금이 갔기 때문이다. 이대로 뒀다간 정말 유리창이 박살 날 것 같아서 나는 황급히 손사래를 쳤다.

"아, 아니야! 야! 무서운 거 아니, 으악! 야! 하지 마! 문 열어줄게! 열어준다고!"

쩡! 커다란 소리와 함께 커다랗게 유리벽에 금이 갔다. 나는 빠른 속도로 걸쇠를 풀고 마지막 남은 걸쇠에 손을 대며 다급하게 말했다.

"너, 너 들어와서 나한테 손대면 가, 가만 안 둘……."

"셋 셀 동안 안 열면 진짜 깰 거야."

달칵 하고 마지막 걸쇠가 풀렸다. 그 소리가 왠지 지옥의 문이 열리는 소리 같았다. 나는 문을 열자마자 후다닥 테이블 뒤로 뛰어갔고 가을은 창문을 열고 안으로 들어왔다.

그는 안으로 들어와 중간에 테이블을 둔 채 몸을 웅크린 날 보더니 깊게 한숨을 내쉬었다. '저걸 어떻게 하면 좋지?' 가을은 딱 그런 얼굴로 날 쳐다보고 있었다. 그건 내가 묻고 싶은 말이다.

난 잔뜩 경계하며 말했다.

"문은 왜 열어달라고 했던 건데?"

무슨 짓을 하려고? 가을은 거기까진 생각하지 않은 듯 잠시 입을 다물었다. 그리고 곰곰이 생각하더니 무언가 떠올랐다는 듯 내게 말했다.

"수플레 만들어줘."

"……."

쟨 진짜 아무 생각도 없이 여길 오는구나. 왜 온 거냐고 물어보면 그제야 이유를 생각하고 있는 것 같았다.

"너만 아니었으면 난 지금 수플레 만들고 있었거든?"

"왜? 내가 수플레 못 만들게 했어?"

내가 언제? 의아한 얼굴로 가을이 내게 물었다. 그렇게 말하면서 자연스럽게 내 쪽으로 다가왔는데 그 행동이 너무 자연스러워서 나는 차마 피해야겠다는 생각조차 할 수가 없었다.

"너 때문에 형이 날 여기에 가뒀단 말이야."

"그게 왜 나 때문이야?"

"그게……. 이건 그냥 내 생각인데 네가 지하 감옥에서 무슨 사고를 치고 네가 또 나한테 올까 봐 형이 날 여기에 가둔 것 같은데……. 여긴 결계가 있어서 한 번 잠기면 밖에선 못 연다며?"

그러니까 결과적으로 이건 전부 저놈 때문이었다. 가을은 태연하게 의자에 앉더니 탁자에 팔꿈치를 올려 턱을 괴고 날 쳐다봤다.

"그럼 여기서 내가 나가게 해주면 수플레 만들어줄 거야?"

그 말에 나는 잠시 혹했지만 곧 고개를 저었다. 여기서 저놈이랑 나가면 왠지 형한테 얻어터질 것 같았기 때문이다. 내가 고개를 젓자 가을이 미간을 구겼다.

"왜? 너 수플레 만들어준다고 해놓고 왜 안 만들어줘?"

"그냥 하나 사 먹어!"

"싫어. 네가 만든 거 먹을 거야."

너 요리 잘한다며? 그런 얼굴로 내게 말하는 가을을 보며 나는 얼떨떨한 얼굴로 고개를 끄덕였다.

내 요리 스킬이 만렙인 건 사실이긴 한데…….

계속 말을 해봤자 또 나만 말려들 것 같아서 나는 단호하게 고개를 저었다.

"아무튼 오늘은 안 돼. 그리고 넌 여기서 사고 쳐놓고 왜 이렇게 당당해? 도망 안 가도 돼?"

걸리면 "저 새끼 잡아라!" 하고 기사들이 칼 들고 쫓아올 것 같은데.

말끄러미 날 쳐다보고 있던 가을은 내 퉁명스러운 말에 눈을 동그랗게 떴다.

"지금 내 걱정해주는 거야?"

"……."

정말 쟤랑은 말이 안 통한다. 나는 저 근거 없는 자신감에 할 말을 잃고 한숨을 내쉬다가 문득 떠오른 생각에 그의 맞은편에 잽싸게 앉으며 물었다.

"야, 근데 너 초월자라고 했지?"

어차피 마법은 못 배울 것 같고 그럼 남은 건 칼인데, 이왕 배우는 거 잘하는 사람한테 배우고 싶었다. 아킨토스 말로는 우리 형이 세계 최강이라고 했지만 형은 바빠서 제대로 날 가르쳐 줄 것 같지도 않았다.

"네가 탑의 마법사라며? 그럼 마법밖에 못 쓰는 거야?"

"검도 좀 쓸 수 있기는 한데……. 난 몸으로 하는 건 잘 못해."

가을이라면 못해도 잘한다고 할 줄 알았는데 좀 의외였다. 더구나 초월자라는 게 인간의 한계를 뛰어넘는 능력을 가진 사람들이라고 했는데 암만 봐도 눈앞의 저 인간이 그렇게 대단한 사람처럼 보이진 않았다. 나는 좀 신기한 얼굴로 그를 보다가 다시 물었다.

"초월자라는 게 세상에 세 명 있다며?"

탑의 마법사, 무신, 벨체타의 마녀. 이렇게 세 명이라고 알카 형이 그랬었다. 탑의 마법사는 이름에서 보여주듯 마법을 엄청 잘 쓰는 것 같고, 벨체타의 마녀는 무슨 저주나 그런 걸 잘한다고 했으니까…….

"야, 너희 초월자들은 무슨 계모임 같은 거 안 하나?"

"그런 거 안 해."

가을은 이상한 얼굴로 날 쳐다봤다. 하긴 대뜸 계모임 안 하냐고 물었으니 이상해 보이기는 할 듯했다. 결국 빙빙 돌릴 것도 없이 직설적으로 물었다.

"너 무신이라는 초월자랑 만나봤어?"

내 말에 가을은 입을 다물었다.

무언가를 생각하고 있는 것 같이 보이는 그 얼굴에 나는 속으로 한숨을 내쉬었다.

만나기는 해본 것 같은데 엄청 오래됐나 보다. 혹시 아는 사이면 나 칼 쓰는 것 좀 가르쳐달라고 부탁이라도 한 번 해보려고 했더니.

그렇게 반은 포기하고 있었는데 가을이 태연하게 말했다.

"한 달 전에 만났어. 한 달 좀 넘었나?"

"뭐?"

"한 달에 한 번은 우리 집에 와서 밥 먹고 가고 그래. 우리 아빠 친구거든."

"……."

가을이 무신이랑 아는 사이라는 건 참 기쁜 일이었지만 아빠 친구라니? 너는 초월자니까 그렇다고 쳐.

나는 얼떨떨한 얼굴로 조심스레 물었다.

"너희 아버지 혹시 살아계셔?"

아니, 도대체 이 나라 사람들은 수명이 어떻게 되는 거야? 지구랑은 다른가? 이 나라 사람들은 수명이 이백 년, 삼백 년 씩 되는 거야?

"아마 나보다 더 오래 살걸?"

가을은 태연한 얼굴로 말했다.

아니, 잠깐만. 분명 알카 형이 탑의 마법사가 초월자가 된 건 약 90년 전이라고 했던 것 같은데? 그럼 일단 그의 나이는 적어도 아흔 살이 넘었다는 얘기였다.

나는 생긴 건 멀쩡하게 생겼는데 속은 우리 고조할아버지보다 훨씬 더 나이가 많은 가을을 보다가 고개를 저었다. 지금 중요한 건 이게 아니다.

"아무튼 무신이라는 사람이랑 아는 사이라 이거지?"

내가 눈을 반짝반짝 빛내며 묻자 시종일관 표정이 없던 가을이 별안간 기겁한 얼굴로 날 쳐다봤다. 그는 일그러진 얼굴로 조심스레 물었다.

"너 설마…… 아니, 잠깐만. 네가 지금 뭘 몰라서 그러는 것 같은데……."

"너 곤란하게 안 할게. 그냥 물어만 봐주면 안 돼? 혹시 모르잖아. 나 진짜 열심히 할 수 있는데……."

나는 두 손을 기도하듯 모으고 간절한 얼굴로 말했다. 솔직한 심정으로는 사실, 내가 배우는 데 의의를 둔다기보다는 인간의 한계를 초월한 검사를 한 번이라도 보고 싶은 마음이 더 컸다. 얼마나 검을 잘 쓰면 초월자라는 말이 붙었나 너무 궁금했다.

칼 한 자루로 산을 날리고 바다를 가르기라도 하나?

"울아, 너 그러다가 죽어. 내가 진짜 너 생각해서 하는 말인데, 그 사람 정말 피도 눈물도 없는 또라……. 아니, 나쁜 사람이란 말이야."

제발 그런 생각은 꿈에서라도 하지 말라는 듯 가을은 나보다 훨씬 더 간절한 얼굴로 내게 애원하기 시작했다. 저 미친놈 입에서 또라이라는 말이 나올 정도면 미쳐도 단단히 미친 또라이일 것 같기는 했다.

"그냥 하는 말이 아니라 진짜 죽어. 넌 나도 무서워하면서 아벨 아저씨 앞에선 어쩌려고 그래?"

"이름이 아벨이야?"

"아벨이고 뭐고 간에, 아무튼 힘만 무식하게 센 욕쟁이 할아버지 같은 사람이야. 그 사람 만나면 눈도 마주치지 말고 무조건 도망쳐."

힘만 무식하게 센 욕쟁이 할아버지라는 말에 나는 대충 무신의 이미지를 그릴 수 있었다.

그러니까 근육이 우락부락하고 수염이 달린 산적같이 생긴 그런 사람. 얼굴에 왠지 커다랗게 흉터도 있을 것 같았다. 팔뚝에 문신 같은 것도 있을 것 같고…….

"혹시 그 사람 뭐 도끼 같은 걸로 싸워?"

"저번에 우리 집에 왔을 때 아빠랑 싸웠는데 그때 도끼 휘두르는 거 본 적은 있어."

"……."

진짜 산적 두목 같은 사람인가 보다. 힘도 엄청 세고……. 하긴, 그렇게 힘이 세니까 초월자가 된 거겠지. 나는 한숨을 내쉬며 말했다.

"근데 한번 보고 싶기는 보고 싶은데."

뭐라고 해야 하나, 연예인을 보고 싶은 마음과 비슷한 것 같았다. 내가 혼잣말처럼 중얼거리자 가을이 내 쪽으로 얼굴을 들이밀며 말했다.

"그럼 나 보면 되잖아. 나도 초월자야."

"넌 그냥 등신 팔푼이 같아."

나도 모르게 속에 있는 말이 나와 말을 하고 나도 깜짝 놀랐다. 내가 눈을 동그랗게 뜨고 손으로 입을 가리자 그가 웃었다.

"여기선 안 되고 다음에 나가서 마법 쓰는 거 보여줄게. 너 마법사 한 번도 본 적 없지?"

그 말에 나는 고개를 끄덕거렸다. 마법사라고 해도 모자에서 비둘기가 나오거나 트럼프 카드가 갑자기 손에서 튀어나오거나 그런 것만 봤다. 아니, 그건 마법이 아니라 마술이었나?

"우리 엄마도 처음에 마법 보고 엄청 신기했대. 마법도 신기하고 검으로 땅을 뒤집는 것도 신기하고, 그냥 전부 다 신기했다고 하던대. 너도 혹시 그래?"

나는 그 말을 가만히 들으며 기분이 이상해졌다. 여기가 지구도 아니고 완전히 다른 세상인데 이렇게 지구에 대해서 아는 사람을 만날 줄이야. 이것도 인연이라면 인연이었다.

"근데 왜 다음에 보여줘? 지금 보여주면 안 돼?"

"여기선 안 돼. 교황청에서는 마법 못 쓰거든."

또 결계지, 뭔지 그런 것 때문인가. 여긴 교황청이 아니라 무슨 주술사들만 있는 곳인가? 무슨 결계가 이렇게 많은 건지 모르겠다.

"아무튼 검은 좀 그렇고 다음에 내가 아티펙트 하나 줄 테니까 그 냥 그거 가지고 다녀."

그때 가을이 갑자기 내 손목을 붙잡으며 말했다. 뭘 찾는 것처럼 빤히 내 손목과 손가락을 쳐다보는 가을을 보며 나는 손목을 비틀었다.

"검이 뭐가 좀 그래?"

"검이나 마법은 배우려면 시간이 오래 걸리잖아. 그리고 넌 일단 체형 자체가 좀……. 정 하고 싶으면 그냥 취미로만 해."

그 말에 나는 고개를 숙여 내 몸을 쳐다봤다.

"내 몸이 뭐가 어때서?"

키 작은 거 말고는 별다를 것도 없는데? 한참 내 몸을 쳐다보다가 나는 고개를 들어 그를 쳐다봤다. 그러자 가을이 내 손목을 잡은 손에 힘을 줬다. 그렇게 아픈 건 아니었지만 갑자기 압박이 가해져 나는 인상을 찌푸렸다.

"넌 운동신경 없잖아. 뼈대도 약하고."

"그게 무슨 상관이야? 그리고 나 운동신경도 있고, 힘도 세거든? 내가 우리 학교에서 팔씨름 대회 나가서 1등 먹었던 사람이야. 우리 동네가 밤에 양아치들이 좀 많았는데 걔들이 어떤 여자애 삥 뜯고 있어서 내가 그것도 구해주고……."

나는 혼자 신나서 떠들었다. 우리 학교에서 팔씨름 대회 1등이 아니라 우리 분단에서 1등을 먹은 거고, 삥 뜯기고 있던 여자애는 내가 구해 준 게 아니라 상진이 새끼가 구해 준 거지만 어쨌든 나도 그 자리에 있기는 있었으니까…….

어차피 저놈이 뭘 알 리도 없었기에 나는 아주 조금의 과장을 덧붙였다. 내 말을 가만히 듣고만 있던 가을이 의아한 얼굴로 물었다.

"너 원래 기사가 되는 게 꿈이었어?"

아니, 난 그냥 안정적이게 공무원이나 돼서 평범하게 사는 게 꿈이기는 했는데……. 그건 지구에 있을 때 꿈이었다. 하지만 여긴 지구가 아닌 다른 세상이니까 좀 특별한 걸 하고 싶었다.

"난 검사가 될 거야."

"왜?"

"멋있잖아."

별생각도 없이 그렇게 말하다가 아차 싶어 나는 그의 눈치를 살폈다. 여태껏 이런 말을 해서 비웃음을 당하지 않았던 적이 없었기 때문이다. 하긴, 나 같아도 웃기겠다. 솔직히 아직까진 미래에 대해서 구체적인 계획이 없었다. 커서 도대체 뭘 해먹고 사나, 갑자기 그런 생각이 들어 한숨을 내쉬며 머리를 벅벅 긁고 있는데 그가 내게 말했다.

"그럼 내가 검 하나 사줄까?"

진지한 얼굴로 말하는 가을을 보며 나는 눈을 동그랗게 떴다.

갑자기 왜 이렇게 적극적이야?

그리고 정말 아직도 이해할 수 없는 게 저놈은 도대체 나한테 왜 이렇게 뭘 주려고 하는 건지 모르겠다. 황금알 낳는 거위도 그렇고, 수플레 만들어주면 집도 준다고 하고 가구도 사준다고 하고, 이제는 칼까지 사준단다. 아까는 뭐 아티펙튼가 뭔가 그것도 준다고 하고.

"아깐 나더러 취미로만 하라고 했잖아. 근데 왜 갑자기……."

"꿈이라며?"

"어? 어, 그건 그런데……. 근데 진짜 칼 사줄 거야? 장난감 말고 진짜 칼?"

내 말에 가을이 고개를 끄덕였다.

"날 잘 드는 걸로 사줄 테니까 가지고 다니다가 혹시 나쁜 사람 만나면 그걸로 찌르고 그냥 도망가."

"……."

요즘 왜 이렇게 나더러 사람 찌르라고 하는 놈들이 많은지 모르겠다. 떨떠름한 얼굴로 일단 고개를 끄덕이는데 그가 말을 이었다.

"그리고 꼬맹이가 또 너 때리면 그걸로 확 찔러버려."

"야, 찌르고 나발이고 찌르고 도망갔다가 잡히면 난 그날이 내 제삿날이 되거든?"

그냥 얻어맞고 말지. 그 인간 몸에 상처 냈다간 난 아마 산 채로 바다에 빠지든 불구덩이에 빠지든 어쨌든 죽을 게 틀림없었다.

내가 진저리를 치자 가을이 웃었다.

"아무튼 너나 우리 형이나 진짜 똑같아. 형도 나보고 너 만나면 찔러 죽이라고 하던데. 못 죽이겠으면 그냥 찌르고 도망치라고 하고."

"걘 어렸을 때부터 싹수가 노랬어."

"근데 너 진짜 몇 살이야? 백 살 넘었어?"

내 말에 가을은 손으로 턱을 괴며 말했다.

"내가 몇 살인지 가르쳐주면 넌 나한테 뭘 해줄 건데?"

"……."

여긴 원래 남한테 나이 가르쳐주는 게 엄청 대단한 일인가? 예상치도 못했던 그 말에 나는 얼빠진 얼굴로 그를 보다가 허탈하게 웃어버렸다.

"그렇게까지 해서 듣고 싶을 정도로 궁금한 건 아니……."

코웃음을 치며 말하고 있는데 그가 실실 웃던 얼굴로 갑자기 정색을 했다. 나는 나도 모르게 고개를 저으며 나오는 대로 내뱉었다.

"구, 궁금해. 궁금해. 너무 궁금해서 뭘 해주고 싶기는 한데, 내가 지금 돈도 없고……."

"돈은 필요 없고, 정 그렇게 뭘 해주고 싶으면 내일 우리 집에 와서 네가 들고 가."

"들고 가? 뭘?"

"검. 네가 들 거니까 큰 것 보다는 작은 게 낫겠지?"

그거 진짜 사주나?

만화에서 나오는 것처럼 크고 멋있는 걸 들고 싶기는 하지만 그런 건 무거울 것 같으니까 공짜로 준다고 하는 걸 마다할 이유는 없었다. 나는 이왕 이렇게 된 거 마음 굳게 먹고 물어보기로 했다.

"작은 게 낫기는 나은데……. 근데 너 원래 이렇게 공짜로 뭐 잘 주는 성격이야?"

"아니. 너한테만 주는 거야."

"……왜?"

나는 잔뜩 긴장한 얼굴로 그를 쳐다봤다. 머릿속으로는 텔레비전에서 봤던 드라마의 한 장면들이 파노라마처럼 스쳐 지나갔다.

"널 좋아하니까! 사랑하니까!" 그 말만 머릿속에 뱅뱅 돌고 있었다. 내가 저 미친놈한테 맞아 죽는 한이 있어도 단호하게 거절해야한다. 무섭다고 게이가 될 수는 없잖아!

"미, 미안한데 난 여자가……."

여자가 좋아, 그렇게 말하려고 했는데 내 말이 끝나기도 전에 그가 입을 열었다.

"내 동생이랑 이름이 똑같아서 그런가?"

"어?"

"동생이 결혼을 너무 어릴 때 해서 집을 일찍 나갔거든."

"……."

순진무구한 얼굴로 내게 말하는 가을을 보며 나는 입을 다물었다. 갑자기 무섭기만 했던 그의 시뻘건 눈동자가 왜 이렇게 순수하게 보이는 건지는 모르겠지만 난 지금 쥐구멍이라도 있으면 거기에 숨고 싶은 심정이었다.

내 예상이 빗나간 건 정말 천만다행이었지만 이게 무슨 개 쪽이란 말인가. 내가 진짜 도끼병이 있었나 보다. 손발이 오그라들어 혼자 탁자에 머리를 박고 있는데 가을이 내 이마와 탁자 사이로 손바닥을 대며 말했다.

"왜 그래?"

나는 머리에 힘을 빼고 그의 손바닥 위로 이마를 박았다. 진짜 쪽 팔려 죽겠네.

"아, 아니. 네 동생이 결혼을 일찍 했어?"

나는 일그러진 얼굴로 슬쩍 고개를 들며 물었다.

"너무 오래돼서 기억은 잘 안 나는데 아마 네 나이 때 했을 거야. 아니, 너보다 더 어릴 때 했나?"

내 나이가 지금 열일곱 살인데 나보다 더 어릴 때 결혼을 한 거면 정말 빨리한 거다. 그렇게 애써 다른 쪽으로 생각하려고 했지만 나는 얼굴을 들 수가 없었다.

아니야, 그럴 수도 있지. 애초에 저놈이 내가 오해하게 행동을 했고, 또 말투도 이상했고…… 으아아악! 진짜 쪽팔려 죽겠다!

"울아."

"흑……. 어? 왜?"

나는 스스로를 미친놈이라며 속으로 자책하고 있다가 퍼뜩 고개를 들었다. 그러자 가을이 날 보며 곤란하다는 얼굴로 소파에서 몸을 일으켰다.

"나 여기 있는 거 꼬맹이한테 들키면 너 혼나는 거 아니야?"

"어? 어, 응. 형이 너 만나면 찔러 죽이라고 했는데……."

"그럼 가봐야겠다. 내일 몇 시에 올 거야?"

가을이 아까 때려 부수려고 했던 창문 쪽으로 걸어가며 물었다. 나도 덩달아 소파에서 일어나 그의 뒤를 쫓아가며 말했다.

"공부 다 하면 네 시는 넘을 것 같은데……. 근데 어디로 가?"

"저번에 봤던 내 공방 어딘지 기억나? 아니다, 그냥 분수대 앞에서 보자. 저번에 앉아 있다가 잠들었던 거기."

"응, 그럼 다섯 시까지 갈게."

가을은 테라스로 나가 그대로 밑으로 뛰어내리려다가 갑자기 고개를 돌려 날 쳐다봤다. 그는 엄한 얼굴로 내게 말했다.

"신발 벗고 돌아다니지 마."

"아, 알았어."

"빨리 창문 닫고 커튼으로 가려. 10초 뒤에 도착할 거야."

"어?"

그렇게만 말하고 가을은 밑으로 훌쩍 뛰어내렸다. 나는 그가 사라진 곳을 멀뚱멀뚱 보다가 그의 말대로 창문을 닫고 걸쇠 세 개를 다 잠근 후에 커튼을 쳤다. 그리고 커튼을 치자마자 거짓말처럼 문이 열렸다.

화들짝 놀라 고개를 돌리자 그곳에는 형이 있었다. 나는 반사적으로 커튼을 친 창문에 바짝 붙어 어깨를 웅크렸다. 아까 가을이 때려 부순다고 날 협박할 때 창문에 금이 갔다. 그걸 형이 본다면 또 무슨 난리를 피울지 몰랐다. 나는 창문에 바짝 붙어 있다가 빠른 걸음으로 형에게 다가가며 말했다.

"형, 나 수플레 만들 건데 나랑 주방에 좀……."

형의 팔을 붙들고 다시 밖으로 나가려고 했는데 형은 꿈쩍도 하질 않았다. 무슨 생각을 하는지 모르겠는 얼굴로 날 빤히 내려다보는 형을 보며 나는 긴장했다.

"왜, 왜 그래? 나 아, 아무것도 안 했……."

"너 혹시 빙의했다는 거 그 새끼한테 말했냐?"

"어?"

"제시가……. 아니, 됐다."

한숨을 내쉬며 형은 고개를 저었다. 갑자기 제시 얘기가 왜 나온 거지? 의아한 얼굴로 형을 보다가 나는 번뜩 떠오르는 생각에 잡고 있던 팔을 이리저리 흔들었다.

"왜? 제시가 왜? 말을 왜 하다가 말아? 아까 어디 갔다 왔던 거야? 나가기 전에 누구 죽었냐고 물어봤던 건 왜 그랬던 건데? 누구 죽었어? 빙의 얘기는 또 왜 꺼낸 거⋯⋯."

"너 부리 째질래? 안 닥쳐?"

형이 손가락으로 내 입술을 잡으며 인상을 썼다. 나는 고개를 흔들어 형의 손을 뿌리친 다음 다시 물었다.

"누구 죽었어?"

"뭐가 궁금한 건데?"

"아니, 뭐⋯⋯. 궁금하다기보다는⋯⋯. 아까 나갈 때 분위기가 심각해 보여서 그러지. 갑자기 죽었냐고 그러고 반은 죽었다고 그러고 막 그러니까⋯⋯."

내가 우물쭈물 말하자 형이 별안간 미간을 좁혔다. 나는 눈도 마주치지 못하고 슬쩍 고개를 돌려 천장을 보다가 잡고 있던 형의 팔을 놨다. 계속 쳐다보고 있으면 왠지 거짓말을 하고 있다는 게 들킬 것 같아서 나는 문고리를 잡았다.

"아무튼 난 간다. 수플레 만들어서 먹을 거야."

"너 내가 그 새끼 만나면 어쩌라고 했어?"

"⋯⋯."

나는 문고리를 붙잡은 자세 그대로 석상처럼 굳어버렸다.

숨도 쉬지 않고 눈도 깜빡이지 않고 굳어 있다가 입가에 경련이 일어나고 있는 얼굴 그대로 고개를 돌려 형을 보며 입을 열었다.

"찔러 죽이라고……."

"그 뒤로 만난 적 없지?"

"당연히 없지. 내가 걜 왜 만나?"

내가 지금 어떤 표정으로 말을 하고 있는지도 모르겠다. 최대한 태연하게 말하고 있는데 형의 눈이 가늘어졌다.

"근데 표정이 왜 그래?"

"내 표정이 뭐? 아, 맞다. 나 내일 잠깐 나갔다가 와도 돼? 계속 여기에만 있으니까 갑갑해서 나가서 구경 좀 하게. 해 지기 전까지는 들어올게."

내 말에 형은 마음대로 하라는 말만 하곤 나가라는 듯 손을 휘휘 저었다. 안 들켰나? 잘 넘어간 것 같아서 속으로 안도하며 문을 열었다. 그러다 갑자기 든 생각에 황급히 몸을 돌려 형의 옷자락을 쥐었다.

"나 용돈 좀 줘."

"내일 줄 테니까 나가기 전에 들러."

오, 웬일로 밥버러지라는 말 한마디도 없이 이렇게 순순히 용돈을 주는 거지? 나는 잔뜩 기대감에 섞인 목소리로 물었다.

"얼마나 줄 거야? 별로 많이는 안 줘도 되는……."

"오백 원."

"……."

저 새끼가 그럼 그렇지.

결국 수플레는 만들지도 못했다. 나는 이젠 눈 감고도 다닐 수 있는 내 방 근처의 정원에서 혼자 놀다가 밥을 먹고, 다시 놀고 하다 보니 어느덧 날이 저물었다.

이러다가 혼자 놀기의 달인이라도 될 것 같았다. 저녁을 먹고 씻고 침대에 누워 나는 깊게 한숨을 내쉬었다.

"하루 종일 뭐한 게 있어야 일기를 쓰지……"

내 일과야 판에 찍은 듯 매일 똑같다는 건 누구보다 잘 알고 있을 텐데도 알카 형은 일기를 포기하지 않았다.

일기 쓰기 싫으면 독후감을 쓰라고 했지만 나는 한 치의 망설임도 없이 일기를 택했다. 어쨌건 일기가 독후감보다는 나았다. 독후감을 쓰려면 책을 읽어야 하니까.

나는 펜을 이리저리 굴리다가 오늘 날짜와 날씨를 썼다. 그래도 매일 써서 그런지 예전보다는 아는 단어도 많아졌고, 또 일기를 쓰는 속도도 빨라졌다. 알카 형 말로는 그래 봤자 다섯 살 정도 아이의 수준에서 여덟 살로 진화한 것뿐이라고 했지만 나는 만족했다. 글 배운지 이 정도 만에 이만큼이나 할 수 있으면 된 거지, 뭐.

아, 오늘은 또 뭘 써서 칸을 채워야 하나. 나는 펜 뒤쪽으로 침대를 툭툭 치다가 제대로 펜을 잡았다.

내일 놀러 나갈 건데 형이 용돈으로 오백 원을 준다고 해서 짜증이 났다는 내용을 쓸 생각이었다. 쓸 것도 없는데 그냥 내일 놀러 나가서 뭐 사 먹는다는 얘기나 써야지. 내가 쓸 수 있는 모든 음식을 나열하다가 보면 칸도 다 찰 게 분명했다.

그렇게 나는 내용의 90%를 음식 이름으로 다 채운 후에 일기장을 덮었다.

"근데 여긴 돈 단위가 어떻게 되지?"

나는 침대에 대 자로 뻗어서 혼자 중얼거렸다. 같은 지구에서도 미국은 달러, 유럽은 유로, 한국은 원화, 뭐 그런 것처럼 나라마다 달랐는데 이곳에서 원화를 쓸 리가 없었다.

오히려 형은 여기에서 태어나 거의 30년을 산 건데도 아직 오백 원이라는 걸 기억하고 있다는 게 신기했다.

나는 벌떡 일어나 불을 끄고 침대 속으로 기어들어가 몸을 웅크리고 눈을 감았다. 한 건 없었지만 요즘 들어 부쩍 잠이 많아져서 큰일이었다. 먹어도 먹어도 배가 고프고, 자도 자도 잠이 온다. 혹시 성장기라서 그런가? 팔이나 다리는 안 아픈데.

눈을 감고 이런저런 생각을 하고 있는 그때, 불현듯 아까의 일이 머릿속을 스쳐 지나갔다. 가을이 내게 동생이랑 이름이 똑같아서 그런 거라고 했던 그 일이!

"으윽."

나는 커다란 베개에 얼굴을 묻었다. 진짜 다시 생각해도 쪽팔렸다. 걘 그냥 내가 자기 동생 같고 그래서 잘해준 건데 난 그것도 모르고 혼자서 이상한 생각이나 하고……. 내가 도끼병이 있는 줄은 미처 몰랐다.

하긴, 세상에 게이가 그렇게 흔한 것도 아니고……. 어쨌든 이제 크게 신경 쓰일 것도 없으니 걱정할 필요는 없을 것 같았다. 그가 자기 동생과 내 이름이 같아서 내게 잘해주는 것처럼 나도 지구에서 지금쯤 잘살고 있을 가을이 형을 생각해서라도 잘해줘야겠다. 좀 말이 안 통하기는 하지만 나쁜 사람 같지는 않았으니까.

나중엔 형이랑도 화해시켜 줘야겠다.

나는 네모난 카드를 만지작거리면서 교황청을 나섰다. 오늘은 알카 형이 볼일이 있다고 해서 평소보다 한 시간 정도 일찍 공부를 마쳤다. 시간도 남았겠다, 형한테 좀 놀아달라고 하려고 갔더니 형은 바쁘다고 카드만 던져주고 나가서 놀라는 말만 하고······.

"아니, 내가 무슨 다섯 살 난 애도 아니고 왜 매번 나더러 나가서 놀래?"

나는 툴툴거리며 거리를 걸었다.

그래도 지구에 있을 땐 가끔씩 형이랑 가을이 형이랑 나랑 놀러도 가고 그랬는데 이제 여행은 물 건너간 것 같다. 형 보니까 잘 시간도 없는 것 같던데 여행은 개뿔······.

아무튼 다섯 시에 분수대 앞에서 만나기로 했으니까 그동안 근처 구경이나 해야겠다. 밖에 나온 적은 있었지만 마음 편하게 구경한 적은 없으니까.

시장이라고 해도 내가 한국에 있을 때 우리 동네 시장이랑은 너무 달라서 꼭 외국에 나와 있는 것 같은 기분이 들었다. 아마 건물 양식이 한국과는 많이 달라서 그런가 보다.

나는 사람이 북적북적한 거리를 걷다가 근처 꼬치 집에 가서 카드를 내밀었다.

"꼬치 두 개만 주세요."

"네, 잠시……. 현금 없으세요?"

양 갈래로 머리를 곱게 땋은 여자가 미간을 좁히며 내게 물었다. 그 말에 나는 얼떨떨한 얼굴로 고개를 끄덕였다.

"누가 이런 노점상에서 카드를 내고 음식을 사 먹어요?"

"……."

나는 작게 죄송하다는 말을 하고 반대쪽 길로 성큼성큼 걸었다.

"내가 이럴 줄 알았어. 덥석 카드 줄 때부터 내가 알아봤다고."

가만 생각해보니까 진짜 그랬다. 누가 시장에서 꼬치 하나 사 먹는데 카드를 내겠는가?

이건 분식집 가서 떡볶이 천 원어치 먹으면서 신용카드를 내민 것과 다름없었다. 다시 돌아가서 카드 말고 당장 현금으로 내놓으라고 할 수도 없는 노릇이라 나는 결국 카페처럼 보이는 곳을 찾아 들어갈 수밖에 없었다.

"어서 오세요. 일행분 있으세요?"

"아니요, 저 혼자예요. 근데 카드 돼요?"

"네, 당연하죠. 자리 안내해드릴게요."

종업원을 따라 걸으며 나는 벽에 걸린 시계를 쳐다봤다. 다섯 시까지는 한 시간 정도 여유가 있으니, 여기서 좀 있다가 나가면 되겠다. 내가 자리에 앉자 종업원이 물 한 컵과 메뉴판을 가지고 왔다.

카드도 있겠다, 왕창 시켜서 먹…….

"……."

메뉴판을 펼친 나는 그대로 굳어버렸다. 글자를 읽을 수가 없었기 때문이다. 글을 배우고 있기는 했지만 아직 차 종류 같은 건 배우지 못해서 읽을 수 있는 게 하나도 없었다. 나는 메뉴판을 덮고 어색하게 웃으며 종업원에게 말했다.

"여기서 제일 맛있는 걸로 갖다 주세요."

"저희 카페에는 네만 산 초콜릿으로 만든 뜨거운 핫초코가 제일 맛있어요. 그걸로 드릴까요? 아, 막 생크림 딸기 케이크도 완성됐는데 그것도 드시겠어요?"

"네, 다 갖다 주세요. 그 케이크랑 또 맛있는 거 아무거나 두 개 더 갖다 주세요."

역시 케이크가 있었구나. 핫초코에 생크림 딸기 케이크에, 전부 다 내가 좋아하는 거였다.

그 외에도 치즈 케이크랑 블루베리 무스 케이크가 맛있다는 말에 나는 그것도 다 가지고 오라고 했다. 잠시만 기다리라는 종업원의 뒷모습을 보며 싱글벙글 웃고 있는데 갑자기 가까운 곳에서 익숙한 얼굴이 보였다.

"어? 너 왜 벌써 나왔어?"

가을이었다. 분명 다섯 시까지 분수대 앞에서 만나기로 했는데……. 내가 눈을 동그랗게 뜨고 묻자 그가 내 맞은편에 앉으며 말했다.

"잠깐 나왔다가……. 근데 넌 왜 이렇게 일찍 나와 있어? 혼자 온 거야?"

"응, 시간이 좀 남아서 여기에 있다가 가려고 했지. 너 밥 먹었어? 나오기 전에 우리 형이 나한테 카드 줬거든? 오늘은 내가 살 테니까 너도 먹고 싶은 거 있으면 다 시켜. 여긴 핫초코가 맛있대."

아까 봤던 종업원이 물컵 하나와 메뉴판을 다시 들고 왔다. 나는 메뉴판을 펼치며 상체를 그에게 바짝 들이밀며 조용히 말했다.

"너 여기 와봤어? 나 지금 방금 왔는데 글씨 못 읽어서 여기서 제일 맛있는 걸로 갖다 달라고 했어. 이거 좀 읽어봐, 이거 다 뭐라고 써져 있는 거야?"

내 물음에 가을이 아무런 말도 하지 않고 말끄러미 날 쳐다보며 입을 열었다.

"무슨 일 있어?"

"어? 없는데, 왜?"

"아니……. 오늘따라 기분이 좋아 보이는 것 같아서."

그 말에 나는 푸핫 하고 웃을 수밖에 없었다. 그거야 지금까진 네가 겁나게 거북했는데 이젠 안 그러니까 그렇지. 그를 볼 때마다 게이라는 생각이 강했는데 그게 다 오해라는 걸 알았으니 더 거북할 것도 없었다.

"아무튼 너도 뭐 먹고 싶은 거 있으면 시켜. 너도 핫초코 먹을래?"

"나 단 거 별로 안 좋아해."

"그럼 그냥 커피나……. 단 거 싫어한다고? 너 수플레 좋아한다며?"

내가 의아한 얼굴로 묻자 가을이 다시 입을 다물었다. 한 3초간 정적이 흘렀고, 가을은 눈꼬리를 접어 웃으며 내게 말했다.

"단 거 좋아해. 내가 지금 잠을 못 자서 정신이……. 핫초코 먹을까?"

"어? 어, 응. 너도 그거 먹어. 근데 또 안 잤어? 너 밥도 또 안 먹었지?"

나는 쯧쯧쯧 혀를 차며 말했다. 저러다가 몸 다 상하겠다. 나는 종업원을 불러 핫초코와 아까 시켰던 케이크 세 조각을 하나씩 더 달라고 주문을 했다.

"사람은 잘 먹고 잘 자고 잘 싸야 건강한 거야."

"……근데 케이크를 왜 그렇게 많이 시켜?"

"왜? 너 케이크 싫어해? 괜찮아, 그것도 다 단 거야."

"……."

내 말에 가을이 다시 입을 다물었다. 평소엔 잘만 말하더니 오늘따라 왜 이렇게 조용한지 모르겠다.

"근데 왜 안 잤어?"

"너 검 줄 거 만들다가 보니까 날이 샜어."

"뭐? 너 그런 것도 만들 줄 알아?"

나는 눈을 동그랗게 뜨고 그를 쳐다봤다. 아니, 무슨 종이봉투 만드는 것도 아니고 칼을 어떻게 하루 만에 뚝딱 만들어? 칼 만드는 거 엄청 복잡한 거 아니었나?

"그냥 하나 사주려고 했는데 아무리 생각을 해봐도 있으나 마나 한 것 같아서."

있으나 마나 한 건 또 뭔 소리야? 나는 의아한 얼굴로 그를 보다가 곧 수긍했다. 하긴, 황금알 낳는 거위도 만드는 사람이 칼 한 자루도 못 만들겠나 싶었다.

"그거 지금 가지고 왔어?"

내 말에 가을이 다시 멀뚱멀뚱 날 쳐다봤다. 입을 다물고 말끄러미 날 보던 가을이 곧 웃으며 고개를 저었다.

"아니, 집에 있어. 보여줄 테니까 여기 있다가 나가서 가자."

"그래, 그럼 이거 다 먹고 가자."

"……."

내가 고개를 끄덕이자 웃고 있던 가을이 다시 표정이 이상해졌다. 그는 떨떠름한 얼굴로 덩달아 고개를 끄덕였고, 그러는 사이에 핫초코 두 잔과 조각 케이크 여섯 개가 나왔다.

나는 테이블을 가득 채운 케이크를 행복한 얼굴로 보다가 일단 핫초코를 한 모금 마셨다.

정말 초콜릿을 녹여서 만든 건지 끈적끈적한 핫초코가 입안을 가득 채웠다. 잔에서 입을 뗀 나는 기가 막힌다는 얼굴로 말했다.

"진짜 맛있어."

"……."

"너도 빨리 먹어봐. 이거 완전 대박이다. 여기 매일 와야지."

나 혼자 감탄하고 있을 때 가을은 심각한 얼굴로 잔을 들었다. 가을은 한참을 잔에 담긴 시커먼 핫초코를 쳐다보기만 하다가 슬쩍 날 쳐다봤다. 나는 어서 먹어보라고 그를 빤히 보다가 고개를 갸웃했다.

잰 핫초코 한 잔 먹는데 뭐가 저렇게 비장해?

나와 핫초코를 한 번씩 번갈아 보던 가을은 곧 숨을 한 번 삼키더니 잔에 입술을 갖다 댔다.

"맛있지?"

"……정말 달다."

"맛있지 않아?"

"맛있어. 진짜 맛있네."

한 모금 더 핫초코를 먹더니 가을이 잔을 내려놓았다. 나는 그에게 포크를 주며 말했다.

"케이크도 먹어. 너 밥 안 먹었다며?"

"……울아, 너 오늘 진짜 아무 일도 없었던 거 맞지?"

심각한 얼굴로 묻는 가을을 보며 나는 고개를 끄덕였다.

"없었어. 왜?"

"오늘 정말 너무 기분이 좋아 보여서."

"그래? 난 잘 모르겠는데. 아무튼 빨리 먹어."

내 말에 가을은 으응 하고 힘없이 포크를 쥐었다. 가을은 새하얀 생크림 위에 놓여 있는 커다란 딸기를 포크로 툭툭 건드리다가 고개를 들어 다시 물었다.

"오늘 진짜 이상하네. 저번에는 집에 가자고 해도 기겁을 하고 싫다고 하더니."

이상하게 오늘따라 그가 내 눈치를 보는 것 같았다. 어쩐 입장이 반대로 된 것 같아서 웃기기도 해 나는 케이크를 우물우물 먹으며 말했다.

"먹을 거 사주는 사람은 원래 나쁜 사람 아니야."

"……."

"넌 나한테 먹을 거 많이 사줬잖아."

그러니까 오늘은 내가 사야지. 형이 또 언제 카드를 줄지도 모르는데. 어쩌면 오늘이 마지막일 수도 있었다.

가을은 내가 케이크 세 개를 다 먹을 때까지도 조금도 먹질 않았다. 핫초코도 아까 먹고는 입도 대질 않았다. 그러다 미간을 좁히며 입을 열었다.

"누가 먹을 거 줄 테니까 같이 가자고 해도 절대 같이 가면 안 돼."

"어?"

그는 순식간에 기가 다 빨린 것처럼 굉장히 피곤해 보이는 얼굴로 다시 말했다.

"따라가면 안 돼. 알겠지?"

"……넌 내가 지금 몇 살로 보여?"

저번에 형도 나한테 그러더니 이젠 쟤까지 날 무시하네. 그리고 먹을 거 줄 테니까 따라오라고 하는 건 너잖아.

뭐 줄 테니까 우리 집 가자고, 더구나 수플레 만들어 달라, 오므라이스 만들어 달라, 뭐 그러면서 날 납치하는 게 누군데?

"아무튼 누가 먹을 거 사준다고 따라오라고 해도 따라가면 안 되는 거야. 그냥 공짜라고 먹으라고 줘도 먹지 마."

"왜? 먹는 건 상관없잖아."

"거기에 뭐가 들었을 줄 알고 함부로 먹어?"

가을이 다시 인상을 구겼다. 나는 속으로 혀를 찼다. 저 새끼는 뭔 놈의 세상을 이렇게 각박하게 사는지, 참······.

"알았으니까 빨리 먹기나 해."

"······그리고 진짜 미안한데 나 사실 단 거 별로 안 좋아해. 수플레도 사실 어렸을 땐 좋아했는데 지금은 잘 안 먹어."

가을은 엄청난 고백이라도 하듯 진지한 얼굴로 내게 말했다. 마치 애원이라도 하는 듯한 그 눈빛에 나는 의아한 얼굴로 물었다.

"그럼 아까 말하지 그걸 왜 먹어?"

"네가 먹으랬잖아."

"······."

저 새끼가 날 협박할 땐 언제고 갑자기 왜 저렇게 온순한 척이야?

나는 떨떠름한 얼굴로 그를 보다가 어느덧 바닥을 드러내고 있는데 내 핫초코를 보며 물었다.

"그럼 네 거 내가 먹어도 돼? 넌 다른 거 시켜."

"그걸 벌써 다 마셨어?"

나는 커다란 머그잔을 옆으로 밀어내며 가을의 잔을 내 쪽으로 가지고 왔다.

결국 케이크 여섯 개와 핫초코 두 잔은 전부 내 뱃속으로 들어갔다.

형이 준 카드로 계산을 끝내고 카페를 나오는데 가을이 걱정스러운 얼굴로 내게 묻는다.

"너 속 괜찮아?"

"어? 속은 갑자기 왜?"

"그게 다 어디로 들어가?"

가을은 날 위아래로 훑어보며 신기하다는 얼굴로 물었다. 사실 나도 그게 좀 의문이기는 했다. 내가 지구에 있을 땐 남자라서 그렇다고 쳐도, 지금 난 여잔데 이 작은 몸에 그 많은 음식이 어떻게 다 들어가는 건지 모르겠다.

"성장기라서 그런가?"

"그러고 보니까 처음 봤을 때보다 살 많이 찐 거 같아."

"진짜? 맞지? 나도 거울 봤는데 살 좀 찐 거 같더라."

처음 제시 몸에 들어왔을 때 거울 보고 다짐한 게 있었다. 바로 제시 살찌우기 프로젝트였는데 이대로만 가면 대성공을 거둘 것 같았다.

"나 지금 카드밖에 없어서 그러는데 가면서 꼬치 하나만……."

네가 사줘, 그렇게 말하려고 했는데 내 말이 끝나기도 전에 가을이 내 반대쪽으로 고개를 돌렸다. 그리고 그는 손을 뻗어 난데없이 우리 옆을 지나고 있던 사람의 후드를 벗기더니 말했다.

"아벨 아저씨, 여긴 어쩐 일이야?"

누구? 아벨 아저씨? 설마 그 무신?

나는 눈을 동그랗게 뜨고 잽싸게 고개를 돌렸다. 거무죽죽하고 두꺼운 후드가 벗겨지면서 그 사이로 하얀 얼굴이 드러났다.

흩날리던 까만 머리카락이 다시 차분하게 가라앉는 모습이 마치 슬로우 영상처럼 느리게 움직이는 것만 같았다.

티끌 하나 없이 깨끗한 피부에 까만 눈동자. 흑단처럼 곱고 긴 머리카락. 저게 사람인지, 밀랍인형인지 분간이 안 될 정도로 현실감 없이 생긴 그 얼굴에 나는 입을 쩍 벌렸다.

지구에 있을 때 예쁜 연예인들도 많이 봤는데 저 사람은 그런 것과는 차원이 다르다. 저게 진짜 사람인가? 그런 생각마저 들 정도였다.

일그러진 얼굴마저도 숨이 막히게 어여쁜 그 자태에 넋을 놓고 있는데 아득할 정도로 시커먼 눈동자가 내게 닿았다.

"······사, 사, 산적 두목이라고······."

네가 산적 두목같이 생겼다며, 이 새끼야! 나는 벌겋게 달아오른 얼굴로 가을을 보며 말을 버벅거렸다. 저게 아저씨라고? 아빠 친구? 그게 말이 되냐! 아저씨는 그렇다고 쳐! 그건 그렇다고 치는데, 저게 어떻게 남자야? 키 큰 거 말고는 누가 봐도 여자잖아, 병신아!

"울아, 너 왜 그래?"

가을이 의아한 얼굴로 날 쳐다봤다. 나는 그를 보며 울상을 짓다가 다시 고개를 돌려 무신이라는 초월자를 쳐다봤다.

천사다. 저건 천사였다.

내 이상형, 아니 저건 장담하는데 세상 모든 남자의 이상형이었다.

난 지구도 아닌 이 이상한 세상에서 난생처음 내 이상형과 조우했다.

다음 권에서 이어집니다.

지은이 후기

안녕하세요, 권새나입니다.

『병아리』 1권에 이어 2권이 나왔네요. 사실 전 2권을 다 쓰고 원고를 넘길 때까지만 해도 『병아리』가 로맨스라는 걸 잊고 있었어요. 마지막에는 로맨스의 정석으로 완결을 낼 거라고 마음은 먹고 있었지만 「빨리 연애시켜야 돼!」라는 생각은 없었거든요……. 근데 요즘 삽화를 보면서 『병아리』가 로맨스라는 걸 깨닫고 있습니다. 저도 글을 쓰면서 어느 정도 상상은 하고 있지만 역시 삽화로 보니까 다르네요.

지금 3권 작업 중인데 정신 차려보니까 중간과정도 없이 가을이랑 겨울이 로맨스를 쓰고 있더라고요. 깜짝 놀라서 얼른 지웠습니다.

너희 둘이 도대체 언제 사귀니……. 3권에서는 가을이가 게이 소리 들으면서도 절대 굴하지 않고 열심히 분발할 수 있도록 저도 노력해야겠어요. 그리고 올해 안에 완결 나서 병아리는 닭이 됩니다. 아마도요……. 그냥 제 희망 사항입니다.

　2권도 재미있게 봐주셨기를 바라면서 이만 마치도록 하겠습니다. 3권에서 봬요!^^

2013년 4월

권새나

일러스트 작가 후기

새 책 냄새가 물씬 나는 나는 1권을 받아보고 설레었던 때가 바로 얼마 전인 것 같은데, 그 사이 계절은 바뀌고 벌써 2권 후기를 쓰고 있습니다.

역시 시간만큼 빠른 건 없는 것 같아요.

문득 이 책 삽화를 작업하며 즐길 수 있는 시간이, 사실은 생각하고 있는 것보다 훨씬 짧은 순간으로 지나쳐 버리는 건 아닐까 하는 생각이 드네요.

벌써 다음이 3권이라니!

어떤 작업이든 시작할 땐 꼭 여유로운 귀족처럼 해보자고 계획해도 결국 때가 되어야만 손에 모터를 다는 이 몹쓸 마감 습관 때문에 이번에도 비몽사몽 중에 후기를 적고 있습니다.

앞으로 병아리 발간일이 늦어지는 일이 생긴다면 그건 아마도 98%는 저 때문일 거예요. 하하하.

삽화 작업하면서 가장 좋은 점 중 하나는 원고를 미리 받아서 읽어 볼 수 있다는 점인 것 같습니다. 남들보다 더 빠르게! 미공개 분량을!! 혼자서!!!

2권 내용 받아서 읽었을 때 정말 기뻤어요. 아, 얘네 드디어 연애 좀 하는가 보구나…… 하는 느낌이 났거든요. 같은 이유로 지금 제 마음은 두근두근 기대로 새가슴처럼 부풀어 오르고 있습니다. 2권 발간과 함께 받아볼 3권 내용을 생각하느라고요.^^ 작가님 만세. 근데 이렇게 멋대로 기대했다가 아무것도 없으면 어쩌지, 흑.

어쨌든 이번에도 이 유쾌한 책과 함께 해주셔서 감사합니다! 다음은 이번보다 좀 더 나은 결과물로, 그다음은 또 그보다 더 나은 모습으로, 그렇게 마지막까지 열심히 달리겠습니다.

그럼 다음 후기에서 다시 뵈어요!^^

2013년 4월
신사고

병아리 2

초판 1쇄 발행 | 2013년 4월 12일

지은이 ⓒ 권새나 2013
일러스트 ⓒ 신사고 2013

교정교열 | 장혜미
편집담당 | 김미리
타이틀 디자인 | 주예지
커버 디자인 | 김진주

펴낸이 | 김혜랑
펴낸곳 | 메르헨 미디어
등록일자 | 2012년 6월 27일
등록번호 | 제 2012-000141 호
ISBN 978-89-98328-18-4 04810
ISBN 978-89-98328-08-5 (세트)

nabinovel@nabinovel.net
http://nabinovel.net